Hotel California

ANNA CASANOVAS

Hotel California

LOS HERMANOS MARTÍ *Marc & Álex*

TITANIA

Argentina • Chile • Colombia • España
Estados Unidos • México • Perú • Uruguay

1ª. edición Octubre 2022

Copyright © 2022 *by* Anna Casanovas
All Rights Reserved
© 2022 *by* Ediciones Urano, S.A.U.
Plaza de los Reyes Magos, 8, piso 1.º C y D – 28007 Madrid
www.titania.org
atencion@titania.org

ISBN: 978-84-17421-80-9
E-ISBN: 978-84-19251-74-9
Depósito legal: B-15.022-2022

Fotocomposición: Ediciones Urano, S.A.U.
Impreso por Romanyà Valls, S.A. – Verdaguer, 1 – 08786 Capellades (Barcelona)

Impreso en España – *Printed in Spain*

There she stood in the doorway
I heard the mission bell
And I was thinking to myself
This could be Heaven or this could be Hell.

Hotel California
Eagles

*Para quienes alguna vez han creído
que era necesario convertirse en otra persona para seguir adelante;
y después se han dado cuenta
de que no hacía falta ser nadie más.*

PRÓLOGO

Barcelona, mayo de 2010

Oyó que alguien abría la puerta del piso y el sonido de las bisagras retumbó en su mente. No se preocupó por el intruso, sino que alargó el brazo hacia la almohada que tenía al lado y se cubrió con ella la cabeza. Su hermano sabía perfectamente que en esas fechas no estaba para nadie.

—¿Marc? —La voz de Álex llegó desde el pasillo—. ¿Marc?

—Vete de aquí —farfulló él, sin salir de debajo de la almohada.

—El piso apesta a alcohol y a cosas que no me atrevo a nombrar —dijo Álex, ignorando por completo el mal recibimiento—. ¡Joder, Marc! ¿Cuántos días llevas sin abrir la ventana? —le preguntó, entrando en el dormitorio y abriéndose paso entre las botellas vacías que cubrían el suelo, los ceniceros y los montones de ropa sucia.

—Vete de aquí, Álex —repitió Marc apretando los dientes—. Y ni se te ocurra levantar la persian... ¡Joder!

Álex tiró de la tira de lona y levantó la persiana con un par de movimientos. Sin detenerse y sin dejarse impresionar por la resaca de su hermano, abrió también la ventana y dejó que el aire de la mañana entrase en el apartamento.

—Sal de la cama —le ordenó Álex, apartando la sábana que le cubría de cintura para abajo.

—No pienso moverme —insistió él, todavía debajo de la almohada.

El silencio lo engañó y pensó que quizá su hermano se había dado por vencido, pero el ruido del agua corriente en la ducha le demostró que se equivocaba.

—Sal de la cama y métete en la ducha. —Álex se sentó en la cama e intentó quitarle la almohada de la cabeza—. Vamos, Marc, cada año es lo mismo. Empiezo a hartarme de tener que...

—Nadie te ha pedido que vengas —se defendió él—. Vete y déjame en paz.

—No pienso irme. Métete en la ducha o te meteré yo, y sabes perfectamente que soy capaz de hacerlo —añadió al recordar el año anterior, cuando los dos terminaron bajo el chorro de agua helada.

Marc apartó una mano de la almohada y golpeó furioso el colchón. Después insultó a su hermano sin disimulo, lanzó la almohada al suelo y se sentó en la cama. E intentó que el sol que entraba por la ventana no lo cegase. ¡Dios! ¿Tenía que hacer tanto sol precisamente ese día? El clima tenía un sentido del humor muy sádico.

Álex estaba más cerca de lo que Marc creía y, cuando se incorporó, apenas unos centímetros los separaban. Intentó no ver la mirada de desaprobación en el rostro de Álex, quien a su vez se esforzó por controlarla.

—No puedes hacerte esto cada año, Marc —le dijo, mirándolo a los ojos—. Cada vez es peor, y no sirve de nada, solo para hacerte daño.

—Cállate —le advirtió él aguantándole la mirada—. Iré a ducharme.

—Perfecto. Yo mientras prepararé café.

Marc asintió y esperó a levantarse de la cama a que Álex se hubiese ido del dormitorio. No quería tener testigos por si se caía de bruces o vomitaba nada más llegar al baño.

Se puso en pie y cerró los ojos unos segundos para no marearse. Cuando estuvo seguro de poder mantener el equilibrio, caminó hasta el cuarto de baño anexo sujetándose en la pared.

Por suerte para su dignidad, esa vez su hermano lo había encontrado solo, no como un par de años atrás.

El vapor que salía de detrás de la mampara había empañado el espejo. Marc se quitó la camiseta y el pantalón y los dejó en el suelo. Álex tenía razón, apestaba, y no solo a alcohol. Se metió en la ducha y dejó que el agua le quemase la piel. Apoyó los puños en las baldosas y agachó la cabeza para que el chorro golpease en las vértebras superiores.

Durante un segundo consiguió no pensar en nada, pero en cuanto tomó la siguiente bocanada de aire, recordó por qué se había pasado las últimas horas bebiendo como un poseso y apenas tuvo tiempo de abrir la mampara de la ducha, arrodillarse en el suelo y vomitar en el retrete. Vació el contenido del estómago y notó unas lágrimas abrasándole las mejillas.

Hacía ya seis años y Álex tenía razón; era cada vez peor.

Se puso en pie y volvió a meterse en la ducha. El agua se había enfriado, pero no le importó. Se duchó a conciencia, sacudiendo la cabeza unas cuantas veces para quitarse de encima el estupor del alcohol y luego cerró el grifo. Volvió a abrir la mampara y se secó con la última toalla que quedaba en la estantería. Se envolvió con ella la cintura y salió de la ducha.

En el lavabo, se cepilló los dientes con una generosa cantidad de pasta dentífrica y luego enjuague dental. Escupió el agua con sabor a clorofila y repitió la operación para ver si así lograba desprenderse del de la ginebra.

El agua fría había disipado el vapor y con una mano frotó el espejo empañado para poder verse. En general no le gustaba demasiado mirarse, pero en días como ese apenas podía soportarlo. Y mucho menos después de haber tenido que enfrentarse a la mirada de su hermano diez minutos atrás.

A Marc siempre le había resultado difícil enfrentarse a Álex, porque era como discutir con una mejor versión de sí mismo, con la versión original.

Los dos eran gemelos, gemelos idénticos, aunque Marc tenía la sensación de que él sencillamente era una copia barata. Y lo peor de todo era que Álex nunca había hecho nada para merecer su animosidad ni su reticencia, sino todo lo contrario. Siempre había sido su mejor amigo y Marc no dudaría en afirmar que era una de las mejores personas que conocía.

Sí, eran gemelos idénticos, pero esa mañana nadie los confundiría. Álex se había presentado allí con aspecto de haber dormido ocho horas, recién afeitado, con el pelo castaño oscuro estudiadamente despeinado y vestido con vaqueros y una camiseta negra que dejaba al descubierto unos antebrazos bronceados. Marc, en cambio, llevaba una semana sin afeitarse, sus ojos parecían un mapa de carreteras rojizas transitadas por la culpabilidad y lo que tenía debajo de ellos iba más allá de unas simples ojeras. Había perdido peso y, aunque seguía estando fuerte, se le veía demacrado.

Abrió el agua caliente y buscó la cuchilla. Sacudió el bote de espuma de afeitar, se la echó en una mano y se la aplicó en la cara. Dejó el bote y deslizó la cuchilla con cuidado, evitando la cicatriz que marcaba la mayor diferencia que guardaba con su hermano. La prueba definitiva de que nunca estaría a su altura.

La cicatriz ya no le dolía, habían pasado más de seis años desde el accidente, pero Marc tenía la sensación de que en esas fechas le tiraba más de lo habitual. Miró su reflejo y suspiró, furioso consigo mismo. Álex le había dicho que cada año iba a peor, y eso que su hermano no sabía de la misa la mitad.

Terminó de afeitarse y entró de nuevo en el dormitorio para buscar una muda limpia. Ahora que ya no estaba aturdido por la ginebra, podía ver que su habitación se había convertido en una pocilga y probablemente el resto del piso estuviese en peor estado. Maldijo y se puso unos vaqueros y una camiseta verde botella. Luego, descalzo porque no sabía dónde había dejado las deportivas, salió a hablar con Álex. Marc no se había hecho ilusiones con que su hermano fuese a darle tregua.

Abrió la puerta y lo vio sentado en el sofá. Había ordenado los cojines y vaciado los ceniceros; también vio una bolsa de basura llena de botellas vacías, así como dos tazas de café encima de la mesa baja que había frente al televisor.

—¡Ah! Estás aquí —le dijo Álex, guardándose el móvil en el bolsillo—. ¿Cómo te encuentras? —Le señaló la taza de café y Marc la aceptó antes de sentarse.

—Bien —respondió, enarcando una ceja, confuso al ver que de momento no le había gritado.

—Te insultaré más tarde, capullo —le dijo su hermano como si le hubiese leído el pensamiento—. Me tenías preocupado —empezó a decir, y al ver que él no reaccionaba, añadió—: ¡Dios! Ni siquiera sabes por qué, ¿verdad? Llevo tres días intentando hablar contigo. ¡Joder, Marc!

—¿Tres días? —No podía ser; era imposible que se hubiese pasado tres días encerrado en el apartamento, bebiendo.

—Tres días, Marc. ¿Qué día crees que es hoy?

—Sábado.

—Martes.

—¡Joder! ¡Joder! ¡Joder! —Marc se puso en pie y fue en busca de su móvil. Seguro que le habían llamado del zoo para preguntar por qué no había ido a trabajar.

—Se está cargando —le dijo Álex señalando el teléfono con la barbilla—. Lo he encontrado sin batería, tirado en la cocina.

Él miró la pantalla y vio que tenía doce mensajes de voz. Tres de su jefe. Los escucharía más tarde, aunque podía adivinar qué decían.

—Da gracias a Dios de que papá y mamá están de viaje —continuó su hermano—. Mamá me llamó ayer y le dije que yo sí había hablado contigo. Y tienes suerte de que Ágata, Guillermo, Helena y Martina me hayan llamado a mí en vez de venir directamente. Nuestras hermanas querían mandar a la policía. Me he pasado los últimos dos días llamándote al móvil, al fijo; mandándote sms, wasaps. ¡Maldita sea, Marc! —Álex se puso en pie—. No puedes seguir así.

—No me pasa nada —dijo él a la defensiva—. La semana pasada tuve mucho trabajo y el viernes me pasé un poco con el alcohol.

—¿Acaso crees que soy idiota y que no sé qué día fue el viernes? —Paseó por delante del televisor—. Ya te dije que te vinieras conmigo a Madrid; así no habrías tenido que estar solo.

Marc entrecerró los ojos y recordó que, el miércoles de la semana anterior, le había invitado a acompañarlo en su viaje. Él tenía que ir a Madrid por trabajo, le dijo, pero podían quedarse allí a pasar el fin de semana y salir por la ciudad. Al formular la invitación, su hermano no hizo ninguna mención de la fecha que era el viernes y Marc tampoco, pero ambos lo sabían.

—Y yo te dije que no me hacía falta niñera, Álex. Sé cuidarme solo.

—Pues no lo parece.

Él se puso en pie para poder mirarlo a la cara. Era comprensible que su hermano se hubiese preocupado si había estado tres días sin contestarle el teléfono, pero la resaca no era buena consejera y discutir con Álex le iría bien para relajarse.

—No todos somos perfectos como tú —le dijo, buscando la confrontación y lo vio apretar la mandíbula.

—Tendrías que hablar con alguien —sugirió Álex.

—No digas estupideces. Estoy bien, no me pasa nada —afirmó, a pesar de que todavía tenía el regusto del alcohol que había bebido para convencerse de esa mentira.

Los dos se midieron con la mirada y, por fortuna para Marc, Álex fue el primero en darse por vencido.

—Está bien, lo que tú digas. —Levantó las manos en señal de rendición y se apartó de él para sentarse de nuevo en el sofá. Aceptó la taza de café y se quedó mirándola sin acercársela a los labios. La volvió a dejar asintiendo, como si hubiese llegado a una conclusión, y entonces volvió a hablar—: No te pedí que me acompañases a Madrid solo para que no... —Vio que Marc lo fulminaba con la mirada y no terminó la frase. Carraspeó—. Quería pedirte un favor.

¿Un favor? ¿Álex el Invencible iba a pedirle un favor a él y no a Guillermo el Increíble o a alguna de sus hermanas, Las Tres Fantásticas? Marc quería mucho a sus hermanos, pero a veces no podía soportar lo perfectos que eran. Y entonces se sentía una persona horrible.

«La ginebra te pone melodramático, Marc», se dijo.

—¿Qué favor?

—Siéntate, ¿quieres? No quiero salir de aquí con tortícolis.

Se frotó la nuca y esperó.

—¿Qué favor? —repitió Marc al sentarse.

Después levantó la taza y dio un par de sorbos, dando gracias por la amargura del café tibio que se deslizó por su garganta.

—La última vez que nos vimos, me dijiste que te estabas planteando cambiar de trabajo. ¿En qué estabas pensando?

—Todavía no he escuchado los mensajes del móvil —contestó—, pero estoy seguro de que mañana me invitarán a marcharme.

—Genial.

—¡Vaya! Me alegra saber que mis desgracias te animan tanto.

—Llevas tiempo diciendo que quieres abrir tu propia consulta. Todavía me acuerdo de cuando en tercero de Económicas te matriculaste en Veterinaria. No terminaste dos carreras para aguantar los abusos de un déspota maleducado en el zoo de Barcelona.

—Ya, bueno. —Marc se revolvió incómodo y bebió un poco más de café. Se le daba mejor aguantar los insultos de Álex que sus halagos—. Todavía estoy muy lejos de tener el dinero necesario para abrir una consulta.

—Sabes que papá y mamá o cualquiera de nosotros te ayudaríamos —le recordó su hermano.

—Lo sé. —Marc nunca había dudado de la generosidad de su familia, pero aquello tenía que hacerlo él solo—. Pero ¿qué tiene eso que ver con el favor que dices que querías pedirme?

—¿Te acuerdas de cuando en la facultad nos hacíamos pasar el uno por el otro?

—Claro que me acuerdo. —Sonrió al recordar esa época—. Guillermo y tú siempre habéis sido unos magos para las finanzas, pero vuestro sentido del *marketing* es prácticamente inexistente.

—Tuvimos suerte de que nadie se diese cuenta de que nos matriculábamos en asignaturas distintas cada semestre.

—Y que lo digas, pero hubo una vez... ¿Cómo se llamaba la profesora de Micro?

—¿La Rotenmeyer? ¿Pilar Cuesta? —dijo Álex también sonriendo.

—La misma. Después de terminar el examen, me miró con lupa durante un mes, como si estuviese buscando el modo de demostrar que yo había ocupado tu lugar.

—¡Y un día te siguió hasta la cafetería para acorralarte y dijo que el día del examen te vio beber café con azúcar y que yo lo tomo sin!

—Sí, menos mal que nadie le hizo caso, porque nos habrían echado a los dos.

—Sí, nos fue de un pelo —recordó Álex.

—¿No me dirás que quieres que vaya a hacer algún examen en tu lugar? ¿No se fían de ti en tu empresa? Creía que eras el fichaje estrella de la temporada —se burló Marc, pero esta vez con cariño.

—No exactamente —contestó Álex enigmático—. Necesito tu ayuda.

—¡Mierda! —soltó Marc, apoyando la cabeza en el sofá—. Si necesitas mi ayuda es que las cosas están peor de lo que creía.

1

—No es que vayan a arrestarme ni nada por el estilo —le dijo Álex a Marc, aunque por el tono de voz cualquiera diría que esa opción era preferible a la realidad.

—Tío, mírate, estás hecho un desastre y se supone que de los dos tú eres el centrado. ¿Qué cojones te pasa? —Ahora que estaba despierto y podía centrar la vista se dio cuenta de que Álex no estaba tan bien como había creído al principio. Eran pequeños detalles, como que no pudiera dejar de mover la rodilla y se crujiera los dedos cada cinco minutos.

—Hace un par de años, antes de empezar a trabajar en Hoteles Vanity, respondí a una oferta de empleo que encontré por casualidad en la web de la facultad. La lista de requisitos que pedían me llamó la atención. Un par de días más tarde me llamaron y fui a la entrevista.

—¿Esto tiene que ver con algo que sucedió hace dos años? Tengo la cabeza como si una locomotora le hubiese pasado por encima. Álex, cuéntame la versión corta, por favor.

Álex ignoró la petición de su hermano y siguió contando la historia a su ritmo.

—La oferta de trabajo era algo peculiar: buscaban a alguien dispuesto a aprender todos los entresijos de un pequeño hotel de la Costa Brava para, cito textualmente, «reformarlo sin que pierda su personalidad».

—Para mi desgracia —suspiró Marc—, esto me suena. Creo que me lo contaste.

—Sí, te hablé de ello. El hotel se llamaba Hotel California.

—Sí, ya me acuerdo. Pero ¿qué tiene esto que ver con tu viaje?

Los dos hablaban a menudo de sus respectivos trabajos. Normalmente, las anécdotas de Álex eran más entretenidas e interesantes, pues trabajaba en una multinacional hotelera que se estaba expandiendo por España, mientras que Marc era un veterinario más del zoo de Barcelona. O lo había sido hasta esa semana.

—El señor Millán, el propietario del hotel, fue quien me entrevistó y lo cierto es que tuvimos una charla muy interesante. Tenía una visión muy clara de lo que quería para su negocio y al mismo tiempo reconocía que se estaba haciendo mayor y que no podía seguir el ritmo de todas las innovaciones del sector. También hablamos de lo esclavo que podía llegar a ser llevar un negocio así y me contó que lo que buscaba era alguien que se ocupase de todo para que su nieta pudiese tener una vida; no como él, que la había perdido por ese hotel.

—Genial. Parece majo el señor, pero sigo sin entender qué tiene que ver conmigo y, además, quiero volver a acostarme, Álex.

—No pienso dejarte dormir hasta que me hayas escuchado.

—Pues abrevia de una vez, ¡joder!

—Le dije al señor Millán que yo no encajaba en lo que estaba buscando, que mi intención era tener una carrera más internacional y que, en el caso de que al final encontrase trabajo aquí, sería solo temporal y con vistas al extranjero. No tenía sentido que me eligiera a mí; necesitaba encontrar a alguien que quisiera asentarse en un lugar, que estuviera interesado en el Hotel California a largo plazo.

—Esto es un coñazo, Álex.

—Tú sí que eres un coñazo, hermanito. Escúchame, es importante, los detalles son importantes.

—¡Resume un poco!

—Resumiendo —dijo con retintín—, el señor Millán no me ofreció el trabajo. Además, pocas semanas después pasé el proceso de selección de

Hoteles Vanity, pero durante unos meses estuvimos intercambiando *e-mails* y alguna que otra llamada telefónica.

—Sigo sin entender qué tiene eso que ver conmigo.

—Millán ha muerto —dijo Álex de sopetón.

—¡Vaya! —Eso sí que no lo había visto venir.

—Y la semana pasada recibí una carta de su nieta, que por cierto carece de la simpatía del abuelo, exigiéndome que fuese al hotel en una fecha concreta, porque si no, no podían leer el testamento —continuó Álex.

—¿Estás incluido en el testamento de ese hombre? —le preguntó Marc, atónito.

—No lo sé, pero la carta de la nieta iba acompañada de otra de un bufete de abogados y el tema parecía serio. La lectura del testamento está prevista para el lunes de la semana que viene a las diez de la mañana.

—Pues entonces no tendrás más remedio que ir —señaló Marc, que seguía sin entender adónde quería ir a parar su gemelo.

—No puedo. El domingo me voy a Las Vegas y después a San Francisco, y no volveré hasta dentro de dos o tres semanas. O tal vez más tarde, es posible que tenga que quedarme en Estados Unidos unos cuantos meses.

—¡Ah, no, Álex! Eso sí que no. Anula el viaje. —Empezaba a adivinar qué favor iba a pedirle, pero no se lo iba a poner fácil.

—En la central me han pedido que vaya a ayudar al equipo que se encarga de la compra de uno de los hoteles más antiguos de la ciudad.

—¿Y no puedes decirles que llegarás el martes o el miércoles? Son hoteles, Álex. No se irán a ninguna parte.

—Al parecer, hay otra cadena interesada en comprar ese hotel en particular y cada día que pasa es de vital importancia. De no ser por tu desaparición —añadió, mirándolo a los ojos—, me habría ido hoy mismo.

—¡Oh, vamos, Álex! No eres imprescindible y además ya no somos unos niños. No pienso hacerlo.

—Todavía no te he pedido nada —se defendió su hermano algo sonrojado, y a él lo tranquilizó ver que Álex no tenía la situación tan controlada como creía.

—Ya, claro, y yo soy idiota. Tengo resaca, pero todavía me quedan unas cuantas neuronas capaces de sumar dos más dos. Quieres que el lunes vaya a la lectura del testamento de ese hombre y me haga pasar por ti.

—¿Lo harás? —Lo miró esperanzado.

—Ni hablar. La gente no es tonta, Álex. Todavía no sé cómo lo conseguimos en la universidad, pero no pienso volver a fingir que soy tú. Y no deberías pedírmelo.

—¡Oh, vamos! ¡No te pongas ahora en plan santurrón! No te estoy pidiendo nada del otro mundo. Solo serán un par de horas, cuatro como mucho. Y lo único que tienes que hacer es presentarte allí, escuchar lo que te digan esos abogados y marcharte. No tendrás ningún problema.

—Tú mismo has dicho que la nieta del señor...

—Millán —le recordó Álex el apellido.

—... como se llame, te mandó una carta muy antipática. Seguro que se acuerda perfectamente de ti y que cuando me vea —se señaló la cicatriz que le cruzaba la mejilla— sabrá que no soy tú.

—Te equivocas —respondió su hermano, seguro de que terminaría por convencerlo—. A la señorita Millán solo la vi un momento esa mañana y no estuvimos más de diez minutos juntos. Y, aun en el caso de que tuviese memoria fotográfica y se acordase, fue hace dos años. La cicatriz es fácil de explicar; la gente se estropea con el tiempo.

—¿Y cómo justifico que no tengo ni idea del sector hotelero, o que nunca he estado en su hotel?

—No te hagas el tonto. Quizá la señorita Millán no tenga memoria fotográfica, pero tú sí. Seguro que recuerdas todo lo que te he contado del hotel y puedo pasarte las notas que tomé. Si quieres verlo, solo tienes que meterte en Internet. Además, nadie te preguntará nada de nada. La lectura del testamento se hará en una notaría y, cuando termine, te puedes volver aquí sin darle ninguna explicación a nadie.

—No he aceptado ayudarte.

—¡Oh, vamos! Marc, por favor. Tienes que hacerlo.

—¿Por qué? Y ahora dime el verdadero motivo, por qué es tan importante ese viaje.

Su hermano se pasó las manos por el pelo y tomó aire.

—¿Tengo que contarte la verdad o te conformas con la versión que les diré a papá y a mamá?

—¿Vas a mentir a papá y a mamá? ¿Tú? ¡Joder, esto sí que no lo había visto venir! Necesito más café. —Marc se levantó y fue a la cocina a por otra taza, convencido de que su hermano le seguiría—. Toma —le ofreció una— y ahora sigue hablando.

—Es verdad que en el trabajo quieren que vaya a San Francisco para cerrar la compraventa de un hotel de la ciudad. Y también es verdad que si les contase que conocí a Eusebio Millán y que estaba al tanto de la situación del Hotel California cuando ya trabajaba con ellos podría tener alguna que otra conversación desagradable.

—¿Te despedirían?

—No lo creo. Cuando me entrevisté con el señor Millán todavía no trabajaba para ellos y en las charlas que mantuvimos después nunca compartí información de la empresa. Sé que hace tiempo Vanity estuvo interesada en comprar ese hotel, y tal vez volvería a estarlo ahora, pero mi departamento se ocupa de las operaciones internacionales, así que formalmente no tiene ningún interés en un hotel de la Costa Brava y yo no me siento con la obligación de informar al departamento de operaciones nacionales del tema.

—No lo entiendo. Si no tienes problemas en el trabajo, ¿por qué no les dices que te ha salido un imprevisto y que llegarás a Estados Unidos unos días más tarde?

Álex lo miró y bebió un poco de café. Después devolvió la taza a la encimera y, nervioso, volvió a crujir los dedos.

—Deja de hacer eso —le ordenó Marc.

—¡Joder, esto es más difícil de lo que creía!

—Dilo de una vez.

—No puedo seguir aquí viendo cómo te destruyes —soltó de golpe—. No puedo más.

—Álex... —Marc no sabía qué decir; solo podía mirar a su hermano y, aunque no le entendía, era obvio que algo le estaba haciendo mucho daño.

—Sé que no tengo derecho a decirte nada de esto, y menos hoy. ¡Joder, no iba a hacerlo! Lo tenía todo planeado. Iba a irme sin despedirme; total, a ti todo te da igual, y después, según salieran las cosas, te habría llamado y te habría puesto al día.

—Creo que tengo que sentarme. —Marc volvió al comedor y se sentó en el sofá—. ¿Irte adónde? ¿Por qué?

Álex arrastró los pies y movió una de las sillas para sentarse frente a su hermano.

—Hace seis años de ese accidente —empezó y, en cuanto esas palabras salieron de su boca, Marc se tensó—. No sabes la cantidad de veces que me he preguntado qué habría pasado si yo también hubiese estado allí. ¿Habría sucedido lo mismo? La gente no entiende qué significa tener un hermano gemelo. Creen que es algo gracioso y no se imaginan lo surrealista que es verte a ti mismo haciendo cosas que jamás harías.

—Tú y yo no somos la misma persona, Álex. —Marc repitió una de las frases que más les decía su madre.

—Lo sé, pero al mismo tiempo tenemos una relación distinta a la que tenemos con Guillermo o con cualquiera de nuestras hermanas.

—Cierto.

—Tú tuviste ese accidente del que no quieres hablar, Marc. Pero yo, ¡joder!, sé que sueno como un capullo diciendo esto, pero yo me quedé con la obligación de ser perfecto. Tú tienes permiso para estar mal, yo no. Tú puedes mandar a la mierda tu carrera, yo no. Tú puedes beber y estar desaparecido en combate durante tres días y yo soy el que tiene que venir a buscarte. Y cada vez te encuentro peor y ya no puedo soportarlo. No es solo que tenga que cuidar de ti, es que siento que tengo que ser perfecto para compensar, como si haciéndolo yo todo bien equilibrase la balanza.

—Yo nunca te he pedido eso —masculló Marc, dolido y furioso.

—Lo sé, lo sé. Sé que no estoy bien, sé que seguramente tendría que ir a hablar con alguien de esto y tú también, por cierto. Pero no estoy preparado.

—¿Y sí estás preparado para irte a Las Vegas? ¿Para largarte de aquí sin despedirte? Porque tal vez aún estoy un poco lento, pero me ha parecido entender que si no hubiese sucedido eso del Hotel California no habrías pasado por aquí para pedirme que me hiciera pasar por ti.

—Tienes razón —tuvo la valentía de reconocer Álex—. Tenía intención de irme sin decirte nada y seguramente ahora estarías soportando un discurso de Guillermo.

—¡Joder, Álex! ¿Qué vas a hacer en Estados Unidos? No tienes que largarte a otro continente para alejarte de mí. Si eso es lo que tanto te molesta, ya me encargaré yo de que no te cruces conmigo.

—Tú eres mi mejor amigo, Marc. No solo eres mi hermano gemelo, idiota, y yo estoy hecho un jodido lío. Tengo la sensación de que llevo años atrapado en el limbo, desempeñando un papel que no me gusta. Yo no me gusto.

—¿Y en Las Vegas vas a gustarte?

—No tengo ni la más remota idea —reconoció—. Hace semanas, cuando en el trabajo hablaron de esa operación en San Francisco y me dijeron que debía ir, vi que la fecha coincidía más o menos con la de, ya sabes, tu cita anual con la autodestrucción, y de repente supe que no podía seguir aquí. Estaba en la oficina, en la mesa de al lado había dos chicas que estaban hablando de Las Vegas y, sin pensarlo siquiera, compré un billete. Me daba igual el destino, lo único que quería era salir de aquí.

—Y has acabado hablando conmigo —suspiró Marc—. Lo siento.

—No. Irme sin hablar contigo habría sido un error, Marc. Pero no puedo quedarme, y tengo la sensación de que si cambio estos billetes para asistir a la lectura de ese testamento no me iré, y de verdad que tengo que hacerlo.

—¿Volverás?

—La compraventa puede durar varias semanas, ya te lo...

—No te he preguntado eso; te he preguntado si volverás.

—Quiero volver, pero ahora necesito irme y para eso necesito que te hagas pasar por mí el próximo lunes. ¿Lo harás?

Marc se quedó mirando a su hermano. De todas las cosas y personas que había perdido tras el accidente, Álex no había sido una de ellas. Álex siempre había estado a su lado, ayudándole desde el principio, sin echarle jamás nada en cara, y él nunca se había preguntado qué había significado eso para Álex. Tal vez ese horrible accidente había dejado más víctimas y dolor de los que creía. Si existía alguien en este mundo que se merecía ser feliz, era su gemelo. Para Marc, Álex personificaba todo lo bueno que podía llegar a ser un ser humano. No era justo que siguiera a su lado solo para arreglar el desorden que él iba dejando a su paso y, aunque le doliera, si ahora Álex necesitaba irse lejos, él iba a ayudarlo.

—Ya sabía yo que esta conversación iba a terminar fatal —suspiró decidido—. Está bien, Álex. Iré a la notaría y me haré pasar por ti. Pero más vale que vuelvas...

No pudo terminar la frase, pues su perfecto y normalmente poco efusivo hermano gemelo le abrazó.

2

Olivia echaba de menos a su abuelo, aunque seguía enfadada con él por no haberle dicho lo enfermo que estaba. Quizá hubiesen podido hacer algo, encontrar algún médico a tiempo, pero el muy terco decidió no decírselo para no preocuparla. Esa fue su excusa dos días antes de morir, cuando Olivia lo encontró tosiendo en el despacho del hotel.

Su abuelo lo había sido todo para ella y ahora le resultaba imposible imaginarse la vida sin él. Estaba en su dormitorio, en la última planta del hotel, y todavía tenía la sensación de que iba a verlo entrar de un momento a otro; quejándose de que Manuel y Lucrecia habían vuelto a discutir en la cocina o diciéndole que el ordenador de la recepción se había vuelto loco con las reservas.

—¿Qué voy a hacer sin ti, abuelo? —dijo en voz alta, secándose una lágrima.

Al apartar la mano, miró la fotografía que tenía en la mesilla de noche. Se la había sacado Tomás el primer verano que Olivia pasó en el hotel después del divorcio de sus padres. Deslizó el dedo por la imagen. Ella tenía entonces nueve años y su abuelo casi setenta y estaban sentados en la recepción, sonriendo de oreja a oreja.

Su abuelo había sido un temerario, pensó Olivia. Habían pasado catorce años y seguía sin entender cómo había accedido a quedarse con ella cuando sus propios padres se la habían quitado de encima.

Alguien llamó a la puerta, que se abrió antes de que ella pudiese decir nada.

—¿Estás lista? —le preguntó Tomás sin acabar de entrar—. Tenemos que estar en la notaría a las once y ya pasan de las nueve —le recordó.

—Sí, estoy lista —contestó, poniéndose en pie—. Te has puesto traje —señaló, mirando al que había sido el mejor amigo de su abuelo, compañero de pesca y encargado de mantenimiento del hotel. O, como decía él, médico de urgencias.

—Sí. —Estiró los brazos y se tiró incómodo de las mangas y después del cuello—. Sé que Eusebio se reiría, pero los notarios me ponen nervioso y prefiero ir como la fauna local.

—El abuelo no se reiría —le dijo Olivia, a pesar de que sabía que probablemente sí lo haría—. Él también se ponía traje para ir al notario y al banco. Y al médico.

—Sí. Cosas de viejos, supongo —apuntó Tomás, que acababa de cumplir los setenta y no tenía ninguna intención de jubilarse—. Pareces cansada.

—Esta noche no he podido dormir —le explicó ella, poniéndose los pendientes que siempre dejaba en el escritorio—. ¿Por qué crees que el abuelo incluyó a ese tiburón de Barcelona en su testamento?

Por más vueltas que le había dado al tema, no se le había ocurrido ninguna explicación.

—No lo sé, pero pronto lo averiguaremos. Tu abuelo pasó muchas horas con el señor Martí cuando vino a ver el hotel, y Eusebio no era ningún tonto, así que seguro que todo esto tiene una explicación. Le escribiste una carta, ¿no? Mira que eres retorcida; podrías haberlo llamado simplemente para confirmar que venía.

—No soy retorcida. Le mandé una carta porque me parecía más profesional. ¡Oh, de acuerdo! —suspiró—. Y también más intimidante, y además le adjunté la notificación de los abogados, pero el señor Importante no ha confirmado su asistencia.

—¿Por qué te cae tan mal? Solo lo viste diez minutos y tú nunca has tenido prejuicios. Además, siempre has sido una firme defensora de las segundas oportunidades —le recordó Tomás.

—No siempre —lo corrigió ella, pensando rápidamente en una excepción—, y no me cae mal. No lo conozco —se defendió—. Pero cuando el abuelo le ofreció trabajo, él se negó. ¿Y ahora resulta que tiene que estar presente en la lectura del testamento? No me lo trago.

—Oli, tu abuelo era el hombre más listo y astuto que he conocido nunca. Es imposible que ese chico lo manipulase o lo engañase, si es eso lo que estás insinuando. Vamos, lo mejor será que vayamos ya hacia la notaría. Cuanto antes terminemos con esto, antes dejarás de hacer conjeturas y antes podremos centrarnos en las reparaciones de la quinta planta.

—Claro, tienes razón. —Olivia fue a por el bolso y se acercó al hombre. Se paró delante de él y le dio un cariñoso beso en la mejilla—. Gracias, Tomás.

—De nada, pequeña —contestó.

Recorrieron el pasillo hasta el ascensor y bajaron al vestíbulo. Se detuvieron un segundo en la recepción, donde Roberto, el encargado, dejándose llevar por su sangre italiana, les estaba tirando los tejos a un par de clientas que acababan de llegar.

—Roberto —le dijo Olivia—, Tomás y yo nos vamos. Te quedas al timón del barco. Llámame si sucede algo.

—Por supuesto, capitana —la saludó él, colocándose dos dedos en la frente y sin apartar la vista de la huésped número uno, la de escote más generoso.

—Ese hombre algún día terminará en urgencias —dijo Tomás cuando se iban—. Es un milagro que ningún marido celoso haya intentado matarlo.

—Un día me contó que nunca sale con mujeres casadas —señaló Olivia, entrando en el coche.

—¿Ah, sí? ¿Y cómo las distingue? Y no me digas que se fía de lo que ellas le dicen. —Tomás ocupó el asiento del acompañante.

—No tengo ni idea —reconoció Olivia con una sonrisa— y tampoco me atrevo a preguntárselo. Creo que ha hecho un pacto con el diablo, pues lleva trabajando aquí quince años y sigue teniendo el mismo aspecto que el día que empezó, además del mismo acento. Y no le ha salido ni una sola cana.

—Sí le han salido, pero las disimula. Ese hombre es como un pavo real. Un día entré en su dormitorio, no me acuerdo por qué, y te juro que jamás he visto tantos botes de potingues juntos.

—Es italiano —lo justificó Olivia—. No lo puede evitar. Pero algún día conocerá a una mujer que podrá resistírsele y entonces perderá la cabeza.

—¿Y tú? —Tomás, que hasta entonces había estado mirando el paisaje, se volvió hacia ella.

—¿Yo qué? —preguntó Olivia sin apartar la vista de la carretera.

—¿Algún día perderás la cabeza por alguien?

—Hace años pensé que me gustaba Roberto —contestó con una pícara sonrisa para provocar a Tomás.

Todo el mundo sabía que, para ella, Roberto era como de la familia; una extraña mezcla entre hermano mayor y asesor sentimental nada de fiar.

—Eso no es a lo que me refiero y lo sabes. Además, incluso a mí me gusta Roberto. —Sonrió al ver su mirada escandalizada—. No en ese sentido, boba. Pero es encantador y habría que ser de piedra para no caer rendido a sus pies.

—Sí, es verdad.

—Tu abuelo lo amenazó con castrarlo si se acercaba a ti, ¿lo sabías?

—¡No! —rio Olivia—. ¡Pobre Roberto!

—Sí, pobre. —Tomás también rio y, tras carraspear, volvió a ponerse serio—. Tu abuelo estaba preocupado por ti, Olivia. Te estás haciendo mayor.

—Tengo veinticinco años.

—Y te pasas el día trabajando en el hotel. Nunca te diviertes.

—Eso no es verdad. Hace un par de semanas hicimos una barbacoa y lo pasamos muy bien, ¿te acuerdas?

—Claro que me acuerdo, pero estábamos tú, yo (que tengo setenta y dos años), Manuel y Lucrecia (que están casados y pasan de los cincuenta) y Roberto. No había ningún amigo tuyo.

—Vosotros sois mis amigos. —Llegó a la calle en la que se encontraba la notaría y giró.

Él suspiró y luego volvió a intentarlo:

—Tienes que pensar en ti, Olivia. La vida es muy corta para pasarla solo.

—No estoy sola —afirmó ella, mirándolo a los ojos mientras esperaba en un semáforo.

—Está bien. —Tomás se rindió—. Vamos a ver en qué lío nos ha metido esta vez tu abuelo. Pero no pienses que voy a olvidarme del tema, ¿de acuerdo?

—De acuerdo —asintió Olivia y aprovechó que vio un sitio libre en la calle para aparcar.

Mientras maniobraba, intentó no pensar en lo que le había dicho Tomás. Las siguientes palabras del hombre consiguieron que su mente se desviase hacia otros temas más desagradables.

—¿Sabes algo de tus padres?

—No he vuelto a verlos desde el funeral y la verdad es que todavía estoy sorprendida de que se presentaran. A mi padre hacía años que no lo veía y a mi madre, si no cuentas las revistas, la vi cuando actuó en Perelada, y de eso hace ya diez meses. Me temo que la gran La Belle Millán solo vino para poder vestirse de negro y llorar ante las cámaras. Menos mal que Manuel y tú echasteis a los periodistas de la iglesia. El abuelo se habría puesto furioso.

—Tu padre también nos ayudó —le recordó Tomás—. Y parecía preocupado por ti.

—¿Ah, sí? —dijo ella como si no le importase—. Nadie lo diría.

—Ya sé que no quieres hablar del tema, y que tu abuelo tampoco quería, pero ¿no crees que deberías darle una oportunidad?

—No, no creo. —Levantó el freno de mano y apagó el motor—. Agradezco lo que estás intentando hacer, Tomás, pero no hace falta.

Él la miró a los ojos y no ocultó lo emocionado que estaba.

—No quiero que te quedes sola —dijo—. Después de que muriese tu abuela, tu abuelo estuvo a punto de rendirse y, si no hubieses aparecido tú, estoy convencido de que no habría tardado demasiado en seguirla. Yo he tenido una vida muy plena y mi hijo, aunque es un impresentable

—añadió con una sonrisa—, ha tenido el acierto de casarse con una santa y darme un par de nietos.

—Unos niños guapos como su abuelo —contestó ella—. Deberías ir a verlos más a menudo.

—¿A Madrid? ¿Estás loca? Yo soy de pueblo, Olivia. Y a ellos les encanta venir aquí a pasar el verano. Además, así puedo malcriarlos sin que sus padres me riñan.

Ella le sonrió, decidida a repetirle lo que le había dicho antes. Asistir a la lectura del testamento de su mejor amigo estaba afectando a Tomás más de lo que Olivia había creído en un principio.

—No me quedaré sola, Tomás. Te lo prometo —dijo, sin saber muy bien por qué, y lo abrazó.

Él le devolvió el abrazo y luego se apartó y echó los hombros hacia atrás para colocarse bien la americana.

—Vamos a ver a ese notario. Me muero de ganas de quitarme este dichoso traje.

Los dos se sonrieron y se dirigieron hacia la notaría tomados de la mano.

Marc no recordaba la última vez que había estado tan nervioso. Había llegado a la notaría una hora antes de la reunión y ya no sabía cómo sentarse en la sala de espera. Se había bebido dos botellines de agua y había ido al baño dos veces, una por botella; no podía comprender a qué se debían esos nervios.

Álex, que a esas horas ya debía de estar aterrizando en San Francisco, le había pasado toda la información sobre el Hotel California y él se la había leído mil veces. Además, tal como le había dicho su hermano, solo estaría allí un par de horas y luego podría volver a Barcelona y empezar a pensar qué haría con el resto de su vida.

Estaba nervioso porque no le gustaba hacerse pasar por su hermano y porque había tenido una semana horrible, aunque sin sorpresas. Por desgracia, todo había salido tal como él temía.

El martes, después de que Álex se fuese de su apartamento, escuchó los mensajes del móvil y confirmó que, efectivamente, estaba despedido. Esa misma tarde fue al zoo para recoger sus cosas y despedirse de un par de compañeros y de los animales, que en el fondo eran los únicos con los que se había encariñado.

Luego fue a Administración a firmar los documentos de rigor y, tras concluir con los trámites burocráticos, se pasó más de una hora sentado bajo el árbol que había al lado del cerco de los leones; su lugar favorito para pensar.

Tenía que hacer algo con su vida. Después de la conversación con Álex, se había dado cuenta de que él también llevaba seis años en una especie de limbo, y si no salía de ahí terminaría atrapado para siempre.

Quizá había llegado el momento de abrir su propia consulta veterinaria. Antes de irse su hermano había insistido otra vez en ayudarlo y Marc sabía que lo único que le impedía rechazar esa ayuda era su propio orgullo.

También podía irse a Alemania. Carlos, un amigo de la carrera, trabajaba en el zoo de Berlín y lo había llamado un par de veces para ofrecerle un puesto en su equipo. Era una gran oportunidad, pues el zoo de Berlín estaba considerado uno de los mejores del mundo. Allí podría empezar de cero, como si no hubiese sucedido nada.

Pero aunque la idea era tentadora, Marc sabía que no solucionaría nada huyendo, e irse a Alemania equivaldría a huir. Además, él tenía miedo de que, si sucumbía a la tentación de salir corriendo, no se detendría jamás. No confiaba en sí mismo lo suficiente como para asegurar que algún día volvería.

Con solo pensarlo notó la espalda empapada en un sudor frío y abrió y cerró los puños para contener la rabia que lo recorrió. Respiró hondo varias veces y recuperó su semblante calmado.

Además de leerse los documentos que Álex le había pasado, Marc también investigó un poco por Internet y encontró distintas noticias sobre el hotel y su propietario. Gracias a eso, reconoció a la mujer y al hombre que estaban hablando con el oficial de la notaría unos metros más allá de la recepción. Él volvía a la sala de espera después de haber ido al baño por segunda vez, pero se detuvo en medio del pasillo, porque era obvio que el empleado de la notaría estaba dando el pésame a la señorita Millán y a su acompañante y no quería interrumpir.

Si la información que había encontrado era correcta, Olivia Millán tenía veinticinco años y se había criado con su abuelo desde los nueve, tras el sonado divorcio de sus padres: Isabel Millán, la famosa cantante de ópera, y Santiago del Toro. Olivia llevaba el apellido materno porque solo era hija de Isabel, aunque esta se hubiese casado con Santiago cuando la niña tenía tres años y el empresario madrileño hubiese manifestado varias veces su deseo de adoptarla, aunque nunca llegó a hacerlo.

Marc no era aficionado a la prensa rosa, pero había que ser marciano para no saber que La Belle Millán aparecía cada semana en alguna revista. Era sorprendente, incluso milagroso, que su hija hubiese conseguido pasar inadvertida. A excepción de una foto que le sacaron cuando sus padres se divorciaron y de la más reciente, tomada minutos antes del funeral de Eusebio Millán, la joven no existía para las revistas del corazón.

Marc esperó y observó la escena. La señorita Millán le daba la espalda, igual que su acompañante, el señor Tomás Palomares, amigo íntimo del fallecido y encargado de mantenimiento y de mil cosas más del hotel.

La señorita Millán debía de medir metro sesenta o un poco más y llevaba el pelo muy corto. Su nuca parecía la de un chico, pero la capa superior le llegaba hasta las orejas y el resultado final era sorprendentemente femenino. Iba vestida con un pantalón gris, una chaqueta corta de color rojo y una camisa blanca con un ligero estampado a base de... ¿manzanas?, cuyo cuello sobresalía por encima de la chaqueta.

El señor Palomares iba con traje y era evidente que a su edad se mantenía en excelente forma física.

El oficial de la notaría, el mismo que una hora antes había acompañado a Marc a la sala de espera, levantó la vista y lo vio. Debió de comunicar su presencia a sus interlocutores, porque la señorita Millán y el señor Palomares se volvieron para mirarlo.

No se movieron de donde estaban, sino que mantuvieron su postura mientras Marc se acercaba a ellos adoptando, casi sin ser consciente, los andares de su hermano Álex. Este siempre caminaba firme y decidido, como si no tuviese ninguna duda acerca de adónde se dirigía y quisiese llegar allí con los mínimos pasos posibles. Marc, sin embargo, era más sigiloso y menos expresivo en cuanto a sus intenciones.

—Mi más sincero pésame, señorita Millán —le dijo a Olivia, deteniéndose delante de ella.

No hizo el gesto de darle dos besos, sino que le tendió la mano y, a juzgar por su mirada, acertó. La joven miró durante unos segundos la mano que le ofrecía y luego levantó la vista hacia su rostro. Habría jurado que se detenía más de la cuenta en la cicatriz de su mejilla y luego también en sus ojos, pero aguantó el escrutinio y esperó el veredicto estoicamente.

—Gracias, señor Martí. —Le estrechó la mano durante un breve segundo y él supuso que había superado la primera prueba.

Marc se dirigió entonces al amigo del fallecido y también le expresó sus condolencias con un apretón de manos.

—Señor Palomares, lamento el fallecimiento del señor Millán.

En esta ocasión, el hombre le estrechó la mano enseguida y su reacción fue mucho más sincera.

—Gracias, señor Martí. Todos le echamos mucho de menos —dijo, sin soltarlo—. Gracias por haber venido.

—No tiene por qué dármelas, señor Palomares —contestó respetuoso—. Lo único que lamento es el motivo de mi regreso.

Marc habría sido educado en cualquier circunstancia, pero cada minuto que pasaba más incómodo y culpable se sentía por estar engañando a aquella gente, haciéndose pasar por su hermano. Y que la señorita Millán lo fulminase con la mirada no lo estaba ayudando demasiado.

—Si son ustedes tan amables —les dijo el oficial de la notaría—, pueden pasar al despacho.

El hombre abrió una puerta y les cedió el paso. Olivia y Tomás fueron los primeros en entrar y Marc el último. No solo por educación, sino porque así tuvo un instante para respirar tranquilo.

El notario, un hombre con cara de sacerdote de película italiana, los esperaba sentado tras una mesa de nogal frente a la cual había cuatro sillas. A su espalda se levantaba una estantería que llegaba hasta el techo y que parecía a punto de estallar de la cantidad de libros que albergaba. Encima de la mesa había papeles desordenados, un bote sin ningún lápiz, varios bolígrafos desperdigados entre los folios y dos marcos con fotografías de tres niñas con cara de volver locos a sus padres; a una le faltaban dos dientes y las otras dos iban manchadas de barro.

—Lamento la espera —se disculpó el hombre poniéndose en pie—. Olivia, Tomás —les estrechó la mano a ambos—, señor Martí —hizo lo mismo con él.

—No te preocupes, Enrique —le dijo Olivia—. Tomás y yo acabamos de llegar.

—Tomad asiento, por favor. —El notario señaló las sillas y él también se sentó.

Olivia ocupó la silla que estaba en el extremo izquierdo de la mesa, el más alejado de la puerta, y Tomás la de al lado. Marc optó por dejar una libre y se sentó en la que estaba más a la derecha.

—Como sabéis, os he hecho venir aquí para proceder a la lectura del testamento del señor Eusebio Millán —empezó el notario.

—Disculpa un momento, Enrique. ¿No falta nadie más? —preguntó Tomás con discreción, aludiendo a la hija de Eusebio y madre de Olivia.

—No, no falta nadie. Me temo que Eusebio hizo las cosas a su manera hasta el final —comentó el hombre, mirando a Olivia— y resolvió ciertos temas antes de morir.

—Sé cómo era mi abuelo, Enrique. Sigue, por favor —le dijo Olivia.

Ella ya sabía que su madre no iba a aparecer. Si no había ningún periodista cerca, ¿para qué molestarse?

—De acuerdo. Eusebio, el señor Millán —se corrigió el notario para adoptar un tono más formal—, dejó una carta adjunta al testamento y me pidió que se la entregase a Olivia. —Le pasó un sobre blanco cerrado—. Y también me pidió que te dijese que no podías leerla hasta salir de la notaría.

—Está bien. —Ella aceptó la carta y la condición.

—Empecemos pues. —El notario leyó en voz alta las últimas voluntades de Eusebio Millán.

La barca y todo su equipo de pesca se los dejaba a Tomás y le retaba a que pescase algo decente por una vez en la vida. Después seguía con una lista de peticiones que debían llevar a cabo Tomás u Olivia, como por ejemplo hacerle entrega de su colección de discos a Roberto.

Marc empezaba a preguntarse qué pintaba él, o mejor dicho, su hermano, allí, cuando vio que el notario lo miraba y dejaba de leer.

Olivia también debió de notarlo, porque preguntó:

—¿Qué sucede, Enrique?

—Tu abuelo te quería con locura —dijo el hombre, saltándose el protocolo.

—Lo sé —reconoció ella, emocionada.

—Y estaba muy preocupado por ti —añadió. Ese segundo comentario la preocupó mucho más que el primero y movió las manos nerviosa—. Quería lo mejor para ti.

—Termina de leer el testamento, Enrique. Por favor —le pidió Olivia. Lo que más quería en ese momento era irse de allí y fingir que su abuelo seguía vivo.

—«La casa del pueblo y todo lo que hay en ella, así como mi viejo escarabajo, son para mi nieta Olivia.» —Leyó el notario textualmente—. «Creo que en la casa habré dormido un par de veces como mucho, pues siempre me quedaba en el hotel —el hombre siguió leyendo las últimas voluntades de Eusebio Millán— y cuando llegaste tú, ya no nos movimos de ahí. El hotel fue mi vida, pero quiero que tú, Olivia, tengas mucho más.»

Tomás entrelazó los dedos con los de ella y le dio un apretón.

—«El Hotel California está pasando por un mal momento —continuó el notario— y sé que tú lucharás para sacarlo adelante, pero no estoy dispuesto a permitir que sacrifiques tu vida entera por él.» —El hombre carraspeó y esperó unos segundos antes de continuar—: «Dejo el noventa y cinco por ciento de las acciones del Hotel California a mi nieta, Olivia Millán, y el cinco por ciento restante a Álex Martí.» —Leyó toda la frase sin respirar y sin apartar la vista del papel.

—¿¡Qué!? —exclamaron Olivia y Marc al unísono.

—Comprendo vuestra reacción —dijo el notario—, pero permitidme que termine de leer el testamento y luego intentaré responder a vuestras preguntas.

Olivia asintió solo porque Tomás volvió a estrecharle la mano y Marc convino también con un gesto.

—«Este reparto de acciones solo será vigente durante un año. Transcurrido este tiempo, si el hotel demuestra ser rentable y viable, Olivia le recomprará al señor Martí sus acciones por el precio establecido, según el valor del hotel, y él tendrá la obligación de vendérselas.»

«¿Y si no es rentable?», pensó Marc.

—«En caso de que el hotel no sea rentable y su futuro esté, por tanto, en entredicho, el cien por cien de las acciones pasará a manos de mi hija, Isabel Millán, quien venderá el hotel y entregará a su hija, mi nieta, la cantidad calculada según el anexo adjunto y al señor Martí sus honorarios laborales por haber estado un año haciendo de gestor.»

«Voy a matar a Álex.»

Ni Olivia ni Marc prestaron atención al resto del testamento.

Ninguno de los dos podía creerse lo que estaba oyendo.

3

El notario terminó de leer las estipulaciones del testamento y después prosiguió con los anexos, en los que se detallaba cómo debía calcularse el importe que recibirían Olivia y Álex en caso de que el hotel se vendiese y también los requisitos que tenía que cumplir dicha compraventa. Cuando llegó a la última línea, levantó la vista y miró a Olivia porque, a diferencia de con Marc, los unía cierta amistad.

—¿Mi madre está al corriente de esto? —preguntó ella. Seguía agarrando la mano de Tomás y tenía los ojos vidriosos, pero su voz apenas vaciló.

—Sí, está al corriente —afirmó el hombre—. Cuando tu abuelo supo que estaba enfermo —le explicó—, su única preocupación fuiste tú, Olivia. Espero no traicionar su confianza si te digo que todas las veces que vino a verme para preguntarme acerca de este testamento —levantó el papel—, su única preocupación eras tú. Lee la carta que te he dado antes. Estoy convencido de que así entenderás mejor el porqué de todo esto.

—Mi abuelo no confiaba en mí —dijo dolida y apretando los dientes para no llorar.

No le habría importado que Enrique o Tomás la viesen con lágrimas en los ojos, pero se negaba a que ese Álex Martí supiese lo traicionada y abandonada que se sentía.

—Eso no es verdad —afirmó Tomás, adivinando sus sentimientos e interrumpiendo al notario, que probablemente también habría dicho algo en ese mismo sentido.

—Seguro que mamá ya está pensando en cómo sacar provecho de la venta del hotel. Ella siempre lo ha odiado.

—Tu abuelo lo pensó muy bien antes de hacer testamento, Olivia. Te aseguro que, en el improbable caso de que no consigas sacar adelante el negocio, tu madre no se llevará ni un euro más de lo establecido por Eusebio —explicó rotundo el notario.

—Gracias, Enrique, pero permíteme que lo dude. Tú no conoces a mi madre. —Apretó la mandíbula y desvió la vista hacia Marc—. Todo esto es culpa suya, señor Martí —pronunció su nombre entre dientes—. Antes de que usted apareciese, mi abuelo nunca se había planteado términos como «rentabilidad» y «viabilidad». —Marc lo dudaba, pero no dijo nada. A juzgar por lo que había leído en el expediente de Álex, Eusebio Millán se tomaba su hotel muy en serio—. Y seguro que usted solo le dijo esas cosas para confundirlo y convencerlo de que le vendiese el hotel a su cadena.

—Le aseguro que eso no es verdad, señorita Millán —contestó Marc, serio.

Evidentemente, él no le había dicho nada al difunto señor Millán, pero estaba convencido de que su hermano tampoco. Álex era muy íntegro y, aunque sin duda habría defendido su postura en cualquier tema, jamás se habría aprovechado de la situación.

—Olivia, tu abuelo me habló muy bien del señor Martí —apuntó Tomás, aunque por su tono voz, a Marc le quedó claro que no acababa de confiar en él—, y Eusebio tenía muy buen ojo para la gente. Yo tampoco termino de entender a qué viene todo esto, pero será mejor que no nos precipitemos, ¿de acuerdo?

No quería que Olivia hiciese o dijese algo que más tarde pudiese perjudicarla. Aquel chico parecía tan sorprendido como ella por la lectura del testamento, pero todavía no podía descartar que estuviese tramando algo.

Ella apartó la mirada de Marc y la fijó en el amigo de su abuelo y, al cabo de unos segundos, asintió.

—Tomás tiene razón, Olivia. ¿Por qué no os vais a casa y pensáis en todo esto? Lee la carta de tu abuelo y mañana, o cuando tú quieras, volvéis y seguimos hablando del tema.

Ella se quedó pensando. Marc mantuvo la misma postura educada y distante que había tenido hasta entonces, pero observó discretamente a la joven e intentó ponerse en su lugar. Era obvio que adoraba a su abuelo y que le dolía profundamente que él no le hubiese confiado el hotel sin ninguna condición. Quizá a Marc no se le diera muy bien lidiar con sus propios sentimientos, pero reconocía a simple vista a una persona dolida y dispuesta a luchar, y la señorita Millán estaba buscando sus armas.

—Está bien, de acuerdo —dijo Olivia poniéndose en pie—. Gracias por todo, Enrique.

Este miró a Tomás, sorprendido por el cambio de actitud de ella. Luego se puso en pie para salir de detrás de su mesa.

—De nada, Olivia. —Se le acercó y le dio dos besos—. Estoy aquí para lo que necesitéis. Venid a verme si tenéis cualquier duda o pregunta.

Tomás se levantó y estrechó la mano del hombre mientras, con la mirada, le decía que no tardaría en llamarlo o en volver a visitarlo, y luego colocó una mano en la espalda de Olivia para guiarla hacia la puerta del despacho.

Marc también se había puesto en pie y esperó a que el notario se acercase a él.

—Mi ofrecimiento también lo incluye a usted, señor Martí —le dijo—. Venga a verme o llámeme si le surge alguna duda. El testamento del señor Millán es... inesperado y complejo, igual que el hombre que lo dictó.

—Gracias, señor Castro. —Marc le estrechó la mano mirándolo a los ojos—. Me temo que aceptaré su ofrecimiento.

—Cuando usted quiera —afirmó el hombre al soltarle la mano.

Marc se había pasado los últimos minutos tomando nota mentalmente de todas las preguntas que quería hacerle, pero antes quería hablar con la señorita Millán y con Tomás.

«Y matar a Álex.»

Por el momento, parecía tener más probabilidades de conseguir lo segundo que de hablar con la nieta del difunto señor Millán, porque, a juzgar por su mirada, Olivia Millán no tenía ni la más mínima intención de dirigirle la palabra a corto plazo. O en toda la eternidad.

Observó que la señorita Millán y el señor Palomares salían de la notaría con paso decidido; en realidad, Tomás Palomares parecía tener que acelerar el paso para poder seguir las zancadas de su protegida.

Marc aminoró la marcha para ganar algo de distancia e incluso fue al baño para asegurarse de que ellos abandonaban el edificio antes. En el servicio, se lavó las manos y se echó agua en la cara para serenarse y aclarar sus ideas. Las diversas situaciones que se sucedían en su mente eran catastróficas, cada una peor que la anterior. Cerró el grifo y se secó las manos con una de las diminutas toallas blancas de cortesía que había encima del mármol, junto a una maceta con una orquídea.

Salió de servicio y se despidió de la persona que ocupaba ahora la recepción de la notaría; una chica sonriente que, evidentemente, ignoraba lo que había sucedido en el despacho del notario.

Ya en la calle, miró a ambos lados para ver si veía a la señorita Millán o al señor Palomares y, al no detectar ni rastro de ninguno de ellos, sacó el móvil del bolsillo y echó a andar hacia la plaza donde había aparcado el coche.

Sonó una vez. Y otra.

—Contesta de una vez, Álex —masculló, tirándose del nudo de la corbata—. Contesta.

—¿Sabes qué hora es? —La soñolienta voz de su hermano gemelo sonó al otro lado de la línea.

—Me importa una mierda, Álex. Te voy a matar —añadió, para que le quedase claro cuál era su objetivo.

—Marc, ¿estás borracho?

—¡Qué más quisiera! —contestó él, cruzando un paso de peatones casi sin mirar. Estaba tan furioso, que el concepto de «seguridad vial» había desaparecido de su mente.

—¡Joder, Marc! Todavía tengo *jetlag*, llevo no sé cuántas noches sin dormir y estoy hecho una mierda, en sentido real y figurado —se quejó Álex, pero a juzgar por el ruido, estaba recolocando unas sábanas y unas almohadas, así que no se sintió en absoluto culpable por haberlo despertado.

—Haz las maletas y vuelve a España cagando leches. Acabas de heredar un hotel.

—¿Que he heredado qué? —Álex prestó atención de inmediato.

—Un hotel. Bueno, todo no, el cinco por ciento —especificó.

—¡Joder!

—Eso mismo he dicho yo. Me mentiste, me aseguraste que solo iba a estar en la notaría un par de horas y que luego podría seguir con mi vida. No me dijiste que el señor Millán te había tomado tanto afecto.

—No te mentí —contestó su hermano—. No tenía ni idea de que le hubiese causado tan buena impresión al señor Millán. Cuéntame exactamente qué ha sucedido. ¿De verdad me ha dejado el cinco por ciento del hotel? ¡Vaya con el señor Millán! ¿Seguro que es legal? ¿Qué han dicho el resto de los herederos? Porque supongo que hay más, ¿no?

—Pon el culo en un avión rumbo a España y, cuando llegues aquí, te lo cuento todo —dijo él, que no quería darle ninguna vía de escape.

—Ni hablar, Marc. Apenas llevo aquí unos días. Todavía no he llegado a San Francisco y en Las Vegas me ha sucedido algo. Ayer conocí a... —Tuvo que carraspear y su hermano aprovechó para interrumpirle.

—Me da igual. Por mí como si has conocido a Nicole Kidman. Olvídate de Las Vengas y vuelve a casa, sigue buscándote a ti mismo aquí y, si sufres por mí, tranquilo, ya me ocuparé de que no tengas que verme. —Marc echaba humo por las orejas.

Álex percibió el estado en el que se encontraba su hermano, era imposible no hacerlo, y de repente se dio cuenta de dos cosas: la primera, que hacía mucho tiempo que no veía u oía a Marc tan alterado por algo, y fuera lo que fuese lo que le había llevado a ese estado, había conseguido mucho más que cualquier cosa que hubiesen intentado sus hermanos o sus padres. Marc había reaccionado a algo, quizá fuera al reto que representaba el Hotel California, quizá fuera la partida de Álex o quizá fuera algo o alguien más, pero mejor que estuviera así a que volviese a estar triste y abatido como antes. Y la segunda, que él todavía no estaba listo para volver. Si regresaba ahora no habría resuelto nada, y tenía miedo de la persona en la que podía convertirse si no resolvía lo que fuera que le estuviera pasando por la cabeza últimamente.

—No voy a volver. Además, si ya han leído el testamento, ¿qué importancia tiene que vuelva ahora o dentro de unos meses?

—¡Unos meses! —Marc apretó el móvil con tanta fuerza que temió romperlo.

—Es un modo de hablar.

«Un modo de hablar, y ¿qué más?»

—Álex, tienes que volver. No has heredado el cinco por ciento sin más. Al parecer, al difunto señor Millán le gustaba complicar las cosas y su testamento está lleno de condiciones.

—¿Condiciones? ¿Qué condiciones?

Él se dio por vencido y suspiró. Sabía que, si no le contaba la verdad, no conseguiría que volviese.

«Y si se la cuento, probablemente tampoco volverá.»

—Tú has heredado el cinco por ciento y la señorita Millán el resto.

—¿Qué te ha parecido la nieta? —preguntó su hermano, relajado; siempre le había gustado provocarlo y nada ponía más furioso a Marc que negarle una discusión.

—Céntrate, Álex —lo riñó, sin picar el anzuelo—. Se supone que Olivia Millán y tú tenéis «un año para hacer que el hotel sea rentable y viable», cito textualmente.

Álex pensó que el tono de Marc era cada vez más revelador. Esa chica, Olivia Millán, le había aguijoneado con algo.

—¿Un año? ¿Y qué pasará si al concluir el año el hotel sigue teniendo los mismos problemas que ahora?

—¿El hotel tiene problemas? —Ya sabía Marc que aquello iría de mal en peor.

—Céntrate, hermanito, y resume un poco la historia —se burló Álex—. Perdón. Continúa.

—Si transcurrido el año el hotel sigue teniendo problemas, la hija del señor Millán heredará la propiedad con la obligación de venderla cuanto antes y darle el dinero a su hija Olivia. Tú te llevarías una parte en concepto de honorarios.

—¡Joder! —Álex no daba crédito a lo que estaba escuchando—. ¿Y si es rentable?

—Entonces la señorita Millán te recomprará las acciones por un precio aceptado por ambas partes y tú deberás vendérselas.

—¡Joder! —repitió.

—Sí, yo no podría haberlo resumido mejor —dijo Marc, sarcástico—. Ya puedes sacar el culo de la cama y empezar a hacer las maletas. —La línea se quedó en silencio unos largos segundos—. Álex, ¿estás ahí?

—Sí. Estoy pensando.

—Pues no pienses. Haz las maletas y ve al aeropuerto —insistió él.

—¿Cuánto rato has estado en la notaría? ¿Un par de horas?

—Sí, más o menos. ¿Por qué? —quiso saber Marc, suspicaz.

—¿Y has hablado con la nieta del señor Millán y con Tomás Palomares?

—Sí, he hablado con los dos. ¿Qué pretendías que hiciera, que los ignorase?

—No, por supuesto que no —contestó Álex—. Entonces, los dos te han visto de cerca.

—Sí, es lo que suele hacer la gente cuando está encerrada en un despacho durante más de una hora.

—Y te han visto la cicatriz —sentenció su hermano.

—¡Ah, no! ¡Eso sí que no! No te atrevas ni a sugerirlo, Álex —lo amenazó.

—Tú mismo dijiste que era imposible que no se fijasen en la cicatriz y tanto Olivia Millán como Tomás Palomares te han visto durante horas.

Si ahora vuelvo y me ven a mí, seguro que se darán cuenta de que los hemos engañado.

—De que los has engañado tú; yo solo cometí la estupidez de dejarme convencer por mi hermano gemelo. Soy una víctima de las circunstancias.

—De acuerdo, tú eres una víctima y yo soy el malo de la película. Os he engañado a todos; a ti, al señor Millán y a su nieta —aceptó Álex—. Sea como sea, ahora no pueden verme. Si me ven descubrirán la verdad y los dos nos meteremos en un lío.

—Seguro que tú, con tu encanto, sabrás sacarnos de él —replicó Marc, furioso con su hermano—. Vuelve aquí enseguida si no quieres que vaya a buscarte.

—Escúchame un segundo, por favor. Ahora no puedo volver, tengo que quedarme aquí. Y no lo digo solo por mi trabajo. Estos días me ha sucedido algo y tengo que quedarme.

—Álex —masculló él, adivinando cómo iba a seguir la conversación.

—A ti te despidieron la semana pasada y el otro día me dijiste que todavía no sabías qué ibas a hacer.

—¡Álex!

—¿Qué tiene de malo que te quedes ahí? El hotel está frente a una playa preciosa y puedes aprovechar para pensar.

—¡Álex! Se supone que tú y la nieta del señor Millán tenéis que resolver los problemas del dichoso hotel y sacarlo adelante. Tienes que ayudarla; el notario ha dicho que si quieres cobrar tu parte, tanto en caso de que el hotel se salve como si no, tienes que implicarte en su gestión diaria. Ayudar a la nieta de Millán a tomar decisiones.

—Tú también puedes hacerlo.

—¿Yo? Te has vuelto loco. Haz las maletas y vuelve enseguida. Estados Unidos empieza a afectarte el cerebro.

—¡Es una idea fantástica! —continuó su hermano como si él no hubiese dicho nada—. A ti siempre se te ha dado mejor que a mí la estrategia y tienes todas mis notas. Vamos, Marc, te sacaste la carrera con honores.

—Y no he ejercido nunca, ¿recuerdas? Soy veterinario, no economista.

—Eres las dos cosas —insistió Álex.

—No, solo soy veterinario. —Marc también se mantuvo firme.

—Entonces, hazlo porque así conseguirás el dinero para tu clínica. Si de verdad estás tan decidido a ser veterinario, atrévete a abrir tu propia consulta.

—Eres una rata rastrera.

—No lo soy. Mira, Marc, no te negaré que ahora mismo no puedo volver, ni que necesito quedarme aquí para resolver varias cosas, pero sé que tú puedes ayudar a la nieta del señor Millán como lo haría yo. De hecho, sospecho que incluso mucho mejor que yo. Entre esa chica y yo no hubo buena sintonía, me pareció demasiado cuadriculada, demasiado obsesiva.

—Mira quién habla —rio él por lo bajo.

—Por eso mismo sé que contigo estará mucho mejor.

—No pienso quedarme aquí un año haciéndome pasar por ti, Álex. Ni lo sueñes.

Los dos se quedaron en silencio. Marc ya había llegado a la plaza y se había sentado en un banco de piedra para seguir hablando.

—Está bien —dijo Álex—. Dame un par de meses, tres como mucho.

—No.

—Por favor.

—No.

—¡Tampoco tienes nada mejor que hacer con tu vida! —Álex se arrepintió de haber dicho esa frase casi al instante, pero no había forma de retirarla.

Él respiró hondo y se tragó su orgullo, y todas las respuestas le vinieron a la cabeza.

—Lo siento, Marc. No quería decir eso —se disculpó su hermano—. Sabes que no pienso eso. Perdona.

—Tal vez tengas razón, tal vez no tenga nada que hacer con mi vida, pero tú llevas años fingiendo que eres otra persona y te has largado a otro continente para huir de la realidad, así que vete a la mierda. —Tomó aire—. Iré al Hotel California y hablaré con la nieta del señor Millán y con el señor Palomares. Intentaré encontrar el modo de salir de esta. Te llamaré.

Colgó sin despedirse y sin darle la oportunidad de que él lo hiciese. Se quitó la corbata, se la guardó en el bolsillo de la americana y se metió en el coche para ir al hotel.

Y durante todo el trayecto intentó negarse a sí mismo que lo que había dicho su hermano Álex era verdad.

4

Las Vegas

La conversación con Marc había dejado a Álex más alterado de lo que estaba dispuesto a reconocer. Su instinto le decía que había algo en ese hotel que había hecho reaccionar a su hermano y que este tenía que quedarse allí, pero al mismo tiempo se preguntaba si quería creer eso porque era verdad o porque se ajustaba a sus planes. Porque si algo tenía claro Álex era que él no estaba listo para volver.

Dejó la habitación en busca de la piscina del hotel; le iría bien nadar un rato, pues le despejaría la mente. Además, aún no había podido dejar de pensar en la chica que había visto ayer al llegar al hotel. Él estaba exhausto por el viaje y, para qué negarlo, seguía teniendo mal cuerpo después de haberle contado a Marc el verdadero motivo de su viaje. La vio nada más poner un pie en el establecimiento, mejor dicho, se tropezó con ella nada más poner un pie en la recepción.

La desconocida, porque aún no sabía su nombre, se dio de bruces con él allí en medio. La culpa había sido de Álex, que estaba caminando con la cabeza agachada porque buscaba la reserva en su móvil, y cuando la levantó se topó con los ojos más bonitos que había visto nunca. Eran verdes, pero él estaba acostumbrado a los ojos de ese color porque dos de sus hermanas los tenían así, aunque se acercaban al gris. La dueña de esos ojos tenía además unas cejas muy inteligentes (sí, esa era la mejor manera de describirlas), el pelo negro y brillante, y llevaba el vestido más feo que había visto en toda su vida. De hecho, era tan feo que Álex no consiguió disimular la reacción que le produjo.

Ella soltó una carcajada.

—Lo siento —farfulló él en castellano para después cambiar al inglés—. *Excuse me.*

—No, si tienes razón —contestó ella en castellano—. Es el vestido más feo del mundo. Mi amiga es una sádica y ha vestido a sus damas de honor como si un unicornio se hubiese pasado la noche bebiendo y después hubiese vomitado encima de una tela blanca. Y, además, como si el patrón lo hubiese cortado Eduardo Manostijeras y el vestido lo hubieran cosido tres brujas también borrachas.

—Yo... —Álex se había quedado tan aturdido que no sabía dónde mirar—. No está tan mal.

—Es peor, todavía no has visto la espalda. He intentado huir para cambiarme —siguió la desconocida—, pero me han atrapado. —Señaló un grupo de chicas que había en la esquina y que llevaban vestidos idénticos—. Tengo que irme. Disfruta de Las Vegas, pero pase lo que pase no dejes que te inviten a una boda.

La desconocida se había ido corriendo y él todavía no se había recuperado. Quizá por eso iba en busca de la piscina del gimnasio del hotel y no la exterior; no se veía capaz de interactuar con la fauna de esa ciudad sin antes haberse desahogado un poco.

Entró en el gimnasio, que se encontraba en una de las plantas superiores del edificio, y fue directo al vestidor para dejar sus cosas e ir a la piscina. Una vez allí el distinguible olor a cloro consiguió hacerle sentir un poco mejor. Él y Marc habían practicado natación durante años y después, cuando Marc lo había dejado, Álex había seguido y la había mezclado con el waterpolo. El ruido, el color e incluso el olor de las piscinas siempre conseguían relajarlo y esa mañana, además, tenía la suerte de estar solo, así que se lanzó de cabeza al agua sin más dilación.

No sabía cuánto tiempo llevaba nadando, aunque lo suficiente para que notase el ejercicio en los brazos y la espalda, cuando se dio cuenta de que había alguien más en el agua. Llegó a la pared de la piscina en dos brazadas y sacó la cabeza del agua para investigar a su acompañante. Ella emergió un par de segundos después; llevaba gorro de piscina, no como él, que había optado por quitárselo, pero reconocería esos ojos en cualquier parte.

—Hola. —Ella reaccionó antes—. Hoy ya no estás perdido.

—No estoy seguro de eso.

Ella sonrió.

—Al menos estás en el agua; eso está bien. Te he visto nadar. No se te da mal.

—Gracias. —Tenía una mano apoyada en el borde de la piscina para sujetarse y alargó la otra hacia ella—. Me llamo Álex.

—Sara. —Ella la aceptó y se la estrechó—. Creo que somos los únicos locos que no estamos en la otra piscina. Sabes que hay otra piscina, ¿no?

Álex se rio.

—Lo sé; la de los turistas.

—Bueno, en su defensa diré que no es muy habitual venir a Las Vegas a nadar. La gente suele tener otros intereses.

—¿A qué se viene a Las Vegas?

—No lo sé, a mí me han traído. Supongo que se viene a cometer locuras. Ya sabes lo que dicen: lo que pasa en Las Vegas, se queda en Las Vegas.

—¿Y tú a qué has venido? —insistió Álex, porque tenía la imperiosa necesidad de saberlo.

—A la boda de una de mis mejores amigas o ex mejores amigas. Después del vestido que ha elegido para las damas de honor, no se merece estar en esa categoría.

—¿Qué tal fue la boda?

—Todavía no ha sido; es esta noche. Ayer tuviste la suerte de ver la salida triunfal del ensayo general. La muy sádica nos obliga a ponernos esa atrocidad dos veces. Y tú, ¿por qué estás en Las Vegas?

—Necesitaba pensar.

—¿Y has venido a hacerlo al lugar más estridente, hortera y escandaloso del mundo? Buena elección.

—No lo elegí yo.

—¿Y quién lo hizo?

—Digamos que necesitaba irme de donde estaba y Las Vegas fue el primer lugar que se me ocurrió.

—¿Eres espía?

Álex se rio de nuevo.

—No. ¿Por qué lo dices?

—Porque no contestas ninguna pregunta. Pero no importa, al fin y al cabo estamos en Las Vegas, la ciudad donde todo el mundo puede ser lo que quiera y donde se cometen locuras sin temer las consecuencias.

—¿Lo dices por experiencia? ¿Vas a cometer alguna locura?

—¡Qué va! De hecho, me he escondido aquí para no hacerlo. Estaba a punto de gritarles a mis amigas y no quería discutir con ellas. A pesar de lo que he dicho las quiero con locura y Susi no se merece que le eche a perder el día.

—¿Y por qué ibas a gritarles a tus amigas?

—Es complicado —respondió ella soltando el aliento—, y ¿por qué te estoy contando esto? Acabamos de conocernos y llevo este horrible gorro de silicona en la cabeza.

Tal vez lo correcto sería disculparse por haber sido tan curioso, decirle adiós y dejarle la piscina para ella sola, pero Álex decidió arriesgarse.

—¿Te apetecería contármelo sin el gorro de silicona? Podríamos desayunar juntos —le ofreció—. Tú podrías contarme por qué estás enfadada con tus amigas y yo que he venido hasta aquí porque no podía quedarme más tiempo en Barcelona viendo cómo mi hermano se castigaba por algo que no fue culpa suya.

—Yo...

—Vamos, acepta. Estamos en Las Vegas, ¿qué es lo peor que puede pasar? Tú me cuentas tus secretos y yo te cuento los míos. Y después, cuando nos vayamos de aquí, nadie tendrá que enterarse, ¿qué te parece?

—Me parece una gran idea. ¿Nos vemos en la cafetería que hay detrás de la ruleta dentro de media hora? Una de mis amigas me ha contado que es la que sirve el mejor café del hotel.

—Hecho.

Álex salió de la piscina sintiéndose mucho mejor que cuando se había lanzado al agua y no estaba seguro de que nadar tuviese nada que ver con el cambio. Veinticinco minutos más tarde llegaba a la cafetería y elegía una mesa lejos del ruido del casino y cerca de la ventana desde la que se veía uno de los espectaculares jardines del hotel.

Mientras esperaba a Sara, Álex intentó entender por qué esa chica, esa desconocida, le había afectado de tal manera. Él no creía en el amor a primera vista, de hecho, ni siquiera creía en la atracción o en la lujuria a primera vista. Cuando él había tenido pareja, tanto si había sido de una noche como durante un periodo más largo de tiempo, la había elegido por cuestiones prácticas y estaba seguro de que ellas habían hecho lo mismo. Esas cuestiones prácticas podían ir desde que los dos tenían las mismas aficiones o los mismos horarios a que los dos tenían el sábado libre. Él huía de las complicaciones y de las emociones intensas; todo eso se lo dejaba a Marc. La cuestión era, pensó entonces Álex, si lo hacía por eso, porque Marc parecía haberse apropiado de todo el corazón mientras los dos crecían juntos y a él le había dejado solo el cerebro, o porque se había acostumbrado tanto a no utilizar ese órgano que no sabía hacerlo.

Sin duda, basar la vida de uno en un Excel era aburrido, pero al menos no estaba continuamente al borde del precipicio como su hermano gemelo.

—¡Vaya! Tienes que estar pensando en algo muy serio —le dijo Sara apareciendo delante de él.

Álex parpadeó dos veces al verla.

—Llevas gafas.

Ella le sonrió.

—Sí. Ayer llevaba lentillas y en la piscina también, pero me las he quitado para descansar los ojos.

Álex no podía dejar de mirarla; el cristal de las gafas convertía sus ojos en dos lagos donde seguro que iban a bañarse las hadas. ¿Lagos donde iban a bañarse las hadas? ¡Joder, Álex! ¿Qué le estaba pasando? Carraspeó y volvió a hablar.

—Te quedan muy bien.

—Gracias. —Ella se sentó y abrió la carta del restaurante—. Quiero *pancakes*, café y zumo de naranja, ¿y tú?

Él al parecer era incapaz de leer porque se le habían fundido las neuronas del cerebro.

—Lo mismo.

Así se lo dijeron al camarero cuando fue a preguntarles qué iban a tomar y después se pusieron a hablar como si fuesen amigos de toda la vida. Un par de horas y tazas de café más tarde, Álex quiso saber algo.

—¿Dónde están ahora tus amigas? ¿Por qué tengo la sensación de que te estás escondiendo de ellas?

En el rato que llevaban hablando habían saltado de un tema a otro poniendo solo un límite a su conversación: nada relacionado con el trabajo.

—Están haciéndose la manicura y la pedicura, y tienes la sensación de que me estoy escondiendo de ellas —soltó el aliento— porque es lo que estoy haciendo.

—¿Por qué? ¿No te llevas bien con ellas?

—Las quiero como si fueran mis hermanas.

—Hace un rato me has dicho que eras hija única.

—Por eso. No me imagino la vida sin ellas. Cuando Susi se enamoró de Michael lo llevamos fatal porque supimos que ella acabaría mudándose aquí. Las quiero mucho y mataría por ellas. Ya viste el vestido que ha elegido Susi; si soy capaz de ponerme eso, soy capaz de cualquier cosa por ellas.

—Pero... —Álex le indicó con un gesto de la mano que siguiera.

—Pero todas tienen novio o novia. Todas excepto yo tienen pareja —siguió Sara y Álex no consiguió disimular lo mucho que le gustaba descubrir ese detalle—. Todas tienen pareja y están empeñadas en buscarme una. No dejan de presentarme chicos y de hacer listas de candidatos. Ayer, en el ensayo general, una de las tías de Michael se me acercó y me vendió a sus dos hijos como si fueran carneros. La tía de Michael de Arkansas está al corriente de mi lamentable y penosa soltería.

—Yo no veo nada de lamentable ni de penoso en estar soltero o soltera.

—¡Exacto! —Levantó la taza de café para brindar con él—. Yo tampoco. No sé qué bicho les ha picado para ponerse así. En casa no se comportan de esta manera; es como si la boda las hubiera enloquecido y necesitaba un descanso. Ayer les dije que me encontraba mal, que me había venido la regla y necesitaba descansar. —Se miró el reloj que llevaba en la muñeca—. He quedado con ellas dentro de dos horas para empezar a prepararnos para la boda.

—¿Y de verdad te encuentras mal?

—No —confesó— y perdona por la confianza, ni siquiera tengo la regla. Les he mentido como una bellaca y me siento fatal, pero de verdad que necesitaba un descanso. Si llegan a presentarme un chico más me pongo a gritar en medio del restaurante y echo a perder el ensayo de la boda. Necesitaba recuperar los ánimos para enfrentarme a la ceremonia y a la fiesta de esta noche; seguro que no descansarán hasta que tenga el ramo y los números de teléfono de todos los amigos, primos, sobrinos y hombres solteros de la familia de Michael o de cualquiera de los invitados.

—Las bodas pueden ser muy intensas en este sentido; todavía tiemblo cuando recuerdo la de mi hermano Guillermo. Nuestras tías se pasaron toda la noche presentándonos chicas a Marc y a mí, y estas lo pasaron igual de mal. No entiendo la necesidad que tiene cierta gente de emparejar a todo el mundo. Soltero y sin compromiso se está muy bien, gracias. Tendría que existir una empresa de alquiler de novios o novias ficticios para esta clase de eventos, así podríamos asistir en paz.

Sara se quedó mirándolo.

—Eres un genio, Álex. Un genio —repitió—. Ya sabía yo que era el destino que nos conociéramos. Es una idea genial.

—¿De qué estás hablando?

—¿Tienes planes para el resto del día?

Álex frunció el ceño.

—No sabía si apuntarme a una de esas excursiones al Gran Cañón o ver algún espectáculo. ¿Me recomiendas alguno?

—¿Qué te parecería asistir a una auténtica boda estadounidense? Los padres de Michael tienen un rancho y te juro que no me lo estoy inventando. Seguro que te lo pasarás bien y prometo que no tendrás ningún gasto. Yo me ocupo de alquilarte el traje. Y te aseguro que no volveremos muy tarde, volveré a fingir que me encuentro mal y...

—Para, para, para. —Levantó la mano en señal de *stop*—. ¿Qué estás diciendo?

—Claro, perdona, me he precipitado. Álex, tengo que pedirte un favor y no puedes decirme que no. Vale, sí que puedes, por supuesto que puedes, pero, por favor, por favor, por favor, di que sí. ¿Quieres acompañarme a la boda de Susi y Michael y hacerte pasar por mi novio?

Álex abrió los ojos de par en par.

—¿Acompañarte a la boda? ¿Como tu novio? Tus amigas no van a creérselo —le señaló.

—Tú eso déjamelo a mí. Les diré que te conocí en uno de mis últimos viajes de trabajo y que no se lo había contado porque nos peleamos antes de que pudiera hacerlo.

—¿Y cómo les explicarás que estoy aquí?

—Fácil, les diré que ayer nos encontramos por casualidad; que tú estás aquí por temas de trabajo y que hicimos las paces. Se enfadarán un poco porque no se lo he contado antes, pero no es la primera vez que hago algo así. Me cuesta mucho abrirme y hablar de mis cosas. Sí, ya, contigo no sé qué me pasa —reconoció al ver la mirada confusa de Álex—. ¿Qué me dices? ¿Aceptas acompañarme a la boda y fingir que eres mi novio durante unas horas?

Álex observó fascinado la mano que Sara había estirado hacia él para cerrar el trato y, por primera vez en su vida, no analizó las consecuencias de lo que iba a hacer.

—Acepto. —Estrechó la mano de Sara y se preguntó si era normal que el cosquilleo que había nacido en las yemas de los dedos cuando la había tocado se hubiese extendido por el resto de su cuerpo.

Hablaron de los detalles. Álex le aseguró que no tenía que alquilarle ningún traje y, aunque mantuvo la promesa que habían hecho de no hablar de trabajo, le aseguró que había viajado con uno porque en pocos días tenía una reunión importante en otra ciudad de Estados Unidos. Sara y él establecieron las bases de su relación ficticia para poder pasar con éxito el interrogatorio al que seguro les someterían sus amigas.

En la historia que inventaron, se habían conocido en Nueva York unos meses atrás, cuando ella había viajado para una entrevista de trabajo; trabajo que al final le habían dado. Sara salía del edificio en cuestión cuando chocó de bruces con Álex en plena calle. Igual que en esas comedias románticas que los dos odiaban; él porque no las entendía y ella porque le parecían más fantasiosas que las películas con vampiros u hombres lobo.

—De hecho, ¿qué te parece si nuestra historia de amor —hizo la señal de las comillas con los dedos— se basa en todos los clichés imaginables? Sería nuestra manera de *hackear* el sistema —sugirió Sara.

—No estoy seguro de que sea así como funciona —sonrió Álex—. Además, diría que nuestra relación real ya tiene demasiados clichés.

—¿Cuáles? —Sara alargó el tenedor hacia el plato de Álex y pinchó una fresa. Él no se molestó por la confianza y se limitó a empujar el plato hacia ella para que siguiera comiendo.

—No soy ningún experto, pero diría que conocerse en Las Vegas contigo vestida de dama de honor es algún cliché, y dentro de unas horas voy a fingir que soy tu novio delante de tus amigas.

—¡Dios mío! —rio—. Tienes razón. Somos un cliché. Al menos prométeme que no vas a enamorarte de mí —le pidió en broma, aunque en cuanto las palabras salieron de su boca bajó la mirada hacia el plato que él le había acercado y se sonrojó.

—Tranquila, no corres ningún peligro —le aseguró él tras carraspear—. No soy capaz de enamorarme de nadie.

—¿Por qué lo dices? —Sara levantó de nuevo la mirada.

—Lo he comprobado empíricamente. A lo largo de mi vida he conocido a muchas chicas maravillosas e incluso he tenido la suerte de salir con varias de ellas y de tener un par de relaciones duraderas, pero ni una sola vez me ha resultado difícil despedirme de ellas. No me mires así, no es nada malo.

—Yo no he dicho que lo sea.

—Puedo ver en tu mirada que te doy lástima.

Sara se rio.

—Hace menos de un día que te conozco, Álex, y no se me ocurre nadie que dé menos pena que tú.

—Está bien. Entonces, ¿por qué me miras así?

—Porque eso que acabas de decir es una estupidez, una tontería como la copa de un pino, que diría mi madre. Que no hayas conocido a nadie de quien te dé pena despedirte no significa que no seas capaz de enamorarte o que no vayas a encontrar a esa persona algún día. Solo significa que por ahora no la has encontrado.

—No es solo eso.

—Vamos, cuéntamelo todo. ¿En qué más se basa tu teoría?

—Me gusta estar solo. Ya te he dicho que Marc es mi hermano gemelo; somos idénticos físicamente. La sensación de soledad es algo nuevo para mí, es todo un descubrimiento. Me gusta y no me veo sacrificando esta sensación por nadie.

—Tal vez algún día no será un sacrificio. No lo sé. Hay gente a la que le gusta estar sola, gente que es mucho más feliz sola que acompañada, y eso está bien. Estar solo no equivale a sentir soledad o no debería.

Álex frunció las cejas ante esa última frase y decidió cambiar de tema.

—¿A qué hora es la boda?

Sara volvió a mirar el reloj y se puso en pie de un salto.

—¡Mierda! Perdón, lo siento. Es dentro de dos horas. Tengo que ir a ducharme y cambiarme. ¿De verdad vas a acompañarme? No te sientas obligado, a pesar de lo que hemos estado hablando, puedo enfrentarme a mis amigas. —Se sonrojó y se frotó el puente de la nariz, justo por debajo de las gafas—. De hecho, no puedo creerme que te lo haya pedido. No sé qué me ha pasado por la cabeza; ha sido...

—Quiero ir —afirmó Álex dejando el dinero del desayuno en la mesa y levantándose—. Cuando doy mi palabra siempre la cumplo —siguió porque de repente la idea de no asistir a esa boda con Sara le parecía impensable—. Y siento mucha curiosidad por tus amigas y por la familia ranchera de Michael.

—¿Estás seguro?

—Segurísimo.

Ella soltó el aliento y volvió a mirarle a los ojos, y Álex se asustó porque el corazón empezó a latirle muy rápido y de repente se le secó la garganta y encogió el estómago. Acababa de decirle a esa chica que él no tenía ningún problema en alejarse de alguien, que era un experto en dejar que la gente que formaba parte de su vida se marchase, que nunca había tenido miedo de perder a nadie. Y, sin embargo, en ese instante comprendió que con ella acababa de hacer justo lo contrario.

Porque la idea de ver marchar a Sara antes de conocerla un poco mejor le daba más miedo que la de no volver a verla nunca más.

—¿Estás bien? —le preguntó ella.

—Claro, es solo el calor. ¿En qué habitación estás?

—En la 507 —respondió ella—. Margot y yo compartimos habitación. En otra está Susi con Andrea y Delia.

—Pasaré a buscarte dentro de ¿hora y media?

—No hace falta. —Sara volvió a apartar la vista.

—Claro que hace falta, se supone que acabamos de reconciliarnos y que estoy haciendo méritos, ¿no? Además, cuanto antes me presentes a tus amigas, mejor; así nos quitamos este tema de en medio y seguimos con nuestro falso noviazgo más relajados, ¿no te parece?

—¿Estás seguro?

Álex se arriesgó a hacer algo que hacía mucho rato que quería hacer: levantó una mano y le apartó un mechón de pelo de las gafas para después quitárselas. Tenían una mancha en el cristal y las sujetó con cuidado para limpiarlas con el extremo de su camiseta mientras le respondía.

—Segurísimo, ya te lo he dicho. Toma. —Volvió a colocárselas y, si bien ella seguía sonrojada, él no pudo disimular que temblaba—. Así está mejor.

—Gracias —balbuceó Sara—. Será mejor que me vaya; tengo mucho que hacer.

—Claro. Nos vemos en un rato; yo me ocupo de esto. —Hizo señas a la camarera—. No, de esto me ocupo yo —le dijo a Sara cuando vio que ella buscaba también en su bolso—. Tú acabas de invitarme a una boda.

5

Marc salió del pueblo y condujo por la carretera de curvas que llevaba a la cala en la que se encontraba el hotel. Las vistas eran espectaculares, pero él estaba tan enfadado con su hermano y tan ansioso por resolver aquello que no se fijó. En circunstancias normales, probablemente estaría encantado de estar allí, pues la Costa Brava era uno de sus lugares favoritos donde perderse, pero en aquel preciso instante habría preferido estar en cualquier otra parte.

Vio una señal que indicaba el Hotel California y la siguió. En menos de cinco minutos llegó al aparcamiento del establecimiento, apagó el motor y se quedó pensando unos minutos. No volvió a ponerse la corbata, pues lo agobiaba y lo ponía nervioso, y ya tenía bastante con lo del testamento como para llevar además una soga alrededor del cuello.

Respiró hondo y ensayó mentalmente lo que le iba a decir a la nieta del señor Millán. Convencido de que su razonamiento no tenía ningún fallo y de que era lo mejor para las partes interesadas, salió del vehículo y se dirigió hacia la recepción.

Olivia se pasó todo el trayecto de regreso al hotel en silencio, conduciendo con la mirada fija en la carretera y apretando el volante con tanta fuerza que se le pusieron los nudillos blancos.

Tomás, que la conocía desde los nueve años, no intentó hablar con ella y tampoco le sugirió que se relajase; sabía perfectamente que no serviría de nada.

Cuando llegaron al hotel, Olivia aparcó el coche en la parte trasera, junto a los vehículos del resto de empleados, y fue directa al despacho que hasta hacía pocos días había compartido con su abuelo. Una vez allí, se quitó la chaqueta, se sentó encima de la mesa y esperó a que Tomás cerrase la puerta para empezar a hablar.

—¿Por qué me ha hecho esto el abuelo, Tomás? ¿Por qué? —le preguntó furiosa, con lágrimas en los ojos. Lágrimas que se negó a derramar.

—Quizá deberías leer la carta —le sugirió él, señalando la misiva que ella sujetaba en la mano.

—La leeré después —dijo.

Ya se imaginaba qué decía esa carta y precisamente por eso tenía miedo de leerla. Igual que sabía por qué su abuelo había redactado ese estúpido testamento.

—Tu abuelo estaba preocupado por ti, Olivia. Él opinaba, como yo, que te estás obsesionando con el hotel.

—No es verdad —afirmó ella apretando los dientes—. Lo único que pasa es que hay muchas cosas por hacer y alguien tiene que hacerlas.

—Tienes razón, pero no puedes hacerlas todas tú sola. Confía en nosotros —abrió los brazos para darle a entender que con eso incluía al resto del personal— y contrata a alguien más si es necesario. Quizá incluso podrías darle una oportunidad al señor Martí.

—¿Un año? ¿Acaso cree que con un año tendré tiempo de arreglarlo todo? —preguntó ella, ignorando el último comentario de Tomás.

Este suspiró y se quitó la americana. La lanzó a la butaca que había junto a otra mesa, llena de papeles, y luego se sentó encima, sin importarle si se arrugaba.

—¿Cuánto tiempo te habría parecido bien? No —levantó la mano en cuanto vio que abría la boca—, no me contestes, te lo diré yo. ¿Dos años? No. ¿Cinco? Tampoco. ¿Diez? Ni hablar. Ninguna cantidad de tiempo te habría parecido bien. Sabes perfectamente que siempre habrías encontrado alguna excusa para seguir enterrándote aquí. Lo sabes tú y lo sé yo. Y Eusebio también lo sabía.

—Yo no me estoy enterrando; lo único que estoy haciendo es luchar para sacar esto adelante —se defendió ella.

—Hay una diferencia entre luchar por sacar adelante un negocio y solo vivir para él, Olivia. Tu abuelo lo sabía. Cuando llegaste a su vida, sin querer te contagió su pasión y su obsesión por el hotel —enfatizó.

—Tú lo sabías —dijo ella, abriendo los ojos de par en par.

—No, la verdad es que no. No tenía ni idea de que Eusebio fuese a establecer esas cláusulas en su testamento. Pero me alegro de que lo hiciera.

Estaba convencido de que su amigo no se lo había contado a nadie, excepto a Enrique y por necesidad, y no se sentía ofendido. Aunque era un hombre muy generoso con sus sentimientos, Eusebio también era muy reservado para sus decisiones y esa había sido, sin duda, una de las más importantes de su vida.

—Tiene que haber un modo de impugnarlo. No pienso permitir que mi madre se quede con el hotel y lo malvenda.

—Yo no soy un experto, pero conociendo a tu abuelo y a Enrique, me apuesto mi mejor caña de pescar a que el testamento es totalmente legal e inimpugnable.

Olivia no dijo nada, pero en el fondo ella también opinaba lo mismo. Su abuelo siempre había sido muy concienzudo y Enrique Castro era un gran notario; seguro que antes de dar por bueno el documento lo habían revisado hasta la saciedad en busca de puntos débiles o irregularidades.

—Puedo entender que él se preocupase por mí —concedió Olivia—, e incluso que no quisiera que me encargase del hotel yo sola. Pero ¿meter a ese tal Martí en casa? ¿Acaso se volvió loco? Ese tipo vino aquí para una entrevista de trabajo hace años y seguro que engatusó al abuelo, ¡por el amor de Dios!

—Reconozco que es una elección arriesgada, pero tu abuelo tenía un don para conocer a la gente.

—Y quizá el tal Martí sea un encantador de serpientes —sugirió ella, sarcástica.

—Mira, yo solo hablé con Álex Martí un par de minutos cuando estuvo aquí y me pareció muy profesional. Tu abuelo pasó unos días con él repasando las cuentas y sé que le mandó varios *e-mails* y que habló con él unas cuantas veces por teléfono. Eusebio no era ningún estúpido y tú misma me dijiste que solo habías hablado con Martí diez minutos.

—Para una vez que pillo la gripe y tiene que ser, precisamente, durante la visita de ese tiburón. Seguro que le hizo la pelota al abuelo para metérselo en el bolsillo.

—Diciendo eso estás insultando a Eusebio —le recordó Tomás.

—Martí no me gusta.

—Eres hija única y la nieta más mimada y consentida que he conocido. En el hotel todos te adoran y se doblan a tu voluntad. Te quiero como si fueras mi hija, cielo, pero nunca te ha gustado compartir tus juguetes y me temo que ahora no tienes más remedio que hacerlo.

—Eso ya lo veremos.

Marc se plantó frente a la recepción y esperó a que el recepcionista dejase de tirarle los tejos a la huésped a la que estaba atendiendo. En cuanto la mujer se marchó, sonrojada y con una sonrisa de oreja a oreja, él dio un paso adelante y se presentó:

—Soy Álex Martí. Me gustaría hablar con la señorita Millán, por favor.

El recepcionista lo recorrió con la mirada y le dejó claro que lo que había visto no lo había impresionado.

—¿Le importaría decirme de qué se trata? —le preguntó el hombre.

Era una pregunta educada, pero el tono distó mucho de serlo.

—Es personal.

—Un momento. —Descolgó el teléfono y marcó dos cifras. Esperó a que contestasen en el despacho—. ¿Olivia? Hay un señor que quiere hablar contigo. —Hizo una pausa y después respondió a la pregunta que le había hecho su interlocutora—. Álex Martí. Comprendo. Adiós.

Marc enarcó una ceja y esperó a que el estirado recepcionista le comunicase qué le había dicho la señorita Millán.

—Espere aquí —le dijo, y Marc habría jurado que lo vio sonreír por lo bajo.

—Gracias —respondió con cortesía y retrocedió hasta una mesilla que estaba llena de folletos sobre la Costa Brava. Eligió uno y empezó a leerlo.

Seguro que la señorita Millán le iba a hacer esperar.

—Era Roberto —le dijo Olivia a Tomás, después de colgar el teléfono—. Álex Martí está en la recepción.

—Deberías salir a hablar con él, o invitarle a entrar.

Ella levantó ambas cejas.

—Vamos, Olivia. Tu abuelo se puso en contacto con ese hombre por algún motivo. No me dirás que no quieres averiguarlo.

—Lo único que quiero es echarlo de aquí —dijo ella.

Era consciente de que se estaba comportando como una malcriada, pero en aquel instante no le importaba. La decisión de su abuelo le había hecho daño y tenía derecho a la pataleta.

—Entonces habla con él —le sugirió Tomás—. Habla con él y averigua el modo de echarlo. Si no lo conoces, nunca sabrás si abusó de la confianza de Eusebio o si tiene algún trapo sucio.

—¡Tienes razón! —dijo y saltó de la mesa—. ¡Tienes toda la razón! —Se acercó a Tomás y le dio un beso—. Iré a hablar con él.

El hombre sonrió, aunque intentó disimularlo. Olivia siempre había tenido debilidad por los misterios, empezando por las novelas de Agatha Christie y terminando por su leve adicción a todas las series de detectives que daban en la tele. Adicción que ella negaría incluso bajo tortura.

—Iré a hablar con él y encontraré el modo de echarlo —le dijo de nuevo, frente a la puerta.

—Mantén la mente abierta, Olivia. Recuerda que tienes un año para conservar el hotel y quizá Álex Martí, aunque no te guste, pueda ayudarte.

—Está bien. Te prometo que le escucharé.

«Hoy, porque si mañana sigue aquí, lo echo a patadas.» Tomás no la creyó; reconocería una mentira suya a la legua, pero fingió que no se daba cuenta y la dejó marchar. Y le deseó toda la suerte del mundo a Martí, pues iba a necesitarla.

Marc tenía la mirada fija en un folleto que hablaba las excelencias de las escuelas de submarinismo de la zona, pero en su cabeza empezaba a cuestionarse si había hecho bien en ir al hotel. Quizá debería haber esperado un par de días.

—Veo que está impaciente por meter sus manos en mi hotel, señor Martí.

«Sí, debería haber esperado.»

Él dejó el folleto y se dio media vuelta para enfrentarse a la que probablemente sería una mirada fulminante de la nieta del señor Millán.

—He pensado que a los dos nos iría bien hablar un poco, señorita Millán. ¿Usted no lo cree así?

A pesar de lo que le había dicho a Tomás, Olivia había salido dispuesta a arrancarle los ojos al tal Martí, pero cuando este se dio la vuelta y lo vio de cerca, algo la hizo titubear. Aquel hombre estaba muy cansado. Y preocupado. Y...

—Tiene una cicatriz —dijo ella, antes de poder evitarlo.

—Si se va a meter con mi aspecto físico, creo que puede tutearme. Sí, tengo una cicatriz —afirmó Marc y se esforzó por que no le temblase el músculo de la mandíbula.

La cicatriz obviamente ya no le dolía, habían pasado muchos años, pero seguía avergonzándolo.

—Lo siento, ha sido muy maleducado por mi parte —reconoció Olivia, arrepentida por haber perdido los modales, pero durante unos segundos, los ojos de él la habían descolocado. Ahora su mirada volvía a ser la fría y distante que había mostrado en la notaría y ella había recuperado la compostura—. Discúlpeme.

—No tiene importancia —contestó Marc, fingiendo una indiferencia que jamás había sentido en relación con aquel tema.

—¿De qué quieres hablar? —le preguntó Olivia, de nuevo a la defensiva pero aceptando tutearlo.

Marc arqueó una ceja y le respondió:

—Del testamento, de cómo vamos a librarnos de él.

Ella lo miró confusa e intrigada.

—¿Quieres librarte de él? —Lo vio asentir y continuó—: ¿Por qué? Tú sales ganando pase lo que pase. Si el hotel va bien, tendré que comprarte las acciones y si no, cobrarás un sueldo. ¿Por qué ibas a querer librarte de él? —le repitió, suspicaz y desconfiada.

—Porque es obvio que tú no me quieres aquí y porque a mí nadie me ha preguntado si quiero tener algo que ver con esto.

—Dejando a un lado lo que yo quiera —dijo Olivia—, es evidente que mi abuelo quería involucrarte en el hotel y que tú debiste de decirle que estabas interesado.

Marc levantó un poco la vista y vio que el recepcionista no les quitaba ojo. Además, Tomás también había aparecido en la recepción y un par de camareros del bar pasaban continuamente cerca de ellos.

—¿Podemos ir a hablar a otra parte? —preguntó.

Olivia iba a negarse, pero entonces se fijó en lo que él ya había visto y accedió. Era mejor que esa conversación la mantuviesen en privado.

—Claro. Sígueme, Martí —le contestó, dirigiéndose hacia una sala que había junto a la cafetería.

Era la sala de juegos para los niños que se alojaban en el hotel, pero esa semana no había ninguno, así que estaría libre.

—¿Martí?

—Mi abuelo tenía la costumbre de llamar a la gente por su apellido y supongo que se me ha pegado. Es un poco anticuado, pero me gusta. ¿Te importa?

Marc se quedó pensándolo un segundo. A él lo incomodaba mucho que lo llamase Álex, pero era consciente de que no podía pedirle que lo llamase por su verdadero nombre y ya se había resignado a ello. Que lo llamase Martí era un buen punto medio, al fin y al cabo, era su apellido y la primera sílaba era prácticamente idéntica a su nombre.

—No, para nada, Millán —añadió.

Apenas conocía a aquella chica, pero a juzgar por lo poco que había visto, era todo un carácter, así que más le valía dejarle claro que no era ningún pelele. Si ella lo llamaba por su apellido, él también.

Olivia no dijo nada, pero Marc la vio contener una sonrisa y supuso que había acertado con la jugada.

Olivia lo guio hasta la sala de juegos y abrió la puerta. Aunque no era lo correcto, entró primera para encender las luces.

Él se detuvo al ver las paredes de colores y las sillas con respaldos en forma de cabezas de animales. Había también un par de sofás para los sufridos padres que estuviesen allí acompañando a sus hijos, tapizados con un estampado que recordaba la jungla. En una esquina vio un montón de juegos, desde el parchís hasta el Lince, pasando por el Trivial y el Pictionary. En otra se amontonaban *hula hoops*, balones, raquetas de playa y cometas.

—Siéntate —lo invitó ella, señalando uno de los dos sofás para adultos.

—Durante un segundo he pensado que me harías sentar en una de esas sillas —dijo él con una sonrisa.

Aquella sala le había recordado la sala de juegos que su madre había montado en casa cuando sus cinco hermanos y él eran pequeños. Ahora albergaba una máquina de coser y una tabla de planchar, pero Marc estaba convencido de que al ritmo que sus hermanos estaban teniendo hijos, su madre tendría que volver a habilitar la leonera.

Olivia no le devolvió la sonrisa y fue directa al grano.

—¿Le dijiste a mi abuelo que estabas interesado en trabajar para él?

—No.

—¿Pretendes que me crea que te ha dejado el cinco por ciento de la niña de sus ojos así por las buenas, porque le caíste bien?

Marc iba a decirle que era evidente que ella y no el hotel era la niña de los ojos de Eusebio Millán, pero se calló y optó por adoptar su misma postura directa y distante.

—No. Tu abuelo me ofreció trabajo y yo lo rechacé porque él quería alguien que estuviera dispuesto a quedarse aquí a largo plazo y yo quería una carrera internacional. Le di las gracias por su atención y su hospitalidad y pensé que no volvería a verlo nunca más.

—Sigue. —Acompañó la petición investida de orden con un gesto de la mano.

—Tres semanas más tarde, cuando yo ya estaba trabajando en otro lugar, el señor Millán me llamó y estuvimos hablando de ciertos temas que le preocupaban del hotel... —le explicó.

—¿Como cuáles? —lo interrumpió ella.

—Como de renovar las habitaciones sin cerrar el hotel, mejorar la oferta de ocio para los clientes, introducir el Hotel California en las páginas de reservas *on-line*, colocarlo en los primeros puestos y cosas por el estilo. —Marc recitó lo que Álex le había contado.

—¿Por qué te lo preguntó a ti?

«Y no a mí.»

—No lo sé, supongo que eso tendrías que preguntárselo a él —contestó Marc sincero—. Lo único que sé es que intercambiamos unas cuantas llamadas y *e-mails*, nada más. No volví a saber nada más de él hasta que recibí tu carta.

No sabía qué le había contado exactamente el señor Millán a su nieta y Marc ya se sentía fatal por estar mintiéndole sobre quién era. Hacerse pasar por Álex nunca le había sentado tan mal; no quería empeorar las cosas haciéndole creer que su abuelo no valoraba su opinión. Además, quizá toda aquella conversación fuera tan solo una trampa para averiguar si él le estaba mintiendo.

—¿Qué le dijiste? —Olivia clavó los ojos en los suyos.

—Le expliqué que al final me habían contratado en la cadena de Hoteles Vanity, en su departamento internacional, y que si estaba interesado en vender o en establecer alguna clase de acuerdo con Vanity podía pasarle con alguien del departamento nacional. Tu abuelo se negó, me dijo que no quería vender y que sencillamente le gustaba hablar conmigo porque yo, según él, tenía una visión muy peculiar del sector. No sé qué quiso decir con eso. La cuestión es, Olivia, que tu abuelo me cayó bien y hablamos unas cuantas veces. Después no volví a tener noticias de él hasta que recibí la carta de los abogados, y la tuya, citándome formalmente en la notaría. Hasta entonces, ni siquiera sabía que el señor Millán había muerto.

Olivia se quedó pensando unos segundos; la explicación de Martí encajaba con las fechas en que su abuelo había empeorado. Probablemente, se puso en contacto con Álex Martí cuando vio que empeoraba y luego su salud dio un giro tan radical que ya no pudo volver a hablar con él y optó por escribir aquel descabellado testamento. ¿Qué diablos tenía su abuelo en la cabeza? ¿Qué había visto en ese chico?

—¿No sabías nada del testamento?

—Nada en absoluto.

—¿Qué le contestaste a esas preguntas que te hizo acerca de las mejoras del hotel?

—Nada, la verdad es que hablamos de tonterías, creo que incluso del Barça.

—Entonces, ¿no tienes ni idea de cómo llevar el hotel y sacarlo adelante?

—Yo no he dicho eso. En realidad, tengo muchas ideas.

«Pero ¿qué estás diciendo, Marc?»

—¿Ah, sí? Sigo sin entender qué interés puedes tener tú en salvar mi negocio. Tú cobrarás de todos modos.

—¿Siempre eres tan desconfiada? Además, te recuerdo que si acepto quedarme aquí tendré que hablar con mi trabajo y dudo que les haga mucha gracia —improvisó y adornó la frase con una sonrisa—. Voy a tener que pedir una excedencia o gastarme mis vacaciones si quiero estar aquí y ver cómo funciona esto.

—Esto no es ser desconfiada, es ser inteligente. No me trago que esto te importe y tu sonrisa zalamera no me produce ningún efecto. Al fin y al cabo, ahora subirás en tu coche y volverás a Barcelona, donde seguramente te reunirás con tus amigos en un bar de lo más pijo y te reirás de lo que te ha pasado hoy.

—Espera un momento...

Olivia no lo dejó continuar.

—Pero para mí esto es muy serio. El hotel es mi vida y tengo que sacarlo adelante. Y a no ser que seas un asesino en serie o pueda demostrar que manipulaste a mi abuelo, no me queda más remedio que aguantarme y tenerte como socio durante un año.

—No soy ningún asesino en serie. Lo siento —dijo, sin sentirlo lo más mínimo—. Y tampoco manipulé a tu abuelo.

—No lo sé, quiero creer que él no lo habría permitido, pero no estoy segura. No me fío de ti, Martí.

No dijo que él no lo hubiese intentado y, sin saber muy bien por qué, a Marc le dolió la insinuación. Se había pasado los últimos seis años levantando un muro a su alrededor y Olivia Millán había encontrado una grieta en cuestión de horas.

—Y haces bien, no soy de fiar, pero te juro que en lo que a ti y a tu abuelo respecta, no he actuado en ningún momento con mala intención.

—Tampoco confío en tus buenas intenciones. —Olivia se mantuvo firme.

—Entonces tenemos que impugnar el testamento —ofreció él. Si ella no le quería allí, él no iba a imponer su presencia ni un segundo más de lo necesario.

—No. Antes de hablar contigo he llamado a Enrique, el notario. Si lo impugnamos, no podré dirigir el hotel y tendrá que hacerlo alguien externo. No pienso permitir que unos desconocidos metan sus narices en mis cosas. Seguro que mi madre encontraría el modo de convencerlos para que lo vendieran durante ese tiempo.

Marc no se atrevió a preguntar, pero era evidente que entre madre e hija no había demasiado afecto.

—En ese caso, ¿qué sugieres?

—No me fío de ti. Por lo que yo sé, podrías aprovechar este año para bajar el valor del hotel y vendérselo luego a tu empresa. Así cobrarías tu sueldo y probablemente tus jefes te ascenderían y te darían una comisión. Matarías dos pájaros de un tiro.

—Puedo cambiar de trabajo; llevo tiempo dándole vueltas a la idea de abrir algo yo solo —soltó Marc de repente. Por un lado la desconfianza y los insultos velados de aquella chica le estaban afectando y, por otro, necesitaba decirle alguna verdad y eso lo era—. Y te aseguro que no tengo ninguna intención de aprovecharme de la situación.

Por fin había dicho un par de frases que podía atribuirse como propias.

—¿Dejarías tu trabajo por esto?

La pregunta lo desconcertó. Álex le había dicho que no tenía nada que hacer con su vida y, aunque la frase le había dolido, tenía que reconocer que en parte era verdad, al menos en sentido profesional. En lo personal no quería pensarlo.

Por otra parte, su hermano le había pedido dos o tres meses y Álex siempre lo había ayudado. Era de los pocos que nunca lo habían condenado y no podía dejar de pensar en la conversación que habían mantenido aquel último día. Marc no podía exigirle a Álex que regresase hasta que él tuviese su vida en orden; no era justo para su hermano que siguiera sintiéndose responsable de cuidarle o de ser perfecto para compensar sus defectos. Y si Álex no volvía él podía quedarse allí, fingiendo que era Martí, un buen contable y economista dispuesto a ayudar a Millán a sacar adelante el legado de su abuelo. Durante unos meses podía dejar de ser miserable, y si para ello tenía que mentir y convertirse en otra persona y fingir que tenía sueños e ilusiones propias, lo haría:

—Dejaría mi trabajo por la oportunidad de abrir mi propio negocio dentro de unos meses. Tú misma lo has dicho, si sacamos el hotel adelante tendrás que comprarme mi tanto por ciento y entonces tendré suficiente dinero para hacer lo que quiero. Ahora que lo pienso, es una gran idea, puedo instalarme aquí y...

—¿¡Qué!? —Olivia se puso en pie y se plantó delante de él—. ¿No decías que no estabas interesado en el hotel?

—Y no lo estoy. Escúchame un segundo, por favor. —Le señaló el sofá con la mano y ella volvió a sentarse.

—Empieza a hablar.

—Me quedaré tres meses, quizá en dos podamos lograrlo, pero creo que tres es un plazo más realista.

—¿Para qué?

—Haremos reformas, pondremos el hotel al día y conseguiremos vender la ocupación de toda esta temporada y la siguiente. Estableceremos un plan, una hoja de ruta —añadió, al ver que ella le prestaba atención—, y la llevaremos al notario para que vea que el hotel tiene el año y, lo más importante, el futuro asegurado. Estoy convencido de que, entonces, Enrique Castro encontrará el modo de que podamos saltarnos la cláusula de esperar todo el año. Tú podrás quedarte de nuevo con el cien por cien de las acciones y yo podré seguir con mi vida.

—Después de haber cobrado tu dinero —apuntó Olivia.

No quería reconocerlo todavía, pero era una gran idea. Tres meses pasaban en un abrir y cerrar de ojos y el tal Martí parecía estar convencido de que podía lograrlo.

—Solo la parte proporcional a tres meses.

—¿Y si en tres meses no lo consigues? —le preguntó, entrelazando los dedos.

—Pues me quedo otro mes más. En realidad el testamento establece que tenemos un año de margen y no sabemos si el notario encontrará el modo de saltarse esa cláusula. Piénsalo, si sale bien serán solo unos meses y si sale mal, como mucho un año. Sea como sea, no voy a quedarme aquí más tiempo. Tómatelo como una motivación: cuanto antes saquemos el hotel adelante, antes te librarás de mí.

—Pareces muy seguro de ti mismo.

«Si tú supieras...»

—Mira, tal como te he dicho, estoy dispuesto a dejar mi trabajo hoy mismo. —Suspiró y se pasó las manos por el pelo, que, a esas alturas, te-

73

nía más que despeinado—. Digamos que me estoy replanteando qué hacer con mi carrera profesional. Tres meses o un año no son nada y si tu abuelo pensó que yo podía ayudar, no pierdes nada por intentarlo, ¿no crees?

«Y así yo le hago un favor a mi hermano y reúno el dinero para mi clínica veterinaria. Y de paso quizá me olvide de quién soy.»

Olivia se quedó mirándolo de nuevo. Igual que cuando lo había visto en la recepción, no podía quitarse de encima la sensación de que su mirada ocultaba mucho más de lo que mostraba. La primera vez que Álex Martí visitó el hotel, solo lo vio diez minutos, cierto, pero su presencia le resultó completamente indiferente, incluso olvidable. En cambio, ahora, no podía dejar de mirarle los ojos y el modo en que apretaba la mandíbula cada vez que creía que ella le miraba la cicatriz. Y no porque le pareciese atractivo, que lo era, sino por algo más.

Olivia había crecido en un hotel de la Costa Brava, había vivido toda su adolescencia en una de las playas más hermosas de España, un lugar que visitaban anualmente los hombres más guapos del mundo; rusos, alemanes, italianos, británicos, noruegos, por no mencionar el turismo nacional. No, Olivia era inmune a los tíos buenos. Los miraba, claro, habría que estar muerta para no fijarse en ciertos hombres, pero luego los olvidaba. Igual que había hecho con Álex Martí la primera vez que lo vio.

Por qué esa vez era distinto, no lo sabía, pero no iba a darle más vueltas. Probablemente se debiera a la falta de sueño, o a que echaba mucho de menos a su abuelo. O a aquella cicatriz. Fuera lo que fuese, seguro que se le pasaba en un par de días. Además, él le estaba haciendo una oferta que no podía rechazar.

—¿Lo quieres por escrito, Martí? —le preguntó, tendiéndole la mano.

—No hace falta, Millán —afirmó Marc, aceptando el apretón—. Estoy seguro de que eres de fiar —añadió en broma, en un intento algo desesperado por negar el cosquilleo que había sentido en la mano y que luego se había extendido por el brazo y el resto del cuerpo al tocarla.

—Yo de tú no lo estaría tanto —le advirtió ella.

«No coquetees, Olivia. Recuerda que tiene el cinco por ciento de tu hotel.»

—De acuerdo, pues —dijo Marc soltándole la mano—. Si no tienes inconveniente, iré a Barcelona a buscar mis cosas y volveré mañana.

—Perfecto. Te prepararemos una habitación para entonces. Es lo normal para los empleados —añadió, al ver que él iba a decir algo—. Y así podremos aprovechar más el tiempo. En el pueblo no hay demasiados pisos libres y sería una estupidez que te alojases en otro hotel.

—Sí, claro. Siempre y cuando no sea ninguna molestia.

—No lo es. Mañana te presentaré a todo el mundo, aunque probablemente ya los conozcas de tu anterior visita.

—De acuerdo. —Marc asintió y se dirigió hacia la puerta de la sala de juegos. Se detuvo con la mano en el picaporte—. Me gusta esta sala.

—Y a mí —reconoció Olivia.

Marc abrió y caminaron el uno al lado del otro hasta la recepción. Podía notar cómo ella seguía observándolo y supuso que seguía sin confiar en su propuesta. En un acto reflejo, sacó un papel de uno de los bolsillos de la americana y aceleró el paso hasta la recepción, donde pidió que le prestasen un bolígrafo.

—Este es mi número. —Le entregó el papel a Olivia—. Si te lo piensas mejor, llámame. Yo saldré de mi casa a las ocho de la mañana. Si para entonces no he sabido nada de ti, daré por hecho que quieres seguir adelante con lo que hemos hablado.

Ella aceptó el papel y lo guardó en el bolsillo del pantalón.

—¿Cómo sé que puedo confiar en ti? —le preguntó.

—No lo sabes —contestó sincero.

«Y la verdad es que no puedes.»

Olivia se quedó mirándole en silencio, analizándole de tal modo que Marc pensó que iba a descubrir toda la verdad sobre él en aquel instante. Nunca se había sentido tan expuesto, tan incómodo en su piel y tan carente de lo que fuera que esa chica estaba buscando en él. Iba a decirle adiós, tenía que hacer algo para interrumpir aquel escrutinio, cuando ella le hizo una pregunta:

—Si mi abuelo te hubiese llamado para contarte que iba a hacer esto, ¿qué le habrías dicho?

Marc parpadeó confuso y decidió responder en su nombre y no como creía que lo haría Álex.

—Le habría dicho que hablase contigo.

Olivia contuvo la respiración y asintió.

—Nos vemos mañana —le dijo y desapareció por una puerta que había junto a la recepción sin esperar a que él se despidiera.

6

Marc condujo de vuelta a Barcelona mucho más tranquilo de lo que lo había estado en el viaje de ida. Conectó la música del coche y escuchó tres de sus álbumes favoritos; el último de Matchbox Twenty, uno de Travis y *Tosca* de Puccini. Sus hermanos siempre se burlaban de su afición a la ópera, porque decían que, de todos ellos, con el que menos encajaba era con él. Pero a Marc no le importaba; ningún otro género musical tenía la fuerza de la ópera. Esta podía reflejar la intensidad de las reacciones humanas sin recurrir a las estridencias de los efectos sonoros modernos. Por no hablar de las historias que se contaban en sus canciones.

Aunque tenía que reconocer que sus hermanos tenían razón en una cosa: de todos ellos, con el que menos encajaba era con él.

La explicación era lógica, pero Marc nunca se lo había contado a nadie. De pequeño, al igual que el resto de sus hermanos, odiaba la ópera; le parecía aburrida, lenta e incomprensible. Un montón de tipos que gritaban en alemán o en italiano, raras veces en español, y que siempre terminaban muriéndose de tifus o de malaria, o de alguna otra enfermedad del siglo XVIII. Pero a su madre le apasionaba y por eso Marc empezó a fingir que a él también: para poder estar a solas con ella y establecer una conexión especial.

Las notas de *E lucevam la stelle* sonaron por los altavoces y recordó la primera vez que la escuchó con su madre en la cocina de casa. No pudo evitar sonreír; ella estaba cocinando algo, macarrones probablemente (en esa época siempre le pedían que los preparase los sábados), y lo dejó todo para contarle a Marc qué decía la canción.

Y, al final, lo que había empezado como una farsa se convirtió en realidad y Marc se convirtió en un enamorado del género.

Si sus padres hubiesen vuelto del viaje, se habría detenido en su casa y los habría saludado, pero todavía seguían en Egipto, así que se fue directo a Barcelona y, en cuanto llegó a su piso, empezó a hacer las maletas. No se llevó demasiadas cosas, básicamente ropa, un neceser con lo indispensable, su viejo portátil y las libretas con los apuntes de Economía.

Dado que iba a estar dos o tres meses ausente, vació la nevera y fue a ver a su vecino, un jubilado muy amable, para decirle que no iba a estar y para pedirle, por favor, que le vaciase el buzón. Con todo eso resuelto, se duchó y se preparó algo de comer, pero estaba tan cansado que se acostó tras comer un par de bocados.

Hacía mucho tiempo que no se quedaba dormido sin dar mil vueltas en la cama, pero esa noche lo consiguió.

Olivia no podía dormir. Todavía no había abierto la carta de su abuelo; la había guardado en el cajón de la mesilla de noche, justo debajo de las fotos de la última Navidad que había encontrado unos días antes, mientras ordenaba el despacho. Le dolía mirarlas, pero al mismo tiempo la reconfortaban y la hacían sonreír.

El día había sido muy intenso; el testamento de su abuelo la había pillado por sorpresa y la posterior visita del señor Martí no lo había sido menos. ¿Cómo se habría hecho esa cicatriz? Evidentemente no se lo había preguntado, pero eso no significaba que no sintiese curiosidad.

Álex Martí estaba resultando ser mucho más enigmático de lo que ella había creído en un principio. La última frase que le había dicho antes de irse era el motivo por el que no lo había llamado para anular su acuerdo.

«Le habría dicho que hablase contigo.» Álex entendía que ella se sentía marginada por la decisión de su abuelo, traicionada incluso. Y creía que su abuelo debería haber hablado con ella antes de ofrecerle nada a él.

«O eso es lo que quiere que creas.»

Olivia se secó una lágrima. Daría todo lo que tenía para volver a hablar con su abuelo, aunque fuese solo un segundo. Ese era el tiempo que necesitaba para decirle «Lo siento». Se secó otra lágrima, y otra, y otra, y por más que lo intentó no consiguió quitarse de la cabeza que la última vez que hablaron discutió con él.

Era viernes y en el hotel llevaban una semana caótica y llena de problemas. Todos estaban exhaustos y muy nerviosos y ella llevaba prácticamente dos días sin dormir y sobreviviendo a base de cafés, manzanas y algún que otro pastelito. Cada día parecía el fin del mundo, pero la verdad era que el mundo no se terminaba nunca y que al final la gran mayoría de crisis se solucionaban por sí solas.

Pero Olivia entonces no lo veía así, de hecho, estaba convencida de que si ella desaparecía un segundo, el hotel se vendría abajo y se derrumbaría sobre sus cimientos.

Eusebio, preocupado por su nieta y harto de su comportamiento obsesivo, entró en el despacho y le colgó el teléfono sin preguntarle con quién estaba hablando.

—Pero ¡¿qué haces!? —le gritó Olivia con los ojos abiertos como una posesa, al borde de un ataque de nervios.

—Tienes que salir de este despacho —le dijo su abuelo—. Llevas cinco días aquí encerrada.

—No puedo. Tengo que llamar al de la agencia rusa —añadió sarcástica, descolgando el teléfono de nuevo.

—No, ya lo llamaré yo —insistió su abuelo.

—No, da igual. Ya lo hago yo —se resistió ella.

—Olivia, he dirigido este hotel durante años sin tu ayuda. Creo que soy perfectamente capaz de llamar a una agencia.

Ella enarcó una ceja y marcó el número. Él volvió a colgarle.

—Te he dicho que ya llamaré yo —repitió, hablándole como si fuera una niña pequeña que se niega a terminarse la sopa—.Tú ve a ducharte y sal a dar una vuelta.

—Llama tú a la agencia, si tantas ganas tienes, pero yo no me iré a dar ninguna vuelta. En la cocina...

—Manuel y Lucrecia lo tienen todo controlado.

—No es verdad, hay un horno que no funciona y hoy han llamado dos camareras para decir que estarán de baja.

—Nos las apañaremos sin ti. Ve a ducharte y sal a pasear. Llama a tus amigas.

—Abuelo, no tengo quince años. Tengo responsabilidades.

—Oli, si no sales del hotel un rato, terminarás volviéndote loca.

—¿Acaso crees que no soy capaz de ocuparme de todo?

La falta de sueño y el exceso de agotamiento le estaban pasando factura.

—Yo no he dicho eso.

—¿Ah, no? Pues a mí me ha parecido que sí. Soy capaz de ocuparme de todo, abuelo. Llevo meses haciéndolo.

—Porque no permites que nadie te ayude —la provocó Eusebio.

—Porque nadie parece estar dispuesto a arrimar el hombro.

—Eso no es verdad. Lo único que sucede es que tenemos miedo de acercarnos. Estás tan obsesionada con controlarlo todo que cuando alguien tiene una duda prefiere no hacer nada y dejar que te ocupes tú de solucionarlo. Así no funcionan las cosas.

—Tú ya no sabes cómo funcionan las cosas, abuelo —lo atacó ella.

—Olivia —replicó él—, no sé cómo funcionan los ordenadores, pero a ti aún te falta mucho que aprender acerca de cómo llevar un hotel.

—¡Oh! Yo me desvivo por el hotel, pero no puede decirse lo mismo de ti.

—¡Olivia!

—¿Sabes qué, abuelo? Si tan mal lo hago, será mejor que me vaya. —Tiró de la chaqueta que tenía en el respaldo y se puso en pie—. Ya nos veremos. Espero que vaya bien tu conversación con la agencia rusa.

A Olivia le cayó otra lágrima y se la secó furiosa. Después de esa discusión, fue a su dormitorio y se duchó, pero no salió. Se quedó dormida en la cama hasta primera hora de la tarde del día siguiente. A lo largo del sábado, se cruzó con su abuelo tres o cuatro veces y en todas las ocasiones él le tocó el brazo o le acarició la mejilla o la espalda, pero ella lo ignoró y no se dignó hablarle.

El domingo, sufrió un infarto del que ya no se recuperó. Se había comportado como una estúpida, como una niña malcriada. En todos los años que llevaba viviendo con su abuelo habrían discutido, como mucho, diez veces, y le parecía muy cruel que el destino hubiese decidido llevárselo después de una de esas pocas discusiones. Y encima de una tan banal.

Su abuelo tenía toda la razón; llevaba demasiados días allí encerrada. Apenas había dormido y no podía decirse que hubiese comido demasiado bien. Estaba al borde de un ataque de nervios y lo único que él había querido era evitárselo. Pero ella lo había insultado y prácticamente le había dicho que no sabía ocuparse del hotel, cuando era él quien lo había levantado de la nada.

No era de extrañar que hubiese decidido no dejarle el negocio a ella; no se lo merecía.

Seguro que después de aquella horrible y estúpida discusión, Eusebio se dio cuenta de que no estaba preparada para hacerse cargo del hotel y por eso había establecido el periodo de un año: para que demostrase que sí podía sacarlo adelante. Y si no, pasaría a Isabel, que lo vendería en cuestión de segundos.

No, Olivia no iba a permitirlo, iba a demostrarle a su abuelo que podía salvar el hotel y convertirlo en un lugar de referencia. Le demostraría que no era la niña malcriada de aquel día y que era perfectamente capaz de dirigir el negocio. Sí, lo haría sentirse orgulloso de ella, aunque ya fuese demasiado tarde para que pudiese verlo con sus propios ojos.

Y no leería aquella maldita carta hasta entonces.

Marc se revolvió nervioso entre las sábanas. Las apartó de una patada y, sin despertarse, tiró la almohada al suelo. Tenía la respiración entrecortada y la camiseta empapada de sudor. Cualquiera que lo hubiera visto en ese instante se habría dado cuenta de que no solo estaba teniendo una pesadilla, sino que esta era horrible.

Apretó los dientes y se le marcaron unas arrugas en las comisuras de los labios y de los ojos.

También tenía la frente fruncida y los puños completamente cerrados, como si así pudiese contener la agonía que estaba sintiendo. De repente, arqueó la espalda y se sentó gritando:

—¡No!

Abrió los ojos e intentó recuperar el aliento. Tardó varios minutos, durante los cuales dejó vagar la vista por el dormitorio. Despacio, se acercó al borde de la cama y apoyó los pies en el suelo.

El corazón estaba muy lejos de latirle con normalidad, pero ya no tenía la sensación de estar al borde de un infarto, aunque todavía notaba cómo unas gotas de sudor frío iban deslizándose por su espalda.

Había sido solo una pesadilla. Levantó una mano y se la pasó por la cara, pero al notar la cicatriz que le recorría el lado derecho, la apartó como si se hubiese quemado.

No había sido solo una pesadilla.

7

Afueras de Las Vegas
Rancho Calhoun

Álex había visto suficientes películas del Oeste para saber el aspecto que se suponía que tenía un rancho, pero ninguna le había preparado para la realidad. Aun así no era la enorme extensión de tierra ni los magníficos animales que había en los establos o paseando por los espacios habilitados para ello, ni tampoco la preciosa decoración de la boda ni los lujosos coches de los invitados lo que le había dejado sin aliento y sin capacidad de razonar.

Eso lo había conseguido Sara cuando le dio la mano y enlazó los dedos con los de él después de abrirle la puerta de la habitación.

Las amigas de Sara le habían interrogado como si fuese un delincuente y saltaba a la vista que no les había hecho ninguna gracia que Sara les hubiese mentido sobre él y les hubiese dado plantón esa mañana. Álex llegó a temer por su integridad física cuando Susi, con la cabeza llena de rulos y una maquilladora pegada a su lado repasándole las mejillas, le dijo que no acababa de creerse su historia. Él no había sabido qué decir, pero entonces Sara se acercó a él, le dio la mano, le plantó un beso en la mejilla y le contó a su amiga que no les había hablado de él porque le dolía demasiado recordarle: como si ellos dos hubieran vivido una gran historia de amor.

Susi y el resto de las chicas suspiraron al escuchar el discurso de Sara y cambiaron el modo de mirarle. Y desde aquel instante Álex no podía dejar de pensar en la supuesta historia que él y Sara habían vivido. ¿Podía sentir celos de algo que no había pasado? Porque estaba llegando a la conclusión de que era eso, celos, precisamente lo que estaba sintiendo. Tenía celos de lo que nunca había sucedido entre él y Sara, de esos encuentros en Nueva York, de los paseos, de las conversaciones, de las noches de sexo que según la imaginación de las amigas de ella habían vivido entonces.

Tenía celos del Álex de esa historia porque el Álex real, el que vivía en su piel, nunca había sentido nada así y dudaba que fuera capaz de sentirlo. Le daba miedo.

—Tenías razón —le dijo entonces Sara, que seguía a su lado dándole la mano. Estaban sentados en la segunda fila de sillas blancas, en el lado de la novia, mientras Susi y Michael, que había resultado ser un chico genial y muy simpático, intercambiaban sus votos.

—¿En qué? —susurró Álex.

—En lo de conocer a mis amigas en el hotel. Gracias por acceder a hacer esto.

A Álex le costó tragar saliva, no sabría explicarlo, pero le sentó muy mal que ella le recordase que estaba allí desempeñando un papel y no porque de verdad fuera amigo de la pareja.

—¿No crees que deberías decirles la verdad a tus amigas? —siguió hablando en voz muy baja—. No se tomarán nada bien que les hayas mentido.

Sara tembló y él apretó los dedos alrededor de los de ella.

—¿Vas a delatarme delante de ellas?

—No, por supuesto que no. Solo digo que tal vez deberías contarles la verdad antes de que sea demasiado tarde. Acabo de conocerlas, pero salta a la vista que todas te quieren con locura y que harían cualquier cosa por ti. No deberías mentirles.

—Sé que me quieren y no hace falta que me des lecciones sobre ellas. Tú mismo acabas de reconocer que acabas de conocerlas. —Le soltó la mano y Álex volvió a buscarla, arrepentido por haberla herido y porque no quería echarla de menos cuando todavía la tenía al lado. Cuando ella aceptó el gesto y no se apartó, él respiró un poco mejor—. Hoy es la primera vez en mucho tiempo que vuelven a hablarme como si fuera una de ellas. —Suspiró—. Es la primera vez que no se refieren a mí como «la pobre Sara», así que, si no es pedir demasiado, no me juzgues y sigue fingiendo que estás locamente enamorado de mí. Solo serán unas horas más.

Álex se quedó pensando. Era cierto, él acababa de conocer a esas chicas. Acababa de conocer a Sara. Él no era nadie para juzgar la decisión que ella había tomado. Lo único que ella le había pedido era que la acompañase a la boda y fingiera ser su pareja durante esa noche. No era culpa de ella que por algún motivo inexplicable él sintiera la necesidad de protegerla o de abrazarla y no soltarla nunca. Él tenía que lidiar con eso, no ella. Y si la idea de que su relación fuese una pantomima le revolvía el estómago, él era el único culpable por haber aceptado ayudarla.

—Claro. No diré nada, tranquila. Seguiré desempeñando el papel de novio de cartón piedra. —Sonó más dolido de lo que pretendía o quizá no consiguió disimular lo que le pasaba.

Ella se giró a mirarlo y se humedeció los labios, gesto que hipnotizó a Álex, pero cuando ella iba a hablar de nuevo, la señora que tenían sentada delante se dio media vuelta y los fulminó con la mirada.

—Perdón —se disculpó Sara.

Álex sonrió a la señora y también se disculpó.

Después de la ceremonia, Álex y Sara se vieron envueltos en la vorágine de la boda y no volvieron a estar solos. Estaban sentados en la misma mesa que las amigas de Sara y sus parejas, y Álex no recordaba la última vez que había reído y hablado tanto. Se descubrió a sí mismo contando anécdotas de su vida que casi creía olvidadas y guardó en la memoria cada pequeño detalle que iba descubriendo sobre Sara: había nacido en Madrid, aunque sus padres eran de Toledo; había estudiado Historia del

Arte, aunque su trabajo no tenía nada que ver con eso; había conocido a sus amigas (la novia y las damas de honor) en un campamento de verano al que sus padres las habían enviado cuando tenían ocho años. Un campamento religioso del que habían acabado echándolas. Las historias de ese campamento habían conseguido que Álex tuviese tal ataque de risa que había acabado llorando.

Llegó el momento de los discursos. El hermano de Michael, que había actuado como padrino de boda, fue el primero en hablar y logró que varias de las mujeres presentes, por no decir todas, y la gran mayoría de hombres se emocionasen. Las palabras de Grayson, un completo desconocido para Álex, sobre el amor y sobre la amistad le revolvieron también la conciencia. O quizá fue culpa del vino y de que llevaba horas rodeado de globos blancos y dorados y todo a quien le presentaban concluía la conversación diciéndole que él y Sara formaban una pareja estupenda.

—Y ahora, damas y caballeros —concluyó Grayson—, las damas de honor de mi preciosa cuñada van a deleitarnos con un baile.

La sala entera aplaudió y Álex miró sorprendido a Sara mientras ella escondía el rostro entre las manos.

—¿Un baile?

—Tierra trágame —farfulló ella y después miró a sus amigas—. Creía que habíamos decidido no hacerlo.

—¡Oh, vamos! No seas gallina —la retó Andrea—. Será divertido.

—¿Divertido? —Sara parecía estar a punto de vomitar.

—Claro. Además, se lo debemos a Susi. Recuerda esa vez que...

Sara detuvo a Delia antes de que pudiese terminar la anécdota.

—Está bien. —Se puso en pie y miró a Álex—. Si decides huir a medio baile, no te culparé. Gracias por estar hoy aquí.

Él se puso en pie y vio que el resto de las parejas de sus amigas también lo hacían para darles ánimos.

—No voy a irme a ninguna parte —le aseguró—. Te lo prometo.

Sara ladeó la cabeza y antes de que él pudiese reaccionar se puso de puntillas y le dio un suave beso en los labios. Cuando Álex recuperó la respiración, ella ya estaba en la pista de baile ejecutando una complicada y divertida coreografía.

Se sentó porque sabía que era lo correcto; de pie obstruía la vista del resto de invitados, y porque le fallaron las rodillas. Todavía notaba un cosquilleo en los labios y, cuando Sara le miró desde la pista y le sonrió guiñándole un ojo, un extraño calor nació en el interior de su estómago y se preguntó cómo diablos había vivido todo el tiempo sin saber que existía una sensación tan maravillosa como esa.

El baile concluyó con una gran ovación por parte de los invitados y con los recién casados uniéndose al baile. Las amigas de Sara se dispersaron y todas fueron a buscar a sus parejas para bailar.

—Hola —le dijo Sara deteniéndose frente a él, sonrojada y con la frente perlada de sudor—. ¿Te apetece bailar?

Álex no lo dudó ni un segundo.

—Claro.

Se puso en pie y aceptó la mano que ella le tendía para ir hasta la pista. Una vez allí, la sujetó por la cintura y ella le rodeó el cuello con los brazos. Sara no llevaba gafas, antes le había explicado que se había puesto las lentillas, y el vestido, aunque seguía siendo horrible, dejaba la espalda de ella al descubierto, con lo que Álex notaba la piel de Sara bajo las yemas de los dedos. Alex no sabía si el mareo que sentía era porque se perdía en la mirada de ella o por culpa de estar tocándole la espalda desnuda. La conclusión era la misma: estaba hecho un lío y no sabía qué hacer para remediarlo.

—Álex —Sara suspiró y se acercó más a él para descansar la mejilla en su torso.

El corazón de Álex no iba a recuperarse jamás de eso.

—¿Sí?

—Antes te he dado un beso.

—Lo sé, me he dado cuenta —siguió él, intentando controlar la respiración—. ¿Por qué lo has hecho?

—¿Para que me diese suerte? —Echó la cabeza hacia atrás para mirarle a los ojos un segundo y después volvió la cabeza adonde estaba antes—. Lo siento, no tendría que haberlo hecho.

Álex se tensó.

—¿Lo sientes?

Ella asintió contra la camisa blanca y después respondió:

—Ya te he pedido demasiadas cosas; no es justo que además te bese sin tu consentimiento. Además, tienes razón, no debería mentir a mis amigas y tampoco debería utilizarte a ti para ello.

Álex se detuvo en medio de la pista, no tenía ni idea de qué canción estaba sonando, y subió las manos por la espalda desnuda de Sara hasta llegar a los hombros y poder alejarla de él para mirarla a los ojos.

—No me estás utilizando, Sara. Estoy aquí contigo porque quiero, ¿entendido? Y lo de tus amigas, no soy nadie para decirte qué debes hacer con ellas.

—No debería mentirles.

—Pues diles la verdad, pero hazlo cuando y como tú quieras, y no porque yo te haya dicho nada. No soy nadie para juzgarte.

A ella le brillaron los ojos y él llevó las manos hasta sus mejillas. Deslizó un pulgar para capturar una lágrima que se había escapado.

—¿Te ha molestado que te besara? —le preguntó entonces ella.

Primero él solo fue capaz de girar la cabeza.

—No —consiguió pronunciar.

Entonces bajó la cabeza despacio en busca de los labios de ella y cuando los encontró descubrió que la suavidad de Sara podía destruirle y que, a cambio de un suspiro de ella, era capaz de entregar su alma al diablo. Cuando ella susurró su nombre y le acarició con la lengua, Álex reaccionó con tanta rapidez y brusquedad que se asustó: en aquel instante habría podido devorarla, de hecho quería hacerlo, allí mismo. Toda la capacidad analítica que se suponía que tenía, esa calma que supuestamente no perdía nunca, todo desapareció y solo quedó él. Un chico que lo único que necesitaba era seguir besando a esa chica.

—Álex —dijo ella al separarse.

Él la miró a los ojos y en ellos adivinó las dudas y los miedos que él también tenía.

—Te propongo algo.

—¿Qué?

—No pensemos demasiado —dijo él—; sigamos con las normas de esta mañana: no hablemos del trabajo.

—Acabas de besarme. —Ella se humedeció los labios.

—Y quiero volver a hacerlo, si tú también quieres.

—¿Qué es lo que propones?

—Se supone que esta noche somos pareja, que estoy loco por ti y tú por mí. —Mientras decía eso volvió a bajar las manos por la espalda de Sara y los dos empezaron a balancearse despacio y seguir el ritmo de la música.

—¿Solo esta noche?

—Ni tú ni yo sabemos qué sucederá mañana. —Álex no pudo más, se agachó para morderle el labio inferior y besarla otra vez—. Estamos en Las Vegas, aquí todo es posible.

—¿Y mañana? ¿Y cuando ya no estemos aquí? —Ella enredó los dedos en el pelo de la nuca de él hasta que Álex tuvo que cerrar los ojos un segundo para poder pensar.

—Hablemos de mañana cuando llegue. Esta noche, no.

—De acuerdo. Esta noche solo existe esto. —Sara se puso de puntillas y al mismo tiempo tiró de él hacia abajo para poder besarlo.

No se separaron hasta que Álex se apartó con la respiración entrecortada.

—O nos vamos al hotel o bailamos separados un rato —suplicó.

—¿No podemos hacer ambas cosas?

—Podemos hacer todo lo que tú quieras, Sara.

Sonaron las notas de la siguiente canción y Sara tiró de él hacia la zona de baile donde estaban el resto de sus amigas y amigos. Horas más tarde, después de despedirse de los demás con la promesa de que Álex también estaría presente en la cena que organizarían en Madrid cuando los novios volviesen del viaje de novios, estaban sentados en la parte trasera de un taxi de regreso al hotel.

—Ha sido una fiesta genial —suspiró Sara con la cabeza recostada en el asiento y la mano enredada en la de Álex—. Gracias por acompañarme.

—Gracias por invitarme. —Él también estaba cansado, pero era incapaz de dejar de mirarla—. Todavía no me has contado a qué ha venido lo de ese baile con tus amigas.

—Y es un secreto que me llevaré a la tumba.

—Michael me ha dicho que espera ver otro baile del mismo estilo en la boda de Andrea con Marta.

—La pobre Marta no sabe la vergüenza que le vamos a hacer pasar. Vamos a vengarnos de todos los retos que nos ha puesto Andrea estos años —confesó Sara—. Ya lo verás. —Abrió los ojos de golpe—. Quiero decir, perdona, yo...

Pero Álex no la dejó continuar. Se inclinó hacia ella y la besó.

—Todavía es hoy. De todo esto ya hablaremos mañana. Es lo que hemos acordado, ¿recuerdas?

—Sí, pero...

Volvió a besarla y, cuando el taxi se detuvo en la puerta del hotel, ni Álex ni Sara se acordaban de lo que estaban hablando.

Gracias a la hora que era o a que el hotel tenía un número indecente de ascensores, Álex y Sara subieron solos al primero que abrió las puertas en el vestíbulo donde estaban esperando. En cuanto las puertas se cerraron, Álex acarició con una mano el rostro de Sara para besarla y con la otra apretó el botón del cuarto y del quinto piso.

El ascensor se detuvo en el cuarta planta y Álex apretó el botón que mantenía las puertas cerradas.

—Mi habitación está aquí. —Soltó a Sara y dio un paso hacia atrás—. La tuya en la siguiente planta. Si quieres podemos vernos mañana.

—O podemos pasar la noche juntos —sugirió ella acercándose de nuevo a él—. Si quieres, claro.

Álex capturó sus labios al mismo tiempo que dejaba que las puertas del ascensor se abriesen. Guio a Sara afuera del aparato y, tras comprobar que estaban solos en el pasillo, la levantó en brazos; de algo tenía que servir ser tan alto. Ella se rio y ocultó el rostro en la camisa de él, consiguiendo que Álex se sintiera el hombre más afortunado del planeta.

Camino a la habitación Álex pensó en lo que haría cuando cruzase la puerta y tuviese a Sara para él solo, en lo que le diría, en cómo la desnudaría despacio y buscaría la manera de convencerla de que lo que estaba pasando entre ellos iba mucho más allá de esa noche. Pensó en el tiempo que se tomaría para seducirla y para aprender sus secretos. Pero cruzaron el dintel y ella susurró su nombre y le mordió el labio para después pasarle la lengua por la zona herida y desabrocharle los botones de la camisa y Álex se olvidó de sus planes, de sus buenas intenciones y de su nombre, y se convirtió en un ser que lo único que quería era que ella siguiera acariciándole y besándole.

—¡Dios, Sara! —consiguió farfullar mientras ella le desabrochaba el cinturón y él le bajaba la cremallera del vestido.

Ella se limitó a sonreírle antes de besarle el esternón. Álex perdió el control, volvió a levantarla en brazos y, mirándola a los ojos para asegurarse de que ella estaba igual de ansiosa que él, la tumbó en la cama. Durante los primeros minutos los dos actuaron por impulso; sus brazos y piernas buscaban dónde encajar para poder estar más cerca el uno del otro, arrancándose las piezas de ropa que les quedaban sin dejar de besarse ni de tocarse.

Se movieron desnudos; él estaba seguro de que, si hubiera sentido algo así por alguien, no habría permitido que le separasen jamás de la causante de todas y cada una de esas reacciones. Apretó instintivamente los dedos en la cintura de Sara y se asustó. ¿Cómo era posible que ella ya significase tanto? Reconocía su piel como si hubiese llevado toda la vida buscándola, sus ojos se negaban a dejar de mirarla y su sabor... dudaba que nunca pudiese olvidarlo.

No quería olvidarlo.

—Álex. —Ella tiró de él para volver a besarlo.

—Espera un segundo.

—No —se quejó ella con una sonrisa dándole otro beso y hundiendo los dedos en su pelo.

—Voy a buscar un condón —farfulló porque era eso o terminar allí mismo, y se moriría porque antes de eso quería descubrir cómo sonaba Sara cuando tenía un orgasmo.

—No tardes.

Alex saltó de la cama y fue en busca de su neceser de viaje, dando gracias por no haberlo vaciado del todo la última vez que se fue de vacaciones. Regresó a la cama y vio que Sara se había cubierto con la sábana.

—No hagas eso —le pidió sin reconocer su propia voz—; no te escondas de mí. Hoy no.

Se sentó en la cama y dejó el preservativo en la mesilla de noche para colocar la mano encima de la que ella tenía en el borde superior de la sábana. Despacio se agachó para besarla y juntos apartaron la tela blanca. Álex consiguió dominar su deseo o, mejor dicho, se preguntó qué pasaría si no volvía a verla nunca y con ese miedo logró calmarse un poco, lo suficiente para descubrirla a ella y besar cada centímetro de su piel. Deslizó la lengua por entre sus pechos muy despacio, observando fascinado cómo se erizaba y sonrojaba. Después besó y acarició la cintura y las piernas, hasta que vio que Sara hundía los dedos en la cama para intentar no temblar tanto.

—Sujétate a mí —le dijo con la voz ronca de deseo, y levantó una de las manos de ella para apartarla de la sábana y colocarla encima de su hombro—. Mírame, por favor. —Esperó a que Sara abriera los ojos—. Te prometo que cuidaré de ti.

Ella asintió y entonces Álex agachó la cabeza entre las piernas de ella. Lo quería todo con ella, no podía explicarlo y la verdad es que no iba a perder tiempo intentándolo. Por primera vez iba a dejarse llevar porque lo contrario era impensable.

Quería descubrir el sabor de Sara, memorizar qué movimientos tenía que hacer para que ella suspirase de esa manera que a él le robaba el aliento, aprenderse el tacto de su piel de tal modo que pudiera encontrarla a ciegas. Y quería, necesitaba, que ella le diese una señal, la que fuera, de que le estaba pasando lo mismo que a él.

No se detuvo hasta que Sara tembló y se estremeció bajo sus caricias. Habría podido quedarse así, pues a él no le hacía falta nada más.

—Álex, yo... —Le pasó los dedos por el pelo y le acarició—. Túmbate.

Obedeció, habría hecho cualquier cosa que le pidiera ella, y esperó. Sara se incorporó sobre un brazo y depositó un beso en su clavícula. Después otro, y otro.

Álex no podía dejar de temblar.

—Sara, si no quieres que...

Ella le besó y no le dejó terminar.

—Quiero.

Y acto seguido ella destruyó el poco control que le quedaba a Álex abriendo el preservativo y colocándoselo para después sentarse encima de él y hacerle el amor. Aquel término a él siempre le había parecido ridículo, cursi, un eufemismo con florituras innecesarias. El sexo era sexo y a él le gustaba, y siempre lo había practicado con personas que lo veían igual que él. Nunca había tenido ideas muy profundas alrededor de ese tema y nunca había creído eso de que existiera una persona con la que fuera distinto a las demás. Si existía respeto y atracción, el sexo funcionaba.

Pero lo que estaba pasando en esa cama con Sara no era lo mismo. Era como comparar un dibujo de un niño de seis años con la Capilla Sixtina.

—¡Sara, joder! Espera un momento. —Su mundo se estaba desmoronando. La sujetó por las caderas—. Espera, por favor.

—No puedo.

Ella se inclinó hacia delante y le dio un beso con tanto fuego que el cuerpo entero de Álex ardió. Se olvidó de todo, principalmente del miedo, y dejó de pensar, de analizar, de calcular para solo sentir y perderse en los besos, caricias y suspiros de Sara. Dejó que ella hiciera con él lo que quisiera porque sus instintos y su corazón sabían que era lo único que podía hacer.

Sara no dejaba de pronunciar el nombre de Álex, de acariciarle, de besarle, como si estuviera tan desesperada como él por tenerle cerca. Estaban sudados, temblaban y eran incapaces de decir nada excepto sus nombres o gemir. Sus bocas no se alejaban, respiraban el uno a través del otro y sus manos se sujetaban para asegurarse de que no se separarían nunca. Cuando terminaron se quedaron abrazados, confusos porque ninguno de los dos se sentía preparado para explicar qué acababa de suceder, conscientes de que eso no era comparable a sus anteriores experiencias.

Álex fue al baño en silencio y cuando volvió abrazó a Sara y volvió a besarla despacio. Al separarse ella recostó la cabeza en el torso de él y le acarició el pecho. Él no hizo ningún esfuerzo para disimular que todavía tenía la respiración entrecortada y que era completamente incapaz de controlar los latidos de su corazón.

Los dos sabían que aquella sensación era algo delicado, como encontrar una preciosa flor en medio de una nevada, y no querían hacer nada que pudiera marchitarla.

Cerraron los ojos. Habían acordado que esa noche podían fingir; mañana hablarían de lo que había pasado. Álex intentó no dormirse, no quería perderse ni un segundo de lo que le estaba pasando con Sara, pero el cansancio de las noches en vela y de la boda pudieron con él.

Cuando se despertó, Sara no estaba, ni en su cama ni en el hotel.

En la recepción lo único que consiguió que le confirmasen fue que la habitación que había ocupado Sara estaba a nombre de Michael Calhoun, el ahora marido de Susi. Álex se maldijo por haber aceptado las condiciones de Sara, pues por culpa de eso ahora ni siquiera sabía su apellido ni tenía su número de teléfono porque había supuesto que se lo pediría esa mañana.

Y ella se había ido sin dejar una nota.

El dolor que Álex sentía en el pecho hacía que le costase respirar, pero la confusión y el mal humor le impulsaron a seguir adelante.

Podía no buscarla; tal vez ella no quería volver a verle y lo más sensato sería respetar su decisión.

Pero ella le había besado de esa manera, le había abrazado y había abierto los ojos en el último instante, entregándole no solo su placer, sino también parte de su corazón. O así lo había interpretado porque él se lo había dado todo, por absurdo que sonase y por estúpido que fuese aquel órgano. Él estaba muerto de miedo y seguro de que Sara también.

Él no le había dicho lo que sentía y había permitido que ella creyera que eran un rollo de una noche. Tenía que hablar con ella, aunque fuera solo una vez, para asegurarse de que sabía la verdad. Si después Sara no quería saber nada de él, Álex encontraría la manera de aceptarlo, pero tenía que estar seguro.

No tenía el teléfono de Sara.

No sabía su apellido ni dónde vivía ni dónde trabajaba.

Pero tenía el teléfono de Michael, que había insistido en dárselo, y no dudó en llamarle. Saltó el contestador y Álex soltó tantos tacos en voz alta que temió que apareciera algún empleado del hotel en su habitación. Michael le había dicho que esa misma mañana salían de luna de miel, así que seguro que aún estaba en el avión.

Volvería a llamarle mañana. Mientras haría las maletas y dejaría el hotel; había cambiado de planes y tenía que darse prisa si no quería perder su vuelo a San Francisco. El trabajo tal vez conseguiría distraerle y le iría bien llegar antes a la sucursal de esa ciudad para empezar a prepararse, aunque dudaba que su cerebro lograse concentrarse. Además, no se veía capaz de seguir allí ni un segundo más, pues veía a Sara en todas partes y su mente insistía en torturarlo recordándole imágenes de la noche anterior. Si Sara no estaba, tenía que dejar esa habitación antes de perder la cabeza del todo, porque estaba seguro de que su corazón ya no tenía salvación.

8

Marc llegó al hotel a las nueve y media de la mañana. Después de que la pesadilla lo despertase, no intentó volver a dormirse y se metió directamente en la ducha. Al terminar, se puso unos vaqueros, una camiseta blanca y una chaqueta azul marino y se fue del apartamento sin permitirse plantearse por qué precisamente esa noche había vuelto a soñar con el accidente.

Condujo hacia la Costa Brava y se dejó hipnotizar por los movimientos monótonos y mecánicos de la conducción.

No sabía cómo explicarlo, pero a pesar de que nunca lo había olvidado y de que era algo en lo que pensaba a diario (y no solo debido a la cicatriz), casi nunca soñaba con lo que había sucedido esa noche.

Al principio sí, por supuesto. Después de salir del hospital, apenas soñaba con otra cosa, hasta que de repente dejó de hacerlo. No tenía sentido, pero los sueños eran mucho más reales que los recuerdos que solían asaltarlo cuando estaba despierto. Y, por ello, mucho más dolorosos.

Dormido, Marc podía oír la radio del Ford Fiesta, las risas, los gritos. Podía sentir cómo crujía el metal de la carrocería, cómo rechinaban los frenos y se rompían los cristales. Los cristales y el asfalto eran siempre lo peor. Cuando estaba despierto, no recordaba especialmente la sensación de golpear el asfalto, o de clavarse un cristal de más de quince centímetros en la cara, pero en el sueño sí.

Y eso no era lo peor. Si no conseguía despertarse, la pesadilla continuaba hasta que llegaba la ambulancia y se lo llevaban al hospital. Antes de que el enfermero cerrase la puerta trasera de la ambulancia, Marc siempre veía dos cuerpos sin vida en el suelo y el coche en llamas.

Dejó el coche en el aparcamiento para huéspedes y salió sin llevarse el equipaje. Ya iría más tarde a buscarlo. Se encaminó hacia la recepción, porque no había quedado en ningún lugar concreto ni a ninguna hora en especial con Olivia, y supuso que allí encontraría a alguien que supiese decirle dónde estaba.

No hizo falta. En cuanto llegó, la señorita Millán en persona apareció tras el mostrador.

—Buenos días, Martí —lo saludó.

—Buenos días, Millán —dijo él con una sonrisa.

¡Qué extraño! Bastó con que lo llamase por su apellido con aire burlón para que se relajase un poco.

Olivia miró el reloj de la pared y dijo:

—Enseguida llegará Natalia, una de nuestras recepcionistas. ¿Has desayunado?

—La verdad es que no —contestó Marc.

—El café del bar es muy bueno y también las ensaimadas —le dijo ella, mientras anotaba algo en un bloc.

—Y tú, ¿has desayunado?

Olivia no apartó la vista de lo que estaba haciendo, pero respondió:

—No. Creo que me he tomado un café hace horas, pero no estoy segura.

—Entonces te espero y desayunamos juntos.

Ella levantó la cabeza de golpe.

—No es necesario. No sé si Natalia...

—Buenos días, Olivia —dijo una joven rubia justo entonces.

Marc se apartó y la dejó pasar. Era una chica espectacular; altísima y con un cuerpo de infarto. Tenía curvas donde había que tenerlas y sabía moverse. Iba impecablemente maquillada y olía de maravilla. Y, sin embargo, Marc tan solo apartó un segundo la mirada de Olivia.

Millán, como había empezado a llamarla también en su mente, tenía mala cara y solo se había maquillado lo justo para ocultar lo que debían de ser unas ojeras considerables. Llevaba una camisa blanca con un estampado diminuto que, a esa distancia, Marc habría jurado que eran unos conejitos y encima una chaqueta de color amarillo que la hacía parecer sacada de una película de los años sesenta.

Millán desprendía clase. Sí, eso era. Era una extraña mezcla entre Audrey Hepburn y Lucy, la quisquillosa amiga de Snoopy y Charlie Brown. Y a Marc, aunque no tenía intenciones de hacer nada al respecto, le resultaba mucho más atractiva que la escultural Natalia.

—Buenos días, Natalia —saludó Olivia a la recepcionista—. No sé si conoces al señor Álex Martí.

Al oír el nombre de su hermano, Marc salió de su ensimismamiento y recordó qué estaba haciendo allí.

—No, me temo que cuando el señor Martí vino aquí, yo estaba de vacaciones. Pero me han hablado de él —dijo Natalia con voz sensual—. Es un placer. —Le tendió la mano y le sonrió de oreja a oreja.

—Lo mismo digo —contestó Marc, estrechando la mano de Natalia.

Sí, aquella era la clase de mujer con la que él solía relacionarse: guapa, libre y sin complicaciones. Entonces, ¿por qué diablos no le estaba haciendo caso? Era más que evidente que ella estaba receptiva.

—El señor Martí se quedará con nosotros unos meses —explicó Olivia, seria. ¿Eran imaginaciones de Marc o ella había fruncido el ceño?—. Las habitaciones veinte y veintidós quieren ir de excursión a Francia; encárgate por favor de llamar a un taxi.

—Enseguida —dijo Natalia.

—Yo acompañaré al señor Martí a desayunar. Si me necesitas, estaré en la cafetería —añadió, saliendo de la recepción.

—No te preocupes, Olivia. Hasta luego, Álex —se despidió la joven. A pesar de que su jefa levantó las cejas al escuchar que se dirigía a él por su nombre de pila, Natalia se limitó a sonreírle. Él obviamente presenció el intercambio y, al ver que Olivia también sonreía y ponía los ojos en blanco, concluyó que entre las dos mujeres existía una gran complicidad.

Una vez en la cafetería, se sentaron a una de las mesas. La estancia era pequeña, acorde con el resto del hotel, con muebles de madera noble y mesas cubiertas con manteles de lino blanco. Encima de todas ellas había un discreto jarrón de cristal con flores frescas propias de la zona y de fondo podía escucharse una música muy agradable. ¿Ópera?

—¿*Tristán e Isolda*? —preguntó atónito—. ¿No te parece que Wagner es demasiado intenso para estas horas?

Olivia no disimuló lo sorprendida que la dejó que reconociese la pieza.

—¿Qué ópera pondrías tú por la mañana? —Quizá había tenido suerte y lo había adivinado por casualidad. O quizá solo conociera esa ópera.

Marc fingió pensarlo un segundo.

—Probablemente *Rigoletto*, y creo que me decantaría más por Verdi o por Mozart; Wagner lo dejaría para la noche.

Olivia se dio por vencida y asumió que a aquel hombre al que había decidido ignorar le gustaba la ópera tanto como a ella.

«Pero no voy a cambiar de opinión sobre él», se aseguró.

A diferencia de Marc, Olivia había intentado odiar el *bel canto* por todos los medios. De pequeña, asociaba la ópera con su madre; con esa mujer que, prácticamente después de dar a luz, decidió aparcar a su hija recién nacida en un hotel para irse a vivir la vida. Años más tarde, y gracias a su abuelo, comprendió que la música estaba muy por encima del egoísmo de La Belle Millán, y se enamoró por completo de ciertas óperas, en especial de las favoritas de su abuelo, como por ejemplo *Tristán e Isolda*. Por eso la había puesto esa mañana.

Olivia no creía ni en el cielo ni en el infierno, pero si existían, seguro que su abuelo estaba en el primero, donde sonarían óperas constantemente.

—Puede que tengas razón —reconoció—, pero me apetecía escucharla.

Marc se encogió de hombros y le sonrió.

—Cuando ayer volvía a Barcelona, me puse *Tosca* en el coche.

Normalmente no se sentía cómodo hablando de sus gustos musicales, pero con Olivia creyó que podía hacerlo, así que decidió arriesgarse.

—Puccini es uno de mis compositores favoritos —dijo ella, premiándolo con una sonrisa.

«¡Oh, no, Marc! Ni se te ocurra. Tú sigue como siempre.»

Una sonrisa no iba a bastar para conquistarlo. ¿Conquistarlo? No, seducirlo.

—Y mío —dijo él, ignorando la voz de su conciencia—. Si hoy estuviese vivo, probablemente sería compositor en Hollywood y habría ganado varios Óscar.

—Probablemente. ¿Qué te apetece desayunar? —le preguntó ella, zanjando el tema.

A juzgar por cómo se le había encogido el estómago, eso era lo más acertado.

—Un café con leche, por favor, y una de esas ensaimadas de las que me has hablado antes.

—Enseguida vuelvo.

Olivia se acercó a la barra y le pidió a Pedro, uno de los camareros más antiguos del hotel, que les preparasen dos cafés con leche y dos ensaimadas. Después fingió ocuparse de algo en la caja registradora. No quería volver a la mesa todavía.

La noche anterior había decidido que se aprovecharía de la experiencia profesional y de los consejos de Álex Martí para sacar adelante el hotel y que, al cabo de tres meses, se despedirían y no volverían a verse más. Martí había trabajado durante años en una de las cadenas hoteleras más prestigiosas del mundo y seguro que sabía muchas cosas que le podían resultar útiles. Mantendrían una relación profesional. Nada más.

Ahora no podía distraerse. Y, lo más importante, no se fiaba de él. La vida le había enseñado que, exceptuando a su abuelo, solo podía fiarse de sí misma.

Pedro apareció con la bandeja bien cargada y Olivia lo acompañó hasta la mesa. Lo ayudó a dejar las cosas y luego lo despidió dándole las gracias.

Marc aceptó la taza y bebió un sorbo de café con leche.

—Tenías razón, es muy bueno —le dijo, con la nariz todavía pegada a la taza.

En ese instante sonó una de las piezas favoritas de su abuelo y Olivia notó que se le llenaban los ojos de lágrimas. Los cerró con fuerza para no derramarlas y rezó para que Martí estuviese tan concentrado en el café que no se diese cuenta.

—Eh, ¿estás bien? —le preguntó él al verla.

Al ver que no contestaba, deslizó despacio una mano por la mesa y la colocó encima de la de ella.

Olivia abrió los ojos despacio.

—A mi abuelo le encantaba esta ópera —comentó sin más.

Y Martí comprendió lo que le pasaba sin necesidad de que se lo explicase.

—Con el tiempo será más fácil —le dijo.

—Siempre le echaré de menos; el tiempo no cambiará eso —puntualizó ella, enfadada.

—Sí, siempre le echarás de menos. —No intentó consolarla con palabras que sabía que no servirían de nada—. Tu abuelo tenía buen gusto. Es una ópera preciosa, y muy triste.

—¿Acaso hay alguna ópera alegre? —preguntó Olivia, intentando cambiar el tono de la conversación y apartando la mano.

—No, supongo que no. Las tragedias dan mucho más juego y a las sopranos les encanta morirse en escena —contestó Martí medio en broma para ver si conseguía que volviese a sonreír.

Y lo consiguió.

Tras esa breve sonrisa, los dos terminaron de desayunar hablando de las distintas representaciones que habían tenido oportunidad de ver en diversas óperas o festivales del mundo.

—¿Puedo hacerte una pregunta? —dijo él, que durante esa media hora se había olvidado de que estaba fingiendo ser su hermano gemelo.

—Tú hazla y yo decidiré si la contesto —respondió Olivia, tomando la taza para terminarse el café.

—Tu madre es La Belle Millán, una de las cantantes de ópera más famosas de España, ¿verdad?

—Sí. ¿Y?

—Y no has mencionado ninguna de las óperas que ella ha representado —terminó Marc.

—No me gusta cómo canta —dijo Olivia sin más, y acto seguido se llevó la mano a la boca para tapársela—. ¡Oh, Dios mío! No puedo creer que haya dicho eso en voz alta.

Él se rio un poco al verla tan agobiada por haber sido tan sincera.

—A mí tampoco me gusta —confesó, para quitarle importancia—. Creo que está sobrevalorada.

—¡Oh, Dios mío! —repitió ella—. Es culpa tuya, Martí.

—¿Mía? —dijo él con una sonrisa—. Está bien —añadió, al ver que le fulminaba con la mirada—. Es culpa mía.

—Exacto. Yo nunca digo lo que pienso. ¡Oh, déjalo! No quería decir eso —se defendió, al ver que él abría los ojos como platos y fingía escandalizarse.

—Está bien, de acuerdo. Es culpa mía y no querías decir eso. Pero que conste en acta que coincido totalmente contigo. Además, uno siempre debería decir lo que piensa, ¿no?

—No —contestó Olivia de inmediato—. Nuestra sociedad se basa en la mentira, o en las mentiras piadosas, si no quieres que parezca tan cínica.

—¿Eso crees? —le preguntó él.

—Creo que esta es, sin duda, la conversación más rara que he tenido nunca.

—Y la mía, y eso que he tenido unas cuantas.

Y se mordió la lengua para no empezar a hablarle de su hermano gemelo, al que estaba suplantando. «Y te has atrevido a aconsejarle que dijese siempre la verdad. ¡Serás hipócrita!».

—Gracias por el desayuno y por la compañía —dijo tras carraspear y reprimir los remordimientos que le habían subido por la garganta.

—De nada —contestó ella algo confusa. No sabía exactamente qué había sucedido, pero su mirada era ahora más distante y fría que antes—. Será mejor que nos pongamos a trabajar. No tenemos tiempo que perder, Martí.

—A tus órdenes, Millán.

9

Después de aquella extraña y sincera conversación, Olivia le enseñó a Marc la que iba a ser su habitación durante los siguientes meses. Se trataba de una habitación con baño y una pequeña sala de estar. Se encontraba en la séptima planta, la misma donde estaban las habitaciones de Olivia y de los otros miembros del personal.

Dado que había estado presente en la lectura del testamento, Marc sabía que ella había heredado también la casa de su abuelo, pero supuso que, igual que Eusebio, no quería vivir allí y que prefería quedarse en el hotel. Y tenía que reconocer que lo entendía. Solo llevaba allí unas horas y ya empezaba a encariñarse con la atmósfera de aquel lugar.

Olivia y él volvieron a la recepción, y ella intentó despedirse diciendo que tenía mucho trabajo. Marc se ofreció a acompañarla, pero ella insistió en que se instalase y fuese después a las oficinas que había justo detrás de la recepción (algo que supuestamente Marc ya sabía, porque ya había estado allí antes).

Fue al coche por sus cosas y después las dejó en su habitación, pero no perdió el tiempo en deshacer la maleta, sino que sencillamente cargó con el portátil y bajó a la recepción. Natalia lo saludó de nuevo con una sonrisa (sí, quizá la invitara a salir una noche), pero ahora estaba acompañada por Roberto, el antipático italiano que había conocido el día anterior.

—Roberto, ¿conoces a Álex? —preguntó Natalia.

El italiano estaba tecleando algo en el ordenador y no apartó la vista de la pantalla.

—Sí, al parecer lo conocí hace unos meses, pero los dos nos habíamos olvidado —se limitó a decir.

Marc sintió un escalofrío. Álex no le había dicho nada de Roberto y el día anterior él se había comportado como si no lo conociese. Esa misma noche llamaría a su hermano para preguntarle si había tenido alguna conversación con el recepcionista; no quería volver a meter la pata.

¿Y Roberto por qué había fingido no conocerlo? ¿Lo había hecho para ser desagradable o de verdad se había olvidado de él y no lo había reconocido? Marc no podía preguntárselo y decidió que lo mejor sería quitarle importancia al asunto.

—Sí, me temo que se me da fatal recordar las caras —dijo—. Lo siento, Roberto, pero seguro que ahora no volveré a olvidarme.

—No te preocupes, yo sí —contestó sarcástico, pero al ver que Natalia lo fulminaba con la mirada, añadió—: Solo me interesa recordar a las preciosidades que tengo a mi alrededor.

La chica sonrió y Marc también, aunque no terminó de creerse su broma.

—Olivia me está esperando en las oficinas, ¿puedo pasar?

—Por supuesto —afirmó Natalia—. Nos ha dicho que puedes entrar y salir cuando quieras y me ha pedido que te encargue una llave maestra. La tendrás esta tarde.

Él cruzó la puerta y llegó al otro lado de la recepción.

—Gracias, Natalia.

—Disculpa que no te acompañemos —dijo Roberto—, pero ya sabes el camino, ¿no?

—Por supuesto —afirmó Marc.

Solo había un pasillo, así que no tendría ningún problema en encontrar las oficinas.

Y no lo tuvo, pero fue gracias a que oyó la voz de Olivia discutiendo a gritos con alguien por teléfono.

Entró en la habitación de la que provenían los gritos y la encontró paseándose de un lado al otro con el teléfono en la mano.

Esperó junto a la puerta y aprovechó para mirar lo que lo rodeaba. Había tres mesas, en dos de las cuales había ordenadores y la tercera estaba completamente vacía.

Desvió la vista hacia la mesa que le quedaba más lejos y vio que encima, aparte de la pantalla y el teclado del ordenador, solo había dos fotografías; en una aparecía una chica de unos quince o dieciséis años que indudablemente era Olivia y en la otra también aparecía ella, pero era más actual y estaba acompañada por su difunto abuelo. Aquella era la mesa de Eusebio.

La segunda mesa estaba a rebosar de papeles, lápices, agendas y revistas del sector hotelero, así como un par de novelas de Agatha Christie. Debía de ser la mesa de Olivia.

A pesar de la cantidad de objetos que la cubrían, todos estaban perfectamente ordenados. De hecho, Marc estaba convencido de que su propietaria sabía exactamente dónde estaba todo y también que no toleraría que otra persona tocase nada.

La mesa que estaba vacía no sabía cómo interpretarla. ¿La habían preparado para él o la ocupaba alguien que sencillamente era un maníaco y se lo llevaba todo a casa?

—Esa mesa es tuya —dijo Olivia al colgar—. La compramos hace años para que Tomás pudiese organizar sus cosas, pero él prefiere anotarlo todo en un bloc que siempre lleva encima y después comentármelo. Hasta ahora, solo ha servido para acumular polvo. —Se frotó la sien y devolvió el teléfono a su base.

—¿Sucede algo? —le preguntó Marc.

—Era el banco —le explicó ella—. Al parecer, se han enterado de lo que dice el testamento de mi abuelo y quieren cancelarnos el crédito.

—¿Te han dicho si existe algún otro motivo aparte de lo del testamento? —Marc se acercó a la mesa de ella, que se había sentado en su silla. Él lo hizo en una que quedaba enfrente.

—Dicen que dudan de la continuidad del hotel —contestó entre dientes.

—Entonces tendremos que demostrarles que se equivocan, ¿no crees?

Olivia estaba muy cansada. Y muy preocupada, aunque no quisiera reconocerlo.

—Seguro que mi madre ya les ha llamado para decirles que tiene un comprador.

Aunque había oído la sugerencia de Martí y tenía que reconocer que le había dado un vuelco el estómago al ver que él tenía intenciones de luchar por el hotel, aunque fuera por su interés personal, no podía quitarse de la cabeza lo que su madre podía estar haciendo.

—¿Tu madre no quiere que sigas con el hotel? —le preguntó confuso.

Una cosa era que Olivia creyese que su madre no era buena cantante (que no lo era), pero otra muy distinta era que diese por hecho que quería perjudicarla.

Allí había algo más, algo que hacía que la chica pareciese incluso asustada. Y por eso le había preguntado casi sin pensar, porque de verdad necesitaba saberlo.

«Para poder hacer algo al respecto. ¿Y desde cuándo haces tú esas cosas?».

Pero al ver que ella lo miraba de un modo extraño, se echó atrás.

—Perdona, no quería entrometerme.

—No, no pasa nada. Supongo que tarde o temprano terminarías por enterarte. —Suspiró antes de continuar—: Mi madre odia este hotel y adora el dinero. Durante años, intentó convencer al abuelo de que lo vendiese. Decía que así ganaríamos mucho dinero y que podríamos vivir sin preocupaciones. Mi abuelo se negó y al final terminaron discutiendo. Mi madre me dejó aquí cuando yo tenía quince años y se fue de viaje con su novio de turno. El abuelo y ella apenas se hablaron a partir de entonces... Y no sé por qué te he contado todo esto.

—No te preocupes —dijo él. «Yo no sé por qué me importa verte tan preocupada.»—. A veces, es más fácil hablar con un desconocido; si no, pregúntaselo a un camarero.

—Tienes razón. —Olivia se pasó la mano por el pelo—. Tengo que ir a ver al director del banco y decirle que no puede hacernos esto.

—Yo todavía no me he puesto al día con los datos del hotel —le explicó—. La documentación que tengo es de hace meses.

Era la documentación que le había pasado Álex.

—En el ordenador está todo —contestó Olivia—. Las claves las encontrarás en el pósit que está pegado en la pantalla.

—Perfecto, gracias. —Se levantó y se acercó al aparato—. Si no te importa, creo que llevaré el ordenador a la mesa que está vacía. Me has dicho que podía utilizarla, ¿no?

—Sí, por supuesto. Yo... —Tragó saliva—. Yo todavía no he quitado el ordenador del abuelo. Él no lo utilizaba, pero estaba acostumbrada a verlo sentado detrás y...

—Lo entiendo —la interrumpió Marc—. Ya lo cambio yo, no es nada complicado. O, si lo prefieres, puedo utilizar mi portátil —sugirió.

—No, no. Mueve el ordenador, o siéntate a la mesa del abuelo.

—No, gracias. Cambiar el ordenador de sitio será un momento y, cuando me vaya, volveré a dejarlo en su lugar. ¿De acuerdo?

—De acuerdo —convino ella tras tragar saliva otra vez, agradeciéndole a Martí la discreción.

Marc se acercó a la mesa de Eusebio y empezó a desenchufar cables.

—No creo que debas ir hoy al banco —comentó, sin dejar de trabajar.

—Tengo que ir —afirmó Olivia, a pesar de que todavía no se había levantado de la silla—. Si nos cortan el crédito, no podré...

—Lo entiendo, soy consciente de que no podemos permitir que eso ocurra, pero creo que tu visita sería mucho más provechosa si vas con un plan de viabilidad y con unos documentos que demuestren que el negocio tiene el futuro asegurado.

—¿Y de dónde voy a sacar esa maravilla, Martí?

—Tú déjame a mí, Millán.

Antes de que Olivia pudiese sonreír o darle las gracias, una mujer morena de unos cincuenta años entró en el despacho con cara de pocos amigos.

—¡Con ese hombre no se puede trabajar! ¡Yo dimito! Te digo una cosa, Olivia, si no echas a ese energúmeno, yo me voy.

Marc se quedó mirando a la mujer, que no paraba de insultar a un pobre tipo. Apenas respiraba entre palabra y palabra, y parecía no importarle estar en presencia de un desconocido.

—Lucrecia, ¿te acuerdas de Álex Martí?

«¡Mierda! Probablemente Álex la conoció.» Suerte que no había hecho ningún comentario y suerte también que Olivia la había llamado por su nombre.

—¿Qué? —Lucrecia se interrumpió un segundo y desvió la vista hacia él—. ¡Ah, sí! Hola.

—Hola —dijo Marc, aunque ella no le hizo ningún caso y siguió quejándose.

—Lo digo en serio, Olivia. Ese hombre va a acabar conmigo. ¿Sabes qué me ha dicho?

—¿Qué? —preguntó ella, aguantándose las ganas de reír.

—Que se me ha ido la mano con la sal. A mí, a Lucrecia do Santos del Monte. Voy a matarlo, eso es. Lo mataré y haré caldo con él, y ya verás cómo le encuentro el punto justo de sal.

—Lucrecia —dijo Olivia—, ese hombre es tu marido. No vas a matarlo. Siempre os peleáis y luego hacéis las paces. Vosotros sois así, de sangre caliente.

—Esta vez es distinto, Oli. Una de las chicas de la cocina no ha venido hoy a trabajar y ese maldito horno se niega a marcar los grados que de verdad tiene en su interior. Y Manuel no para de refunfuñar y de salir a fumar. ¿Crees que no sé que mira a las turistas en biquini?

—Vamos, Lucrecia. —Olivia se acercó a la mujer y le pasó un brazo por los hombros—. Manuel está loco por ti.

—A mí sí que va a volverme loca —insistió ella.

—Entonces, ¿quieres que lo despida? —le preguntó con voz amable.

Marc la miró preocupado y Olivia le sonrió con la mirada para que comprendiese que la escena no era nueva.

—Eso estaría bien. Sí, despídelo y dile que no quiero volver a verlo más —afirmó Lucrecia.

—Está bien, pero tú tienes que venir conmigo a la cocina.

—De acuerdo. Deja que vaya antes un momento al baño —dijo la mujer, con una sonrisa de oreja a oreja.

Marc esperó a que desapareciese tras la puerta del servicio que había en las oficinas y luego dijo en voz baja.

—¿Qué ha sido eso?

—Lucrecia y Manuel se pelean como mínimo una vez al mes. Creo que forma parte de un extraño ritual de apareamiento que solo conocen ellos. Por desgracia, no saldrá nada comestible de la cocina hasta que lleguen al punto culminante del ritual y se calmen. ¿Te importa empezar sin mí?

—No te preocupes. Yo sigo con el ordenador y cuando termine empiezo a ponerme al día.

—Te pediría que vinieses conmigo a la cocina para que saludases a Manuel, pero estará irascible.

—La verdad es que yo también prefiero esperar. Luego, cuando los Borgia estén más tranquilos, iré a saludarlo y a mirar ese horno.

—¿Los Borgia?

—Tengo tendencia a rebautizar las cosas, Millán —contestó con una sonrisa.

—Me gusta, pero no se lo digas a ellos, Martí.

—Ya estoy lista. —Lucrecia reapareció con los labios recién pintados, la melena negra bien atusada y con dos botones de la camisa desabrochados.

—Pues vamos, solucionemos esto cuanto antes. —Olivia la siguió hasta la puerta—. No sé cuánto tardaré. Si prefieres irte y volver más tarde, no pasa nada.

—Vete tranquila, me las apañaré sin ti. Sé conectar un ordenador.

—Ya, bueno...

—Vamos, Oli. Estoy impaciente por ver la cara que pone Manuel cuando lo despidas —le dijo Lucrecia, apareciendo completamente maquillada y tirándole del brazo.

Ella se encogió de hombros y se dejó arrastrar, y cuando vio que Martí le sonreía, se dio media vuelta. Eso que había sentido en el estómago había sido hambre, nada más.

Con Olivia en la cocina solucionando la crisis matrimonial de los Borgia, Marc aprovechó para recolocar el antiguo ordenador de Eusebio en la que iba a ser su mesa durante aquellos meses. Tal como le había dicho ella, los códigos de acceso estaban en un pósit pegado en la pantalla. Se quedó unos segundos observando el cuadrado de papel amarillo. A pesar de su comprensible reticencia inicial, Olivia había decidido tomarse en serio lo de trabajar juntos para sacar el hotel adelante.

«Quizá le caes bien», le susurró una voz optimista en su mente—. «¡Menuda tontería!», le dijo el Marc de siempre.

—Buenos días, Martí. —La voz de Tomás lo sobresaltó—. Olivia me ha dicho que te encontraría aquí, me la he cruzado cuando iba con Lucrecia. ¿Esos dos se han vuelto a pelear?

—Sí, eso me temo —contestó él.

—¿Qué ha sido esta vez? —El hombre se acercó a la butaca de piel que había frente al escritorio que había ocupado Eusebio Millán y se sentó en ella.

—La sal.

—¡Ah, terrible! —dijo Tomás con una sonrisa—. Esos dos tendrán a Olivia secuestrada un par de horas, luego se darán un beso y se pondrán a llorar e insistirán en que se quede a comer con ellos en la cocina para compensarla.

—¿De verdad lo hacen tan a menudo?

—Una vez al mes como mínimo. Eusebio decía que esas discusiones eran la base de la magnífica cocina del matrimonio, su ingrediente secreto.

—¿Y por eso lo toleraba?

—No solo por eso; para Eusebio formaban parte de la familia. Eusebio conoció a Manuel cuando este tenía veinte años y llegó a la Costa Brava en busca de trabajo. No tenía ni un duro en el bolsillo y pidió una habitación en el hotel. Eusebio estaba esa noche en la recepción y cuando se la dio le preguntó a qué había venido y se pusieron a hablar. Creo recordar que al cabo de veinte minutos Manuel ya estaba contratado. En esa época, todo era más fácil. —Suspiró—. Unos años más tarde, Manuel fue a Brasil de vacaciones y se enamoró y casó con Lucrecia y, evidentemente, Eusebio no dudó en ofrecerle también trabajo en el hotel. Además, es cocinera profesional y había trabajado en no sé qué hotel de Río. Y la verdad es que cocina de maravilla y que cuando está con Manuel crea menús casi mágicos.

—Comprendo —dijo Marc, cuando en realidad no entendía casi nada de lo que pasaba a su alrededor.

—Esto es una casa de locos, Martí. —Tomás dijo lo que él estaba pensando—. Por eso mismo Eusebio no se preocupaba de cosas como la rentabilidad y esas historias. Para él, esto —abrió los brazos abarcando lo que lo rodeaba— era su familia, su vida, pero supongo que debería haber sido más cauteloso y precavido y preocuparse más por los beneficios.

—Por lo que a mí respecta, lo hizo bastante bien. Cierto que hay que hacer reformas y el hotel necesita ganar más dinero para ser rentable, pero tiene muy buena reputación y está en un lugar inmejorable. Cualquier hotel del mundo mataría por esta playa.

Tomás se lo quedó mirando durante unos segundos y Marc aguantó el escrutinio.

—Olivia estaba decidida a echarte, ¿cómo la has convencido de que te deje entrar en el hotel? —le preguntó entonces el hombre, señalando la pantalla del ordenador.

Marc comprendió que no se refería al hotel físicamente, sino a sus entrañas. Ella le había dado permiso para husmear en sus libros, en su contabilidad, en todo lo que encontrase en el ordenador de su abuelo. De hecho, ahora que lo pensaba, quizá había sido demasiado confiada.

—Le propuse que uniéramos esfuerzos durante tres meses —le explicó—. Estimo que es el tiempo que necesitaré para demostrar que el hotel puede ser rentable y viable.

—¿Y qué pasará después?

—Yo le venderé mis acciones y ella me pagará la parte proporcional a esos tres meses.

—Espero que funcione —dijo Tomás mordiéndose el labio inferior y frunciendo las cejas—. Esa chica está convencida de que lo único que tiene en esta vida es este hotel.

—Funcionará —le aseguró Marc e, igual que antes, no se cuestionó por qué le parecía tan importante contribuir a la felicidad de Olivia Millán.

10

San Francisco

Álex Martí nunca se había sentido así, con el estómago revuelto, la espalda empapada de sudor y las manos temblorosas. Si eso era estar enamorado, era una mierda. Quizá tuviese la gripe.

Llevaba unos cuantos días en San Francisco, todavía no había logrado ponerse en contacto con Michael y en el trabajo creían, con razón, que estaba perdiendo la cabeza. Si no fuera porque tenía las gafas que ella se había dejado olvidadas en la habitación del hotel creería que se la había imaginado. Esa mañana, después de descubrir que no había ni rastro de Sara en Las Vegas, regresó a su habitación en busca de cualquier pista para poder encontrarla y, cuando vio las gafas en el baño, sintió una horrible punzada en el pecho. Le dolió tanto que se planteó lanzarlas a la papelera, de hecho llegó a hacerlo, pero al cabo de dos segundos las sacó de ahí y las limpió y secó como si fueran una obra de arte.

Esa chica le había convertido en un sentimental y, aunque era doloroso y confuso y estaba hecho un jodido desastre, prefería estar así que perdido como estaba en Barcelona. Todavía no le había contado nada de eso a Marc, no porque no tuviera ganas, en realidad cuantos más días pasaba sin hablar con su gemelo más le echaba de menos, sino porque antes necesitaba aclararse. No quería llamarle y decirle «Mira, no sé si me he enamorado, si estoy enfermo o si estoy sufriendo un ataque de locura transitoria por culpa del mejor sexo de toda mi vida».

No, definitivamente no podía llamar a Marc y decirle eso.

Había llegado a San Francisco con la esperanza de que el trabajo le ayudase a centrarse y a recuperar la calma, pero por ahora no había sido así. Tal vez hoy cambiarían las cosas. La misión de Álex en San Francisco era clara: cerrar la compraventa del hotel Fairmont en nombre de Hoteles Vanity. La sucursal que tenía la empresa en Estados Unidos se había hecho cargo de parte de las negociaciones, pero un pequeño incidente había provocado unos cuantos despidos unos meses atrás y habían mandado a Álex para supervisarlo todo. Era una gran oportunidad para él, pues si salía bien probablemente le ofrecerían un cargo superior o incluso la dirección de algún departamento importante de la cadena hotelera en el extranjero.

Antes eso habría bastado para motivarle, pero ahora le daba bastante igual. Él no era ningún idiota, sabía que tenía un buen trabajo y se esforzaba para dar lo mejor de sí mismo mientras lo hacía, pero después de esos días en Las Vegas no podía evitar preguntarse si tal vez no utilizaba su carrera profesional como refugio o escapatoria. O si la utilizaba para demostrar a sus padres que él, a diferencia de Marc, sí lo tenía todo bajo control y podían confiar y sentirse orgullosos de él.

No quería creer que era una persona tan mezquina, pero en el caso de serlo iba a hacer todo lo posible para remediarlo.

Se había pasado toda la mañana en las oficinas que Hoteles Vanity tenía en la ciudad repasando la información que había recopilado acerca de la familia Fairmont, los propietarios del hotel que Vanity quería adquirir. Abandonó el edificio con tiempo, pues le gustaba llegar tranquilo a esa clase de reuniones, y fue paseando hasta el Fairmont.

El hotel estaba situado en la calle Lombard, lo habían construido en la edad dorada y aparecía en los manuales de arquitectura más prestigiosos. Álex cruzó el vestíbulo observando fascinado la escalera principal y la decoración *art déco*, y durante un segundo se sintió como si fuera uno de los secundarios de *El gran Gatsby*. Un joven ataviado con el elegante uniforme del hotel fue a su encuentro y le acompañó a la sala donde iba a celebrarse la reunión. Era una primera toma de contacto entre el señor Fairmont y las dos cadenas hoteleras que habían pujado por el hotel: Vanity y Sleep & Stars. Él todavía no había hablado con el representante de Sleep & Stars, pero había estudiado la información pública de esa empresa y sabía que no eran una amenaza para Vanity. Aun así estaba intrigado y confiaba en que al menos supusieran un reto, para ver si así conseguía dejar de pensar en Sara.

Había dejado un mensaje en el contestador de Michael, pero este aún no había puesto el teléfono en marcha y no le había contestado. Supuso que podía entenderlo, estaba de luna de miel, pero aun así si le hubiese tenido delante lo habría estrangulado. Durante esos días se había devanado los sesos en busca de cualquier frase que hubiese dicho Sara que pudiera servirle para encontrarla, pero no había dado con ninguna. Estaba tan desesperado que se estaba planteando la posibilidad de volver al rancho de la familia Calhoun y suplicar a los padres de Michael que lo ayudasen; seguro que ellos tenían los datos de la que había sido una de las damas de honor de su recién adquirida nuera o podían darle alguna información.

Sacudió la cabeza y se obligó a dejar de pensar en ello. Tenía que estar centrado para la reunión y por eso aceptó el vaso de agua que le ofreció el chico que lo había acompañado. La puerta volvió a abrirse un par de minutos más tarde y Álex no prestó demasiada atención porque dio por hecho que le traían el agua. Hasta que levantó la cabeza y la vio.

Sara.

Se puso en pie tan rápido que la silla donde había estado sentado arañó el suelo.

—Señor Martí, le presento a la señorita Márquez. Curiosamente los dos son españoles —siguió el secretario del señor Fairmont, ajeno al huracán de emociones que sacudía a Álex—, y si no me equivoco la señorita Márquez antes trabajaba para su empresa.

S. Márquez.

Álex no podía moverse, no podía parpadear y tuvo que cerrar los puños para contener las ganas que tenía de gritar a los cuatro vientos que no era justo, que no podía estar pasándole eso. De todas las personas del mundo no era justo que Sara, *su* Sara, fuese S. Márquez: una de las personas que habían despedido de la sede estadounidense de Hoteles Vanity después del informe que él había escrito.

En defensa de Álex, él no había puesto el nombre de S. Márquez en la lista, ya que de hecho no había puesto ningún nombre. Él solo había dicho que el departamento de adquisiciones de la sucursal estadounidense estaba sobredimensionado y que los índices de productividad eran muy bajos, por lo que sería más rentable si reducían la plantilla.

Se había arrepentido de ese informe muchas veces, no solo después de enviarlo y de saber las consecuencias que había tenido, sino mientras lo hacía, porque durante esa semana había estado desbordado. Marc le había llevado al límite y él se había comportado como un ser miserable y despreciable. Se había comportado como alguien a quien no le importan los demás. El problema es que se había dado cuenta demasiado tarde y no había podido arreglarlo.

Tampoco lo había intentado, se obligó a reconocer para sí mismo. Y no lo había hecho porque, hasta hacía pocos días, lo que latía en su pecho no servía para mucho. Había sido necesario que alguien, esa chica que tenía delante, apareciera en su vida para que empezase a escuchar a ese órgano que hasta entonces había ignorado por completo.

Él solía decir que el corazón era un órgano sobrevalorado con una gran campaña de *marketing*; pues bien, ahora que se lo habían roto, porque era imposible que Sara quisiera tener algo con él después de saber quién era, ya no opinaba lo mismo. Y era una mierda.

El secretario del señor Fairmont se dio cuenta de que pasaba algo raro y carraspeó incómodo.

—Sara, yo... —balbuceó Álex como un idiota.

Ella estaba tan fría, tan distante, que si Álex no se hubiese fijado en que estaba temblando de rabia o en lo mucho que le brillaban los ojos, creería que estaba ante una estatua de hielo. Quería abrazarla, se moría por hacerlo, y quería decirle que se merecía sus gritos y que, por favor, le gritase o le mandase a paseo o le insultase, pero que hiciera algo porque esa indiferencia le estaba matando.

—El señor Fairmont llegará enseguida —les dijo el secretario retirándose.

Cuando cerró la puerta, Álex dio un paso hacia Sara, pero ella le detuvo levantando la mano.

—No, aquí no. Ahora no —le pidió.

—¿Por qué te fuiste de Las Vegas? —No añadió «sin decirme nada» porque no se vio capaz de pronunciar esas palabras sin que se le rompiera la voz.

—Álex, no. —Se puso bien las gafas nuevas y se alisó la falda.

—¿Sabías quién era? ¿Por eso te fuiste? —insistió él, porque si no conseguía entender al menos parte de lo que estaba pasando se volvería loco.

—No, no sabía nada.

Esa respuesta le confundió aún más.

—Entonces, ¿por qué te fuiste?

—Da igual, ya no tiene importancia.

—Pues claro que la tiene. Sara, yo...

La puerta volvió a abrirse y apareció el señor Fairmont acompañado de su primogénito. La reunión empezó tras las presentaciones y Álex habría sido incapaz de repetir nada de lo que se dijo porque estuvo todo el tiempo intentando descifrar el rostro de Sara.

Al concluir la reunión, Sara se levantó y se disculpó con todos, adujo que tenía prisa y abandonó la sala de reuniones. Álex quería salir corriendo tras ella, pero el señor Fairmont le detuvo con unas cuantas preguntas. Intentó responderlas lo mejor y más rápido que pudo y después se precipitó a la calle en su busca. No volvería a perderla una segunda vez.

Por suerte ella no había subido a ningún tranvía ni a ningún taxi, y reconoció su preciosa melena negra unas calles más abajo.

—¡Sara, Sara! —gritó Álex y cruzó como un loco, sin preocuparse lo más mínimo por si lo atropellaban. Algo que estuvo a punto de suceder, a juzgar por los dos bocinazos que oyó y por los insultos que los siguieron.

Ella tardó unos segundos en oír su nombre por entre los ruidos de la ciudad, pero cuando lo hizo, levantó la vista. Y cuando vio a Álex, se dio la vuelta y aceleró el paso para entrar en el edificio que tenía delante.

—¡Sara! —volvió a gritar él, llegando ya a la acera donde se encontraba—. ¡Espera un momento!

Evidentemente, ella no le hizo caso y, sujetando el bolso y la bolsa en la que llevaba el portátil en una mano, abrió con la otra la puerta de cristal. El portero del edificio, un hombre de mediana edad y origen portorriqueño con un uniforme impecable, corrió a ayudarla.

—Buenas tardes, señorita Márquez.

—Buenas tardes, Manuel —lo saludó Sara, y en ese instante notó que alguien le tocaba el brazo.

No, alguien no, Álex. A pesar de lo furiosa que estaba con él, reconocería su tacto con los ojos cerrados.

—Sara —pronunció su nombre casi sin aliento.

Ella apartó el brazo y se alejó de él, pero se quedó allí mirándolo. Después de lo que había sucedido en Las Vegas y de no encontrarle allí cuando regresó, había dado por hecho que no volvería a verle nunca más. Mentiría si dijera que no le había dolido que él se hubiese marchado del hotel sin dejar en la recepción sus datos para que pudiese encontrarle o sin mostrar ningún interés en dar con ella, pero esos días le habían pasado tantas cosas que había asumido que Álex, el casi desconocido con el que había hecho el amor esa noche, había sido una especie de regalo del destino para compensarla por lo que iba a sucederle después.

En ningún momento se le había pasado por la cabeza la posibilidad de que Álex trabajase en Hoteles Vanity o que fuese el responsable de que la hubiesen despedido meses atrás. Ese detalle le parecía una broma muy cruel, pero al menos ahora ya estaba preparada. No se podía romper algo cuando ya estaba roto y así era como se sentía ella, rota y sin que nada pudiese arreglarla. Ni siquiera Álex.

Manuel observó la situación y ante el silencio de ella, o tal vez porque se dio cuenta de que estaba a punto de llorar, con suma discreción pero con voz firme le preguntó:

—¿Necesita que acompañe fuera al señor, señorita Márquez?

Álex, doblado en dos con las manos apoyadas en los muslos para recuperarse de la carrera, levantó la cabeza de golpe y miró desesperado a Sara.

Ella sabía que si le pedía a Álex que se fuese él lo haría. Tal vez la hubiera decepcionado en muchos sentidos, pero estaba segura de que no era la clase de hombre que imponía su presencia a una mujer. Y tal vez sería mejor que se fuera, pero los dos se debían una conversación y estaba claro que, cuanto antes la tuvieran, antes serían capaces de volver a comportarse como profesionales. Porque en la reunión de esa tarde ninguno de los dos había prestado la menor atención al señor Fairmont.

Tomó aire y miró agradecida al portero.

—No será necesario, Manuel. Conozco al *señor*. Subiremos a hablar un rato en mi apartamento.

Álex enarcó las cejas al oír el retintín con que Sara lo había llamado «señor», pero no dijo nada. No quería tentar a la suerte y que ella decidiese darle permiso al portero para que lo invitase a salir del edificio.

—De acuerdo, señorita. Llámeme si me necesita —dijo el hombre alejándose de ellos para volver a su puesto.

—Por supuesto, Manuel. Gracias.

Sara esperó a que estuviese sentado tras el mostrador de la recepción del vestíbulo antes de volver a hablar.

—¿Qué estás haciendo aquí, Álex?

Él se incorporó y se pasó las manos por el pelo para serenarse un poco. Después de haberse pasado todos esos días temiendo que jamás fuera a encontrarla, ahora que la tenía delante estaba nervioso y le costaba ordenar las palabras.

—Quiero hablar contigo —empezó por lo más evidente—. ¿Por qué te fuiste de Las Vegas? Si no sabías que yo era yo, ¿por qué te fuiste?

—Tú también te fuiste antes de tiempo.

Álex enarcó una ceja.

—¿Cómo lo sabes? —Entonces lo entendió—. Volviste a buscarme. ¡Mierda! Lo siento.

Ella se tensó y no reconoció nada.

—Todo eso da igual ahora porque, como bien has dicho antes, tú eres tú y yo soy yo. Y lo mejor será que los dos lo recordemos y que nos centremos en nuestro trabajo, porque la reunión de hoy ha sido una completa pérdida de tiempo.

—Dime por qué volviste —le pidió—, por qué te fuiste. ¿Qué está pasando, Sara?

—No está pasando nada. —Ella se mantuvo firme—. Será mejor que te vayas.

—Necesito hablar contigo, Sara. Por favor.

Una pareja salió del ascensor que él tenía a su espalda y por la puerta principal entró un mensajero.

—No tenemos nada de qué hablar —dijo ella, colocándose bien el bolso.

—¿Cómo puedes decir eso? —le preguntó Álex, dolido de verdad.

El ascensor volvió a abrirse y de él salió una madre con dos niñas que arrastraban dos patinetes. Aquel vestíbulo estaba de lo más transitado.

—Sé que me arrepentiré —masculló Sara en voz baja, como si se lo estuviese diciendo a sí misma—. Pasa, hablaremos en casa —dijo luego con voz normal y la sorpresa de Álex fue tan evidente que ella añadió—: Aquí no podemos hacerlo. Sube, dime lo que tengas que decirme y luego vete —concluyó, para dejarle claro que no pensaba claudicar.

Pero entonces se cerraron las puertas del ascensor y los dos recordaron lo que sucedió la última vez que estuvieron juntos en uno. Álex hizo un esfuerzo sobrehumano para no acercarse a ella; se pegó a la pared del fondo y guardó las manos en los bolsillos para no tocarla. Creía que lo estaba consiguiendo, hasta que vio que ella estaba llorando en silencio.

—Sara, cielo, ¿qué pasa? —Se apartó de la pared—. ¿Puedo abrazarte? Dime que puedo abrazarte porque si no...

No terminó la frase, pues ella se dio media vuelta y se pegó al torso de él para llorar ya sin disimulo y sin poder contener los temblores que la sacudían. Álex la rodeó con los brazos y después le pasó las manos por la espalda, mientras le decía que estaba allí con ella y frases absurdas como las que su madre les decía a él y a sus hermanos cuando eran pequeños y estaban asustados.

El ascensor abrió sus puertas y Álex dedujo que en esa planta se encontraba el piso de Sara y sin soltarla la ayudó a salir del aparato. Una vez en el pasillo, y con la puerta del ascensor cerrada a su espalda, le acarició el pelo y le preguntó:

—¿Cuál es tu apartamento?

La voz de Álex sacó a Sara de su estupor y, al ver que estaba abrazada a él como un koala, se sonrojó y lo soltó de golpe. No sabía qué le había pasado, bueno, sí lo sabía; los nervios de todos esos días, la pena y quedarse a solas con él en el ascensor habían acabado derrotándola y las lágrimas, que había contenido hasta entonces, por fin habían encontrado una vía de escape. Más tarde analizaría por qué se había sentido tan a salvo con Álex, por qué había bajado todas sus barreras con él, pero ahora tenía que echarle de allí.

—El siete.

Se cruzó de brazos y levantó la bolsa del ordenador delante de ella.

—No hagas eso, por favor.

Sara fingió no entender qué le estaba pidiendo y caminó decidida hacia la puerta. Álex la siguió y esperó. Cuando entraron, Sara dejó el bolso y el ordenador portátil encima de un mueble que había junto a la entrada y luego colgó el abrigo de un perchero que parecía antiguo.

Era un apartamento precioso, muy pequeño pero decorado con muchísimo gusto, con objetos claramente escogidos con esmero y cariño por su propietaria.

—¿Hace mucho que vives aquí? —le preguntó él.

—No —contestó entre dientes—, solo unos meses. Este apartamento es de mi madre. Antes vivía... —Se le rompió la voz y tuvo que secarse una lágrima—. Antes tenía mi propio apartamento, nada comparable a este, pero un cretino consiguió que me despidiesen.

Álex cerró los ojos un segundo y volvió a maldecirse por su estupidez.

—Lo siento —dijo.

—Después de que me despidieran —continuó ella como si él no hubiese hablado—, guardé todas mis cosas en cajas y las llevé a un almacén, porque, verás, no sé si te habrás enterado, pero el mundo no está pasando por un buen momento y no encontraba trabajo.

—Sara, déjame que te lo explique.

—¿El qué? ¿Qué es lo que quieres explicarme, Álex? ¿Que eres un cretino capaz de escribir diez folios acerca de las ventajas de cerrar una división entera y dejar a todo el equipo en la calle? No hace falta, ya lo sé.

—Yo no dije tal cosa. Y mi informe tenía como mínimo treinta folios.

—¿Y qué decías en los otros veinte? ¿Que cerrasen también la delegación de Miami o pedías, no sé, la paz en el mundo?

Ahora por fin estaba furiosa, la rabia era mucho mejor que esa pena que amenazaba con engullirla, e iba a hacérselo pagar a él porque en el fondo de su corazón intuía que él no haría nada para impedírselo.

Álex seguía sin saber qué le había pasado a Sara esa madrugada en Las Vegas, pero adivinó que necesitaba un blanco para su ira y él había descubierto días atrás, seguramente durante la boda de la amiga de Sara, que estaba dispuesto a hacer cualquier cosa por esa chica. Ahora lo único que necesitaba él era hablar con ella y, si antes tenía que soportar que lo insultase o se burlase, lo soportaría.

—No —contestó entre dientes—. Decía que la delegación estadounidense de Hoteles Vanity había cometido un grave error al dejar escapar esa operación de la Séptima Avenida de Nueva York y le echaba las culpas a la mala gestión del señor Anderson, no a ti. Decía que, bajo la supervisión adecuada, esa delegación podía hacer grandes cosas, pero que antes tenían que reducir gastos y probablemente plantilla, a no ser que se firmase algún nuevo contrato a corto plazo.

—El señor Anderson está casado con una de las hijas del socio mayoritario de Hoteles Vanity.

—¡Mierda!

—Sí, mierda. Alguien tan profesional como tú, tan perfecto, debería haber conocido ese detalle sin importancia. Alguien tan infalible como tú debería haber sabido que al señor Anderson no lo despedirán nunca y que, si sugerías tal cosa, lo único que ibas a lograr era que las culpas recayesen sobre otra persona.

—¡Mierda! —repitió Álex pasándose las manos por el pelo, porque algo tenía que hacer con ellas si no podía abrazar a Sara o dar un puñetazo al estúpido de Anderson.

—No deberías haber escrito ese maldito informe sin hablar antes conmigo o con alguien de aquí. Habríamos respondido a todas tus preguntas y te habríamos contado que esa condenada operación la perdimos por culpa de la ineficiencia de Anderson, pero que estábamos a punto de cerrar otro trato con un pequeño hotel que prometía mucho.

—¡Joder! No lo sabía. Lo siento. —Cuanto más le contaba Sara, más se maldecía Álex por haberse precipitado con ese maldito informe.

—Sí, un hombre tan recto, tan estricto, tan exigente como tú, debería haberse dignado comprobar cuáles eran los hechos antes de lanzar a todo un equipo de profesionales a los leones. Tú y yo no nos conocíamos, no habíamos hablado nunca, pero habíamos cruzado varios *e-mails* y siempre me habías parecido cordial y eficiente. Creo que me merecía la cortesía de que me llamases o me escribieses para preguntarme qué había sucedido antes de entregar tu maldito informe a Dirección.

—Lo siento, Sara. Yo no lo sabía...

—Ya, no lo sabías y tampoco te preocupaste de averiguarlo —lo interrumpió ella.

—Hablaré con Dirección y...

—¿Y qué? A Anderson no lo despedirán y yo ya tengo otro trabajo. Las cosas están bien así. Tú sigue con lo tuyo, que yo seguiré con lo mío. Soy consciente de que Fairmont padre prefiere venderle el hotel a Hoteles Vanity, pero estoy en condiciones de hacerle una oferta muy tentadora y creo que podré convencerlo de que estudie la propuesta de Sleep & Stars.

Álex se asustó porque vio que Sara iba distanciándose de él, no físicamente pero sí emocionalmente. Con cada palabra que decía ella, más profesional y fría se volvía. Sus ojos, que a él tanto le fascinaban, iban perdiendo la calidez que él recordaba y añoraba.

—¿Por qué te has puesto a llorar en el ascensor?

Apareció una grieta en el hielo de la mirada de ella y Álex se alegró y odió por ello, porque comprendió que le había hecho daño.

—No es asunto tuyo.

—Claro que es asunto mío. Has llorado en mis brazos. —Dio un paso hacia ella—. Quiero que sea asunto mío.

—Claro, por eso te fuiste de Las Vegas nada más despertarte, sin dejarme una nota y sin buscarme.

Álex tuvo que sacudir la cabeza dos veces de lo aturdido que le dejó esa acusación. Recordó las horas que se pasó buscándola, el miedo que sintió por no encontrarla, miedo que aún pesaba como una losa en su pecho y que le llevó a hablar sin pensar.

—Tú tampoco me dejaste nada y te fuiste antes.

Sara abrió los ojos furiosa y retrocedió. Álex suspiró aliviado al ver que ella perdía la compostura.

—Pues claro que te dejé una nota.

Álex se quedó inmóvil.

—¿Qué has dicho?

—He dicho que te dejé una nota.

—¿Dónde?

Sara aflojó entonces la tensión que dominaba sus hombros y le miró a los ojos.

—¿Cómo que dónde? ¿No la viste? ¿No encontraste mi nota?

—No —se apresuró a responder él—. ¡Joder, Sara! —Abatido se sentó en el sofá—. No encontré nada, solo tus gafas al lado de mi neceser.

Ella se sonrojó y también fue a sentarse, aunque dejó distancia entre ellos. Demasiada, en opinión de Álex.

—Escribí una nota en el bloc del hotel y después arranqué la hoja y la dejé al lado de tu neceser, supongo que por eso me dejé las gafas allí. Me las quité un momento. —No añadió que tuvo que quitárselas para secarse las lágrimas—. Después me fui.

Álex se quedó pensando. Esa mañana, cuando se despertó solo y vio que Sara no estaba, corrió a ducharse y tal vez colocó una toalla encima de la nota antes de que pudiera verla, o con sus prisas la lanzó al suelo. Recordaba perfectamente que se había duchado y vestido en un tiempo récord y que después había puesto la habitación entera patas arriba. Si ella había escrito la nota en el bloc de notas del hotel, no era un papel demasiado grande y podía haber acabado en cualquier parte.

—¡Dios, Sara! Lo siento. Lo siento tanto...

Ella soltó el aliento.

—Ahora ya da igual. Tú eres tú y yo soy yo. Tal vez tuvimos suerte de que no la encontraras.

—No. ¡No!

—Es mejor así —repitió ella en voz firme.

Álex se quedó pensando, tenía que encontrar la manera de que ella volviese a hablar con él, que le escuchase. Tenía que encontrar la manera de saltar los muros que ella estaba construyendo a su alrededor. Intentó recordar todo lo que ella le había dicho desde que habían salido de la reunión, pues tenía que haber algo que pudiese hacerla reaccionar. Y de repente lo encontró. Siempre se le había dado muy bien resolver enigmas, por eso estaba tan fascinado con Sara, porque algo le decía que con ella necesitaría toda la vida para descifrarla.

—Tu madre. Antes has dicho que este apartamento era de tu madre.

Sara se levantó del sofá como si la hubiese aguijoneado.

—Será mejor que te vayas, Álex. Los dos estamos cansados y tenemos mucho que hacer. No voy a ponerte fácil la adquisición del Fairmont.

—El Fairmont me importa una mierda, Sara. ¿Qué pasó esa noche en Las Vegas? ¿Por qué te fuiste? ¿Por qué volviste?

—Álex, déjalo. Por favor.

—¿Le ha pasado algo a tu madre?

Los ojos de Sara volvieron a llenarse de lágrimas.

—Vete, Álex.

—No. —Él se mantuvo firme—. Dime qué necesitas de mí, excepto que me vaya. No voy a dejarte sola mientras estás así. No puedo. Estás llorando, Sara, y si puedo hacer algo para ayudarte voy a hacerlo. Si no quieres saber nada de mí, si no quieres que volvamos a estar juntos, de acuerdo, pero dime qué necesitas ahora. No voy a dejarte así.

Ella se secó furiosa una lágrima.

—Mi madre está en el hospital y ni tú ni nadie puede hacer nada. Ni siquiera yo.

—¡Dios mío, Sara!

Fue a abrazarla y ella se dejó hacer. Si solo podía hacer eso por ella, Álex iba a darle el mejor abrazo de la historia.

—¿Qué ha pasado?

—No lo saben —respondió ella exhausta—. Un ictus. Se desmayó en el vestíbulo del edificio. Por suerte, Manuel estaba trabajando y llamó a una ambulancia enseguida. La llevaron al hospital e hicieron todo lo correcto, pero... —Suspiró—. Todavía está inconsciente, pero los médicos ya saben que no hay nada que hacer. Cuando despierte... —volvió a llorar y a Álex se le rompió el corazón.

—Eh, tranquila. Tranquila. No hace falta que digas nada más. Tranquila.

Sara lloró por lo que le había pasado y por todo lo que nunca llegaría a pasar entre ellos. En la nota que le había dejado en el hotel le daba su número y le pedía que la llamase. Le decía que la noche que habían pasado juntos no podía compararse a nada y que ojalá pudieran volver a verse. Pero después, cuando él no la llamó, pensó que era mejor así; ella no iba a tener tiempo para nada que no fuese su madre y el trabajo.

—Ya estoy mejor —le dijo al apartarse—. Siento lo de tu camisa.

Él no le dio ninguna importancia.

—Dime qué puedo hacer por ti. ¿Necesitas que vaya a comprar? ¿Quieres que llame a alguien, a una de tus amigas? ¿Puedo ayudarte con algo?

—No —sacudió la cabeza—, no es necesario. La verdad es que necesito descansar un rato.

—Está bien, de acuerdo. —Álex se puso las manos en el bolsillo para contenerse—. Me voy, pero seguimos teniendo una conversación pendiente y no me refiero al Fairmont.

—No creo que debamos seguir hablando de eso, Álex. Ya no tiene sentido.

—No insisto porque me has pedido que te deje descansar. —Caminó hasta la puerta—. ¿Tienes mi número de teléfono?

—Ahora sí.

—Está bien. Llámame si necesitas algo.

Sara no iba a hacerlo, pero asintió de todos modos.

—Cuando termine la operación con el hotel Fairmont, yo tendré que quedarme aquí para cuidar de mi madre o enfrentarme a lo que sea que suceda, y tú volverás a España y uno de los dos saldrá perdiendo. Tú representas a la competencia, Álex. No creo que sea apropiado. —Recitó esos argumentos como si los hubiera pensado antes.

A juzgar por la mirada de Álex, él tenía mucho que decir respecto a eso, pero se mordió la lengua y se agachó para depositarle un suave beso en la mejilla.

—Adiós, Sara. Intenta descansar. Nos vemos mañana.

11

Lo que vio Olivia al llegar a la cocina no la sorprendió en absoluto, pero dio gracias de que Álex no la acompañase. Habría creído que estaban todos locos y se habría ido de allí como alma que lleva el diablo.

«¿No habíamos quedado en que querías echarlo? No, no, solo va a quedarse unos meses. Tres como máximo. Ni loca te plantees la posibilidad de que se quede más tiempo.»

Manuel estaba frente a los fogones, batallando con una sartén mientras no dejaba de gritar que su esposa le había arrancado el corazón y que se moriría sin ella. Los dos únicos camareros que se habían atrevido a entrar en la cocina estaban atrincherados tras unas ollas y aprovechaban cualquier despiste de Manuel para alcanzar lo que necesitaban y salir corriendo. Pedro era uno de esos valientes y, cuando vio entrar a Olivia, suspiró aliviado.

—Manuel, deja esa sartén en paz —dijo ella—. Terminarás haciéndote daño.

—¡Me da igual! ¡Sin Lucrecia mi vida no tiene sentido! —exclamó el hombre y echó un chorro de vino a otra sartén que debía de rondar los noventa grados. Salieron unas llamas más que considerables.

Aquellos dos iban a ganar un Óscar de Hollywood.

—¡Apártate, mi amor! —gritó Lucrecia corriendo hacia el extintor. Manuel lo hizo y, cual actor salido de un culebrón, arrancó el extintor de las manos de su esposa y se enfrentó al fuego como si fuesen las fauces de un dragón.

Olivia terminó empapada en el proceso.

—¡Perdóname, amor!

—¡No, perdóname tú!

Los Borgia se fundieron en un beso y Pedro fue a decirles al resto de camareros que ya podían entrar en la cocina sin temer por su vida.

—Bueno —dijo Olivia pasándose una mano por la frente para retirarse la espuma—, como veo que ya no me necesitáis, iré a cambiarme.

El matrimonio ni siquiera se enteró de que se iba, pero a ella no la molestó. Sabía que cuando se les pasara la euforia irían a disculparse e insistirían en compensarla de alguna manera. Normalmente, solían sobornarla con una buena comida.

Ya en su habitación, se quitó la ropa empapada y se duchó para eliminar el olor de la espuma del extintor, que además era muy pegajosa. Habría podido quedarse allí un rato, descansando, a nadie le habría extrañado, pero tras tumbarse unos segundos en la cama se puso en pie y se acercó al armario. Se quedó pensativa mirando la ropa.

Ella siempre se había sentido cómoda consigo misma. Después de criarse con una mujer obsesionada con el físico y con la moda, Olivia sabía valorar ambas cosas en su justa medida. Y, aunque ahora tuviese en el despacho al primer chico que le parecía interesante en mucho tiempo —«No te engañes, Olivia. Ninguno te había parecido nunca tan interesante»—, no iba a cambiar. Así que, tras sacudir la cabeza para despejarse, metió la mano en el armario y sacó unos pantalones beis hasta los tobillos, una camisa blanca con un estampado de cerezas y unas bailarinas rojas.

Miró el reloj y se apresuró. Si se daba prisa, todavía podría comer algo del plato que probablemente Lucrecia había preparado para recuperar el cariño de sus compañeros.

¿Qué habría cocinado hoy? ¿Pasta, pescado? ¡Quizá aquella lasaña tan maravillosa que se deshacía en la boca!

Abrió la puerta y comprobó que no había ni rastro de Manuel ni de Lucrecia y que la cocina estaba relativamente intacta. Y, sí, del horno salía aquel olor a lasaña. Cerró los ojos y respiró hondo para impregnarse del aroma. Se serviría un plato bien grande y una copa de vino. Se la había ganado.

—Hola.

Olivia dio un salto, volviéndose de golpe.

El hombre interesante estaba en medio de la cocina.

—Lo siento —dijo el propietario de aquella voz que tanto la había sobresaltado—. He estado hasta ahora en el despacho. He ido a la cafetería a buscar un bocata, pero Pedro me ha dicho que lo mejor de las peleas entre Manuel y Lucrecia es que después ella cocina unos platos buenísimos y casi me ha obligado a venir a la cocina. Puedo irme, si prefieres estar sola.

—No, qué va. Es que estaba atontada pensando en la lasaña y no esperaba verte aquí. —Se acercó al horno y sacó la bandeja. Todavía quedaban tres o cuatro raciones—. Hay de sobra para los dos. —Se agachó y eligió dos platos blancos de los que utilizaban los empleados para comer—. Hay agua y zumos en la nevera, y también vino blanco. El tinto está en la bodega. Y los vasos y las copas en aquel armario.

Le dio instrucciones mientras iba señalando los distintos lugares. Nevera. Bodega. Armario.

Marc reaccionó al instante.

—¿Tú qué quieres beber?

—Creo que hoy me merezco una copa de vino —dijo, mientras servía dos generosas raciones de lasaña.

—¡Ah, sí! Pedro me ha contado lo del fuego y lo del extintor —comentó, intentando no reírse. Le habría gustado verla cubierta de espuma.

—Sí, bueno, podría haber sido peor. No sabía que la espuma fuese tan pegajosa.

—¡Oh, vamos! ¿No me dirás que nunca has ido a una fiesta de la espuma? —dijo, buscando una copa para ella y un vaso para él.

—Nunca —afirmó Olivia.

—No me lo creo —insistió él—. Vives en un pueblo de playa, en una zona que recibe millones de turistas. Es imposible que no hayas ido nunca a una fiesta de la espuma.

—Pues no he ido. —Olivia amontonó los cubiertos y dos servilletas y se acercó a la mesa de la cocina. Una mesa larga para veinte comensales con un banco a cada lado en vez de sillas.

—¡Vaya! ¿Has sido camarera? —le preguntó Marc al ver la pericia con que lo colocaba todo.

—He sido camarera, he preparado habitaciones, he limpiado la piscina, he atendido la recepción y he sido animadora infantil. He sido de todo. Por eso no he ido nunca a una fiesta de la espuma.

—¿Tu abuelo te obligaba a trabajar todo el verano?

—En realidad, tenía que suplicárselo —confesó Olivia—. Siempre me ha encantado el hotel. Prefería estar aquí que en la playa. Además, así podía ayudarlo a él. Al principio, se negaba, pero al final lograba convencerlo.

—No me extraña —dijo Marc, quedándose de nuevo fascinado con el hoyuelo que aparecía en una de sus mejillas cuando sonreía.

—¿Por qué lo dices? —le preguntó ella, aceptando la copa de vino.

—Por nada. —Él fue a por su vaso y se sirvió agua—. Bueno, supongo que todavía estás a tiempo de asistir a una.

—¿Asistir a una fiesta de la espuma? ¿Yo? Estás loco.

—Es divertido.

—Tiene que ser asqueroso.

—Y divertido. —Probó la lasaña y abrió los ojos como platos—. ¡Está buenísima!

—Sí, es una lástima que Lucrecia solo la haga cuando se pelea con Manuel.

—Ya, pero supongo que es una suerte que no se peleen a diario—. Por lo que he oído mientras tú no estabas, ni la cocina ni los empleados sobrevivirían.

—Tienes razón —afirmó Olivia—. Supongo que siempre hay varias maneras de ver las cosas.

—En ocasiones solo hay una —dijo él—, pero esta no es una de ellas. Al oír esa frase tan extraña, Olivia apartó la vista del plato de lasaña y miró a Martí, pero al ver que él tenía la mirada perdida, no dijo nada. Ella siempre había sido bastante empática, por eso probablemente nunca se había llevado bien con su madre, pues esta tenía la profundidad de un plato llano. En ese momento, tuvo la sensación de que Martí estaba recordando algo doloroso, o como mínimo desagradable, y que no quería contárselo. Algo lógico, pues acababan de conocerse. Así que respetó su silencio y permanecieron callados hasta que él quiso.

—Tomás se ha pasado por el despacho.

—Sí, me he cruzado con él —contestó ella, sin hacer ningún comentario acerca del silencio anterior.

—Se ha sorprendido al verme. —Vio que Olivia se sonrojaba y continuó—: Parecía muy convencido de que ibas a echarme y me ha preguntado cómo logré hacerte cambiar de opinión.

—Yo, el día de la lectura del testamento... —No quería contarle que había cambiado de opinión por la frase que él le había dicho antes de irse a Barcelona.

—No te preocupes, entiendo perfectamente tu reacción. Yo habría sido mucho más malpensado que tú. Solo te cuento lo de Tomás porque quería que supieses que le he explicado lo que decidimos ayer, lo de los tres meses. Espero que no te importe. Luego he pensado que quizá debería habértelo preguntado antes.

—No, has hecho bien. Yo misma se lo habría contado, pero Tomás no duerme en el hotel y esta mañana cuando le he visto se me ha pasado. No hay ningún problema. Tomás es como de la familia.

—Él ha dicho lo mismo.

—¿Cuándo?

—Esta mañana, cuando le he preguntado por qué tu abuelo y tú tolerabais que Manuel y Lucrecia montasen estos números. Aunque si hubiese probado antes esta lasaña, jamás me lo habría cuestionado, que conste en acta. En fin, Tomás me ha respondido que los dos son como de la familia.

—Y lo son —afirmó ella, comiendo el último trozo de lasaña que le quedaba en el plato—. Estoy llena.

—Y yo. Tengo que volver al ordenador, todavía no he terminado de repasar todas las cuentas.

Le estaba costando. Marc había estudiado contabilidad y finanzas, pero de eso hacía muchos años y, aunque Álex no había mentido al decir que tenía una memoria casi fotográfica, no era ningún genio.

—¿Crees que podremos hacer algo para mejorar la situación del hotel?

—Todavía no lo sé. Dame un par de días para terminar de ponerme al corriente y luego vemos juntos qué se nos ocurre, ¿de acuerdo?

Olivia se quedó mirándolo. Ella siempre había creído que con su abuelo formaban un equipo perfecto, pero ahora, con Álex Martí hablándole de buscar soluciones juntos, pensó que quizá no lo habían sido tanto. Su abuelo siempre decidía las cosas y luego a ella le parecían bien o no. Si se daba el primer caso, la decisión de Eusebio se materializaba. Si se daba el segundo, discutían como chinos y, al final, la decisión de él era la que se adoptaba.

—De acuerdo, Martí.

—Fantástico, Millán.

Marc se puso en pie, recogió los platos y los cubiertos y se acercó al fregadero para lavarlos. Olivia se colocó a su lado y los secó. Desde allí podía ver perfectamente la cicatriz que le cruzaba la mejilla. Tenía que haber sido muy doloroso, pensó, y apartó de nuevo la vista para que él no la pillase mirándole. Estaba tan concentrada secando los platos y esforzándose por disimular, que no oyó el ruido de la puerta trasera abriéndose ni los gritos de Tomás.

—¡Tosca, ven aquí enseguida! ¡Tosca! ¡He dicho que vengas aquí!

Un pastor alemán entró a toda velocidad en la cocina y, con las patas delanteras en alto, se lanzó encima de Olivia para lamerla. Si Marc no hubiese estado allí, Olivia y el perro habrían terminado en el suelo. Pero estaba, así que cuando Tosca intentó saludar a su dueña con tanta efusividad, él colocó las manos en la cintura de ella y absorbió el golpe.

Olivia quedó atrapada entre el torso de Marc y las patas y las babas de Tosca.

Con la espalda pegada al torso de él, Olivia podía notar cómo le latía el corazón. Y también podía olerlo. Debería estar prohibido que un hombre oliese tan bien y que, además, tuviese unas manos tan bonitas y que encajaban tan bien en su cintura.

«Para, Olivia», se dijo a sí misma.

Por fortuna, las babas de Tosca se encargaron de hacerla volver a la realidad.

—Al suelo, Tosca. Al suelo —le dijo a su perra, que la ignoró.

Marc apartó una mano de la cintura de Olivia y la fue subiendo despacio, pasó junto sus costillas, le acarició el antebrazo y luego, ya cerca del cuello, le acarició la oreja levemente y como si fuese sin querer.

Ella contenía el aliento y a él se le había acelerado el corazón. Entonces, Millán pasó los dedos por el collar de Tosca y tiró del animal hacia abajo sin hacerle ningún daño.

—Buena chica, Tosca —le dijo a la perra agachándose a su lado—. Buena chica. —Le acarició las orejas y el cuello y vio que era un animal bien cuidado. Le pasó levemente la mano por el dorso y le tanteó las vértebras. Le echó también un vistazo a los dientes—. Es preciosa. ¿Hace mucho que la tienes?

Olivia tardó varios segundos en reaccionar. Eso sí que no; era imposible que Martí también hubiese seducido a Tosca, una perra que odiaba a los hombres. A todos, incluido su abuelo.

«Y ahora, mírala, está en éxtasis. Tú también te has puesto a babear como una idiota cuando has creído que iba a besarte. No, qué va, yo no he creído nada de eso.»

—Millán, ¿estás bien? —La voz de él la sacó de su ensimismamiento y Olivia dejó de discutir consigo misma.

—Sí, estoy bien. Lo siento. Hace seis años.

—Es preciosa, tiene un pelaje increíble y unos ojos extraordinarios. ¿De dónde la sacaste? En esta zona los pastores alemanes suelen tener los ojos de otro color y son un poco más pequeños.

—¿Sabes cómo son los pastores alemanes de esta zona?

Marc se maldijo por la metedura de pata, pero cuantas más horas pasaba con Olivia, más le costaba recordar que estaba allí fingiendo ser quien no era.

—Me gustan mucho los animales —dijo sin especificar.

—A mí también.

—¿Has tenido muchas mascotas? —le preguntó muy interesado.

Era un placer poder preguntarle algo sin pensar en si Álex se lo habría preguntado.

—No. Tosca es la primera que tengo, aunque a veces creo que es ella la que me tiene a mí. No sé si me entiendes.

—Perfectamente. ¿Tu abuelo no te dejaba tener animales?

Marc siguió acariciando a Tosca y Olivia también se agachó y le pasó la mano por el lomo. A él le pareció algo extrañamente íntimo darle mimos al mismo tiempo a un perro que los miraba como si fuesen el centro del universo.

—Al contrario, llevaba años insistiendo en que tuviese alguna mascota, pero yo no me animaba. Un animal de compañía es una responsabilidad muy grande y siempre tengo tanto trabajo que pensé que no podía hacerle eso a nadie, ni siquiera a un pececito de colores. El pobre habría terminado muerto en una semana.

—¿Y qué te hizo cambiar de opinión?

—Mi abuelo me regaló a Tosca cuando...

—Lo siento, Olivia. Se me ha escapado. —La llegada de Tomás, que apenas podía respirar tras la carrera, interrumpió la frase.

—No te preocupes, Tomás. Muchas gracias por cuidármela. Tosca tiene su propia casita en la parte trasera del hotel, pero el otro día pilló una indigestión por culpa de los hijos de unos huéspedes, que la atiborraron de dulces, y Tomás se la llevó a su casa —le explicó a Marc.

—¿Qué le recetaron?

Ella lo miró extrañada, pero respondió de todos modos.

—¿Y se lo ha tomado todos los días? ¿Has notado si está más acelerada de lo habitual? —le preguntó a Tomás.

—Sí, se lo ha tomado todos los días. Y ahora que lo dices, la verdad es que sí que me ha parecido que estaba más acelerada, pero he pensado que era porque echaba de menos a Olivia.

—Es un efecto secundario de esa medicación. Yo la cambiaría por esta otra. —Casi sin pensar, se sacó un papel y un bolígrafo del bolsillo trasero de los vaqueros. Mezclada con la comida, ni se enterará de que se la ha tomado y mejorará enseguida. ¿No es así, Tosca?

Le acarició el morro y la perra le lamió la mano.

—¿Cómo lo sabes? —preguntó Olivia atónita, tanto por el comportamiento de Tosca como por el de Martí.

—Tuve un perro al que le pasó lo mismo —contestó él con una verdad a medias.

Tuvo un perro al que le pasó exactamente eso, pero no era su mascota, sino su paciente.

—Iré a comprarlo enseguida —dijo Tomás—. Vamos, Tosca, vamos.

La perra no se movió.

—¿Sabes qué? Creo que iré a la playa a pasear un rato para digerir la lasaña —dijo Marc poniéndose en pie—. ¿Te vienes, Tosca?

La perra movió la cola y se pegó a sus muslos.

—No tardaré, Millán. ¿No te importa, verdad?

Olivia también se incorporó y pasó la vista de Tosca a Martí y viceversa.

—No, por supuesto que no —contestó cuando recuperó el habla.

—¿Te quieres venir? —la invitó Marc, más nervioso de lo que quería reconocer y de lo que dejó entrever.

—¡Olivia, Olivia! Te necesito en la recepción —llamó Natalia, entrando acalorada en la cocina.

—¿Qué pasa?

—Roberto —se limitó a decir la chica.

—Id los dos a pasear —le dijo Olivia a Marc—. Yo tengo que ir a salvarle el pescuezo a Roberto. Otra vez.

«Y a analizar por qué tengo celos de mi perra.»

12

Marc jugó con Tosca en la playa; le lanzó palos que encontró en la orilla del agua y paseó con ella por la arena. Cuando volvieron al hotel, se cruzaron con Tomás, que regresaba del pueblo con el medicamento y Marc aprovechó para preguntarle dónde estaba la caseta del animal. Cuando se lo explicó, él se ofreció voluntario para llevarla.

Echaba de menos estar con animales y Tosca había sabido ganarse su cariño en unas pocas horas.

El hombre aceptó encantado y, tras entregarle la bolsa de la clínica veterinaria, se despidió de él y de la perra y entró en el hotel para revisar unos desagües del tejado que se atascaban con excesiva frecuencia.

El veterinario que le había recetado el otro medicamento a Tosca no había cometido ningún error, pero no había pensado en que a los pastores alemanes, uno de los componentes químicos de aquellas pastillas los alteraba mucho.

En cuanto oyó el nombre del medicamento, Marc tuvo el impulso de preguntar qué había comido Tosca exactamente para indigestarse y si había tenido otros síntomas. Casi metió la pata. Suerte que ni Olivia ni Tomás siguieron preguntándole cómo sabía tantas cosas sobre pastillas para perros.

Tras dejar a Tosca bien instalada, volvió al hotel. Por el camino, empezó a tomar nota mentalmente de todo lo que se tenía que reparar en el hotel: el horno de la cocina, los desagües del tejado, la pintura del bar (esa mañana se lo había comentado Pedro, con absoluta discreción, eso sí). Sin embargo, lo más urgente era convencer al banco de que no les cancelara el crédito y por eso mismo apresuró el paso hacia el despacho. Tenía que descifrar la contabilidad de Eusebio cuanto antes y encontrar algún modo de llenar el hotel durante casi todo el año. El verano no era problema, en esa época, las reservas les salían por las orejas, pero el resto de meses era mucho más difícil.

Saludó a Natalia en la recepción y se dirigió al despacho, donde descubrió que Olivia todavía no había regresado. Si todos los días eran como ese, era un milagro que Millán consiguiese hacer algo, aparte de ir apagando incendios, reales y metafóricos.

El personal del hotel recurría a ella para todo, desde conflictos matrimoniales hasta preguntarle qué flores ponían en los jarrones que decoraban los distintos rincones del establecimiento. Y no solo eso, también le consultaban mil y una cosas sobre sus vidas personales.

Mientras ella salvaba a Roberto de una amenaza desconocida, Marc se puso a trabajar y, durante las dos horas siguientes, seis personas entraron en el despacho en busca de Olivia; una era la representante de una agencia de viajes que quería preguntarle por una posible colaboración entre la agencia que representaba y el hotel.

Después de presentarse como el nuevo asesor de la señorita Olivia Millán, Marc la escuchó con atención, tomó nota de todo lo que necesitaba y le prometió que la llamaría lo antes posible para explicarle qué podían ofrecerles. Durante la entrevista, intentó no ponerse a dar saltos de alegría, pues esa podía ser la ayuda que necesitaban para convencer al banco.

El resto de personas que fueron en busca de Olivia eran empleados del hotel que querían comentarle algo personal. Por suerte o por desgracia (Marc todavía no había tomado una decisión al respecto), los convenció de que se lo contaran a él.

La primera era una camarera de nombre Patricia que quería que Olivia le dijera si volvía a cortarse el pelo como el año anterior o si se lo dejaba largo. Al parecer, el verano pasado dicho corte de pelo consiguió que un impresionante inglés se fijase en ella y la llevase a cenar tres noches seguidas, pero meses más tarde, y tras el fallido romance británico, un español le dijo que le gustaba más con el pelo largo.

Marc, que tenía tres hermanas y había aprendido que nunca había una respuesta acertada para esa clase de preguntas, declinó contestar y le dijo que estaba guapa de todas maneras o algo por el estilo.

La segunda y tercera visitas fueron de un par de hermanos que trabajaban en el hotel, aunque en lugares distintos; uno era el socorrista de la piscina y el otro se encargaba del club infantil. En este caso, querían pedirle a Olivia que los acompañara a un concesionario a comprar un coche. Los chicos eran italianos y no confiaban en su español, así que estarían más tranquilos si ella los acompañaba. Marc se ofreció en su lugar y quedaron que a la mañana siguiente los tres irían al concesionario.

El cuarto empleado que apareció fue Tavi, Octavi, un chico de veinte años que parecía sacado de una serie del Disney Channel y que quería ver a Olivia para que lo ayudase a decidir a qué asignaturas se apuntaba en septiembre en la universidad.

Tavi estudiaba Hostelería y Turismo y estaba haciendo prácticas en el hotel, donde hacía de chico para todo. Marc vio la buena predisposición del muchacho y se ofreció a ayudarlo con lo de la matrícula. En respuesta, Tavi chocó los cinco con él (algo que Marc no hacía desde su adolescencia) y amenazó con volver más tarde con los papeles de la universidad.

El último empleado que cruzó la puerta del despacho (puerta que a esas alturas Marc se estaba planteando tapiar) fue Pedro, el camarero de la cafetería al que había conocido esa mañana. Era un hombre de rostro afable, que desprendía lealtad y honradez por todos los poros. Marc sintió cierto alivio al comprobar que era él y no otro adolescente el que entraba en el despacho.

El hombre lo saludó y le preguntó cómo llevaba el día y, tras verlo levantar las cejas, sonrió.

—¿Estás buscando a Olivia? —le preguntó Marc.

—Sí, ¿dónde está?

—La verdad es que no lo sé. Hace un par de horas Natalia vino a buscarla para que ayudase a Roberto con algo.

—¡Ah! Roberto, Roberto. —Pedro sonrió—. Siempre dice que sabe distinguir a una mujer casada a la legua, pero deduzco que su última conquista ha conseguido engañarlo y Olivia debe de estar evitando que el marido monte un numerito.

—¿Roberto liga con las clientas?

Pedro lo miró como si fuese idiota.

—¿No debería tenerlo prohibido? —sugirió Marc entonces.

—Aunque se lo prohibieran, no podría evitarlo. Lo lleva en la sangre. Es italiano —añadió, como si fuese suficiente justificación—. Estoy convencido de que si no fuese porque cuando está centrado es un gran recepcionista, Eusebio le habría despedido hace años.

—En fin, ¿puedo ayudarte yo en algo? No sé cuándo volverá Olivia.

—No sé, quizá sí.

—Prueba —le sugirió él.

—Hace una hora, recibí una llamada algo extraña —empezó Pedro.

—¿Extraña en qué sentido?

—Era de la pastelería del pueblo, donde compramos las ensaimadas y la gran mayoría de postres dulces.

—¿Qué querían?

—Al parecer Flor, la pastelera, ha ido hoy al mercado y ha oído que el hotel está a punto de cerrar; que tenemos tantos problemas que no podemos seguir pagando a los proveedores.

—¿Y tú qué le has dicho?

—Que no hiciera caso de los chismes y que no se preocupase, que todo estaba perfectamente.

—Bien hecho, Pedro.

—Sé que son rumores, pero quería contárselo a Olivia para que lo supiese. Hay alguien que está soltando mentiras sobre el hotel y no me gusta nada. Flor ha llamado porque entre ellas existe cierta amistad, pero seguro que hay mucha otra gente que anda cotilleando a nuestras espaldas. A mí no me gusta entrar al trapo en estas cosas y nunca digo nada, pero hoy no he podido contenerme.

—Has hecho muy bien, Pedro. Se lo diré a Olivia en cuanto la vea. Y no te preocupes, tal como tú has dicho, esos rumores son completamente infundados.

—Bueno —el hombre miró el reloj que llevaba en la muñeca—, me voy. Ahora empieza el turno de Juan. Ya le he hablado de ti; él no estaba la otra vez que viniste.

—Gracias, Pedro, por todo.

El camarero lo saludó y se fue, y Marc volvió a sentarse frente al ordenador. Intentó concentrarse en los números que tenía delante, pero no podía quitarse de la cabeza lo que le había dicho Pedro. Primero el banco, luego la pastelería…, todo eso no podía ser casualidad; había alguien decidido a destrozar la reputación del hotel y tenían que averiguar quién era y por qué lo estaba haciendo. Y hacerlo callar cuanto antes.

Después de evitar que Roberto terminase en el hospital por culpa de un marido furioso que tenía motivos de sobra para estar enfadado, Olivia volvió al despacho. La recepción ya estaba apagada; sobre el mostrador había un cartel deseando las buenas noches a sus huéspedes y al pie del mismo aparecía anotado el número del vigilante de noche, por si alguien necesitaba algo y no lo encontraban.

—¿Todavía sigues aquí? —preguntó, al ver que en el despacho la luz estaba encendida.

—Sí —contestó Marc—, estaba terminando de leer unas cosas. ¿Cómo ha ido con Roberto?

Echó la silla hacia atrás y se frotó los ojos.

—Bien. Más o menos. Me ha prometido que no volverá a hacerlo —dijo Olivia sentándose en su silla.

—Por lo que me han contado, no lo cumplirá —señaló él.

—No, ya lo sé, pero al menos tardará varios meses en volver a meter la pata. —Bostezó—. Creo que iré a acostarme. Tenía intención de empezar a preparar lo del banco, pero me estoy muriendo de sueño.

Marc la miró y de repente pensó que le gustaría rodearla con los brazos y decirle que no se preocupase. Lo primero no podía hacerlo, ni entonces ni nunca. Lo segundo, sí.

—No te preocupes, mañana será otro día.

—Que será igual que este o peor —contestó Olivia con una sonrisa—. Tú también deberías acostarte. —Se sonrojó—. Debes de estar cansado.

—Lo estoy. —Apagó el ordenador y se puso en pie.

Caminaron en silencio hasta los ascensores y subieron juntos hasta la séptima planta, donde se encontraban sus habitaciones. Recorrieron el pasillo el uno al lado del otro hasta que Marc se detuvo frente a la puerta de su dormitorio y Olivia en la siguiente.

—¿Tu habitación está al lado de la mía? —preguntó Marc con las cejas subidas casi hasta el nacimiento del pelo.

—Sí, ¿pasa algo? —preguntó ella al verle la cara.

—No, nada. Es que me ha sorprendido.

¿Por qué le parecía erótico que Olivia durmiese en la habitación de al lado? Antes, cuando lavaban los platos, también había reaccionado de ese modo y después, con Tosca, había sido incluso peor.

«Olvídalo, Marc. A ti no te toca sentir estas cosas. Tú estás muerto.»

—Buenas noches, Martí —dijo ella abriendo su puerta.

—Buenas noches, Millán.

13

San Francisco

Álex abandonó el apartamento de Sara tan alterado que podría haberse caído el cielo a su alrededor y no se habría dado cuenta. El destino había sido muy cruel con ellos dejando que se encontrasen de esa manera para después separarlos de un modo tan absurdo, pero él no era de los que se dejan vencer fácilmente e iba a contraatacar. O al menos iba a intentarlo.

No le había mentido a Sara cuando le había dicho que si ella no quería saber nada más de él, lo aceptaría. Le costaría, pero lo aceptaría. Lo que no se veía capaz de hacer era alejarse de ella sin ayudarla y sin estar a su lado. Lo que demostraba empíricamente que enamorarse de alguien es lo peor que puede sucederle a una persona en esta vida.

Y lo mejor.

Todavía no sabía qué le había pasado exactamente a la madre de Sara, pero a juzgar por la reacción de ella era algo muy serio y que no iba a solucionarse por arte de magia. La vida real no era como en los libros y Sara iba a tener que vivir con ello. Álex sabía que no estaba en posición de exigirle nada y, aunque le doliera, también sabía que entre ellos dos no existía una relación lo bastante fuerte o estable para entrometerse en su vida. Él tenía que esperar a que ella le diera permiso o directamente le pidiese ayuda. Lo único que podía hacer él era esperar y demostrarle que estaba a su lado.

En cuanto al trabajo, aunque Álex se arrepentía de ese maldito informe, que Sara no trabajara en Hoteles Vanity era una buena noticia, pues así seguro que no existía ningún conflicto entre ellos. Ahora bien, que justamente trabajase para Sleep & Stars podía llegar a ser un problema, pero él estaba dispuesto a solucionarlo. Al menos en ese sentido sí que podía hacer algo para ayudar a Sara.

Las consecuencias para él le importaban una mierda. Esos días le habían servido para replantearse muchas cosas y para conocerse mejor a sí mismo, por trillada que sonase esa frase. Álex se había dado cuenta de que había utilizado el trabajo como un refugio y a Marc como excusa para ser como era. No había sido justo con ninguno de los dos.

En los últimos años había sido testigo de cambios importantes en las vidas de sus hermanos: Ágata había cambiado de país para rehacer su caótica vida profesional y además había encontrado el amor con Gabriel. Guillermo había dejado atrás su carrera para empezar de cero y también tenía a Emma; Helena se la había jugado con Anthony y los dos habían tenido que superar grandes dificultades, pero ahora eran felices juntos haciendo lo que más querían, y Marc había intentado enfrentarse a las consecuencias de ese horrible accidente de la única manera que sabía. Estaba rodeado de personas que habían arriesgado, perdido y también ganado, y él se había convertido en un autómata al que le daba miedo sentir. Eso terminaba allí y en ese momento.

Tal vez Sara no formaría parte de su vida, tal vez no volvería a estar nunca más con ella, pero siempre le agradecería que le hubiese despertado y que le hubiese enseñado que tenía corazón y que sabía utilizarlo.

Él había estudiado a fondo la operación de compraventa del Fairmont y, aunque no había prestado demasiada atención a la reunión de hacía unas horas, algo se le había quedado. El hijo de Fairmont, Edward Fairmont, era un imbécil sin inteligencia y con tantos humos que era un milagro que no fuera levitando por el mundo. Él era el que había empezado las negociaciones con Sleep & Stars y la intuición le decía a Álex que lo había hecho a espaldas de su progenitor.

No era una mala jugada, la aparición de Sleep & Stars había obligado a Hoteles Vanity a subir un poco su oferta inicial, pero había algo turbio en ella y no encajaba del todo con la refinada manera de trabajar del señor Fairmont. Además, algo le decía a Álex que Fairmont padre no se planteaba vender a Sleep & Stars y, si tenía razón y eso era cierto, Sara iba a perder un tiempo precioso que tal vez podría dedicar a su madre o a otros temas. Por no mencionar que Álex estaba dispuesto a todo con tal de proteger la reputación profesional de Sara en su nuevo trabajo. Una cosa era que no consiguiera firmar la compraventa y otra muy distinta que se llegase a saber que jamás había tenido la menor posibilidad de hacerlo; la haría quedar como una ilusa que habría permitido que utilizasen la empresa que representaba.

Decidido, detuvo un taxi en la calle y le dijo que lo llevase al Fairmont; no necesitó darle ninguna indicación, pues era uno de los hoteles más emblemáticos de la ciudad. Por eso mismo, dudaba que quisieran venderlo.

—Ya hemos llegado, señor. —La voz de barítono del taxista lo sacó de su ensimismamiento.

—Gracias. —Le dio un par de billetes—. Quédese con el cambio.

El taxista le dio las gracias, pero él ya se había ido y estaba a medio camino de uno de los ascensores del vestíbulo.

El despacho de Fairmont estaba en la planta diecisiete y, con la aprobación del director del hotel, que salió a recibirlo en cuanto lo vio, Álex se dirigió hacia allí sin dilación. Apretó el botón y esperó pacientemente mientras escuchaba la suave melodía de *jazz* que salía de los altavoces del ascensor.

—¡Qué sorpresa, señor Martí! —lo saludó el eficiente secretario de Fairmont padre—. No esperábamos verlo de nuevo hoy.

—Lo sé, Mathew —por suerte recordó el nombre en el instante justo—, y le pido disculpas, pero estaba repasando unos documentos y me han surgido unas dudas que me gustaría comentar con el señor Fairmont lo antes posible. Si no tiene inconveniente, por supuesto.

El secretario abrió una agenda de cuero y luego levantó la vista hacia la pantalla del ordenador.

—El señor Fairmont siempre está muy ocupado —dijo, sin dejar de mirar el monitor—, pero veré qué puedo hacer. Me consta que él también quería hablar con usted.

—Gracias, Mathew.

El hombre se puso en pie y salió de detrás de su escritorio para dirigirse a la impresionante puerta de nogal del despacho de su jefe. Por lo que Álex había podido comprobar, a los ricos les encantaba demostrar que tenían dinero.

—El señor Fairmont estará encantado de recibirlo ahora, señor Martí —le anunció el secretario al salir.

—Él se lo agradeció y entró en el ostentoso despacho. Solo le faltaba la cabeza disecada de un ciervo o un par de colmillos de elefante para convertirse en un cliché.

—¿Qué puedo hacer por usted, señor Martí? —le dijo el señor Fairmont en cuanto Mathew cerró la puerta tras él. Con un gesto, le indicó que se sentase en una de las sillas de piel que había frente a su escritorio.

—¿De verdad está interesado en vender el Fairmont? —le preguntó Álex sin titubear.

Por lo que había leído y visto durante la reunión de esa mañana, Álex había llegado a la conclusión de que Edward Fairmont padre era un hombre directo y confió en que le gustase que su interlocutor también lo fuese.

—¡Vaya! Veo que no se va usted por las ramas —dijo el hotelero mirándolo a los ojos—. Me gusta. Le prefiero así a como estaba en la reunión de antes; no parecía demasiado listo, la verdad.

Álex suspiró aliviado. No habría sabido cómo explicarles a sus jefes que lo habían echado del despacho de Fairmont.

—¿Está interesado en venderlo? —repitió la pregunta, ignorando el otro comentario.

—Sí, estoy interesado —afirmó el otro cruzándose de brazos.

—¿Por qué? El hotel es rentable, está en perfecto estado y es uno de los mejores de la ciudad —enumeró Álex sin apartar la mirada del otro hombre.

—Lo sé.

—Prácticamente funciona solo. Ha pertenecido a su familia durante tres generaciones y, tanto si lo compra Hoteles Vanity como la cadena Sleep & Stars, le quitarán el nombre y lo convertirán en un hotel más de sus respectivas cadenas.

—¿Está intentando convencerme de que no venda, señor Martí? Ese sí que es un enfoque original y que no había visto hasta ahora —dijo Fairmont con una sonrisa.

—No, señor Fairmont. Sencillamente no lo entiendo. Y como no lo entiendo, tengo miedo de que todo esto sea solo un montaje para engañar a Hacienda o a su esposa.

—¿A mi esposa?

—Es un decir. Con todo el respeto, señor, usted no sería el primero que intenta diluir parte de su fortuna para no afrontar un divorcio multimillonario. No quiero pasarme varios meses atrapado en una negociación absurda y agotadora, por no mencionar cara, y que luego todo se quede en nada.

—Podría venderle el Fairmont a la cadena Sleep & Stars —apuntó el otro— y todos los meses de negociación se quedarían igualmente en nada. Y soy muy feliz con mi esposa, gracias por ese repentino y extraño interés en mi matrimonio.

—Usted no es estúpido —dijo Álex. Llegados a ese punto, iba a ser completamente directo—. No se lo venderá a Sleep & Stars. Usted sabe tan bien como yo que no pueden pagarle la cantidad que solicita y que Hoteles Vanity, sí. Además, mi empresa puede asegurarle que el hotel seguirá teniendo una reputación excelente.

—Si sabe todo eso, señor Martí, ¿por qué ha venido? —le preguntó el hombre enarcando una ceja.

—Porque sigo sin entender por qué quiere venderlo y, como le he dicho, no me gusta perder el tiempo.

—Ni a mí tampoco.

—Entonces, señor Fairmont, dígame, ¿de verdad quiere vender el hotel?

—De verdad.

—¿Por qué? Sé que no tiene problemas financieros, ni de cualquier otro tipo...

—Usted ha conocido a mi hijo esta mañana —lo interrumpió el estadounidense poniéndose en pie.

—Sí, por supuesto. Ha participado en la reunión y, aunque reconozco que esta mañana no he estado en mi mejor momento, no suelo olvidarme de las personas con las que hablo —dijo Álex, sin entender a qué venía aquel giro en la conversación.

—Dios sabe que es sangre de mi sangre y que por eso le quiero —Fairmont soltó el aliento—, pero Eddie es un inútil.

—¿Disculpe? —No se podía creer lo que estaba oyendo.

—¡Oh! No me malinterprete, mi hijo no es completamente idiota y puede que sea culpa mía y de su madre que sea tan... tan poco disciplinado. Yo no viviré eternamente y, si Eddie se queda con el Fairmont —se acercó a la ventana y acarició el marco de madera—, lo perderá en cuestión de un año. O peor aún, lo arruinará. Por eso quiero venderlo. Usted ha dado en el clavo cuando ha insinuado que me importa la reputación del hotel. Me importa mucho. Muchísimo. Este establecimiento ha sido siempre el símbolo de mi familia y no voy a permitir que Eddie eche a perder lo que nos ha llevado tres generaciones conseguir. Antes prefiero venderlo y que todo el mundo crea que hemos decidido retirarnos del sector hotelero para dedicarnos a otras cosas. Yo todavía soy joven —afirmó aquel hombre robusto que debía de rondar los setenta años— y creo que compraré unos viñedos. Quién sabe. Eddie tendrá la vida solucionada, y también mis nietos, si es que algún día se digna darnos alguno a mí y a su madre. Así que sí, respondiendo a su pregunta, estoy interesado en vender. O mejor dicho, estoy interesado en venderle el Fairmont a Hoteles Vanity.

—¿Y Sleep & Stars? —preguntó Álex, todavía algo aturdido por la gran noticia.

—Eso ha sido cosa de Eddie. No se preocupe, mi hijo ha ido a pasar unos días fuera, pero cuando vuelva me aseguraré de decirle que ponga punto final a las negociaciones con los representantes de Sleep & Stars. Delo por hecho.

—Gracias, señor Fairmont.

—¡Oh! No me las dé. A pesar de todo lo que le he dicho, no tengo intención de firmar su primera oferta —afirmó el hombre.

—No esperaba menos de usted. —Álex se puso en pie—. Muchas gracias por atenderme, señor.

—Debo confesarle, señor Martí, que las otras veces que le vi, no me pareció tan directo ni tan impulsivo.

—Digamos que estoy pasando por una época algo extraña —contestó él sin saber muy bien por qué.

—Bueno, no sé si es extraña o no, pero me gusta. Es refrescante negociar con alguien que no se aferra a unas tablas de Excel o a una presentación llena de gráficos de colores.

Álex sonrió, pues eso era precisamente lo que él solía hacer.

—Gracias de nuevo, señor Fairmont. —Le tendió la mano y el otro se la estrechó—. Le veré el lunes y le traeré una segunda oferta.

—De acuerdo, señor Martí. Le estaré esperando.

Álex abandonó la planta diecisiete tras despedirse de Matthew y, cuando llegó a la calle, sacó el móvil del bolsillo para llamar a su hermano.

14

Tras una primera semana muy intensa y surrealista, Marc y Olivia establecieron una especie de rutina que les permitía funcionar a la perfección y que tenía a todo el personal del hotel anonadado y entusiasmado. Al parecer, ellos dos eran los únicos que no se daban cuenta de que formaban un equipo perfecto; Marc conseguía evitar que ella se obsesionase con el más mínimo detalle del hotel y, además, la hacía sonreír. Una tarde, incluso, la convenció para ir a tomar un helado con él y con Tosca al pueblo.

Hasta entonces, Olivia nunca se tomaba un descanso en medio de la jornada, pero ese día lo hizo. Si no lo hubiese visto con sus propios ojos, Tomás no se lo habría creído.

Este, junto con Manuel y Lucrecia, estaba convencido de que entre Martí y Millán (ahora todo el hotel los llamaba así) había una fuerte atracción. Siempre que creía que no la miraba nadie, Olivia desviaba los ojos hacia él. Una mañana, Martí se metió en la piscina para ayudar al equipo de limpieza y Lucrecia pilló a Olivia casi babeando. Evidentemente, ella lo negó, pero no se fue de la piscina y dijo que tenía que quedarse allí por si alguien necesitaba algo.

—¿Como un boca a boca? —sugirió la cocinera con descaro.

—¡No! —exclamó Olivia, sonrojada de pies a cabeza.

Y a él no se le daba mejor disimular. Tomás había visto a muchos hombres concienzudos con el trabajo, pero Álex Martí se pasaba el día pensando en cómo solucionar los problemas del hotel y un día, cuando le preguntó por qué estaba tan decidido a ayudarlos, le respondió que no quería ver preocupada a Millán.

Todo el hotel se había dado cuenta de los pequeños detalles que tenían el uno con el otro casi sin querer. Siempre que él salía a buscar un café, traía otro para ella tal como le gustaba: largo, con dos terrones de azúcar y con un poco de leche fría y servido en vaso de cristal.

Eran muy pocos los camareros que conocían tan bien los gustos de Olivia, pero Martí lo sabía sin preguntárselo.

Cuando ella iba al pueblo a hacer algún recado, siempre volvía con una bolsa de regaliz para él y se la dejaba al lado del ordenador. Al mediodía comían juntos en la terraza del hotel, a la vista de todos, y se reían y hablaban de ópera. Un día, Pedro casi se cayó a la piscina al escuchar la risa de Olivia, de tan poco acostumbrado como estaba a oírla.

Otro día, después de que Millán tuviese una horrible discusión con un proveedor, Martí fue a ver a Lucrecia y le pidió que preparase lasaña, para ver si así la animaba. La mujer asintió y sonrió embobada, y cuando él le preguntó por qué sonreía, ella respondió que por nada.

Tomás no sabía si su difunto amigo Eusebio había incluido aquella cláusula en el testamento con el objetivo de que Olivia y Álex Martí terminasen juntos, pero tenía que reconocer que, si había sido así, había dado en el clavo. El único problema era que ni Millán ni Martí parecían dispuestos a dar un paso más en su relación.

Tomás sabía qué motivos tenía Olivia para no atreverse a arriesgarse en el amor, pero desconocía los de Martí. Sin embargo, se negaba a creer que aquel joven no estuviese interesado en ella. Quizá lo único que necesitaba era un pequeño empujoncito y él estaba dispuesto a dárselo. ¡Dios! Estaba dispuesto a tirarle de las orejas si era necesario.

Con ese objetivo en mente, un viernes, varias semanas después de la llegada de Martí al hotel, Tomás fue en su busca. No tardó en encontrarlo, pues al parecer él también lo estaba buscando.

—Tomás, te estaba buscando —le dijo al verlo entrar en la cafetería del hotel—. ¿Sabes a quién le compramos la antena? Estoy intentando averiguar si contratamos una garantía.

Él sonrió al oír el uso implícito del «nosotros» en la frase. Quizá Martí no fuese consciente, pero ya se consideraba parte del hotel.

—Ahora mismo no lo recuerdo, pero puedo averiguarlo. Seguro que lo tengo anotado en alguna parte. —Sus libretas podían ser caóticas, pero siempre lo sacaban de apuros.

—Genial, gracias.

—Yo también te estaba buscando, Martí.

—¿Sí? —preguntó Marc, dispuesto a prestarle su ayuda en lo que fuese necesario.

—Mañana organizo una cena en mi casa. Es una tradición que tenemos desde hace años. Olivia, Manuel, Lucrecia, Roberto y yo esperamos a que llegue el vigilante del turno de noche y luego nos vamos todos a mi casa a cenar. Estás invitado. Y no puedes negarte.

—No iba a negarme —replicó él con una sonrisa.

Ahora ya no le temblaba el músculo de la mandíbula cuando sonreía y se le marcaba la cicatriz. Ya había dejado de importarle. Incluso se había olvidado de su existencia en un par de ocasiones.

—Perfecto. Estaremos todos menos Pedro, que este año no puede venir porque su hija le ha pedido que la lleve a una fiesta en otro pueblo. Todavía me acuerdo de las veces que Eusebio y yo hicimos de taxista para Olivia cuando era una adolescente.

—¿Puedo preguntar cuál es el motivo de la cena? ¿Qué celebráis?

—Mi cumpleaños, pero no se te ocurra traerme nada —añadió Tomás, serio—. No me gustan los regalos —sentenció.

—Claro, lo que tú digas.

Evidentemente, Marc iba a comprarle algo, aunque solo fuera para hacerlo enfadar.

—Iré a por mis notas, a ver si encuentro lo de la antena —dijo entonces Tomás y se dio media vuelta para deshacer el camino de vuelta a su casa—. ¡Nada de regalos, Martí! —gritó, ya de espaldas.

—Adiós —dijo él sonriendo y, tras despedirse, se dispuso a volver al despacho para seguir trabajando—. Buenos días, Natalia.

—Buenos días, Álex —lo saludó la guapa recepcionista.

A Marc seguía incomodándolo que lo llamasen por el nombre de su hermano, pero por fortuna, Natalia era la única que seguía empeñada en hacerlo. El resto del mundo, o al menos el resto de personas a las que veía en el hotel, lo llamaban Martí. Y la verdad era que empezaba a acostumbrarse. Y que le gustaba. Era como si Marc hubiese dejado de existir y su lugar lo hubiese ocupado Martí, un hombre que no tenía pasado, pero sí buenos amigos y que se estaba enamorando como un idiota de Millán. Algo que Marc no se atrevería a hacer jamás.

No era que se estuviese volviendo loco y tampoco sufría ningún desdoblamiento de personalidad ni nada por el estilo. Sencillamente, era un alivio poder tomarse unas vacaciones de sí mismo, aunque fuera muy consciente de que esas vacaciones tenían fecha de caducidad.

Por eso no se permitía ceder a lo que sentía por Olivia. Ella no se merecía una mentira, o una verdad a medias, y eso era lo máximo que él podía ofrecerle. La atracción era prácticamente insoportable y cada día le costaba más contenerse. Pero solo tenía que mirarse al espejo para recordar los motivos por los que no podía acercarse a ella.

—Menos mal que estás aquí, Martí —le dijo Olivia cuando lo vio entrar en el despacho—. Acaban de llamarme del banco para decirme que nos convocan a una reunión el miércoles de la semana que viene para negociar los términos del nuevo crédito. ¿Qué te parece?

—Me parece una muy buena noticia —contestó él con una sonrisa—. Si no estuviesen dispuestos a renovar el crédito ya te lo habrían dicho.

—Aún no sé si creérmelo —dijo ella—. Será mejor que no lo celebremos hasta el miércoles. Quizá quieran que vayamos para decirnos que lo cancelan todo.

—Eres la persona más pesimista y obsesiva que conozco. Pero supongo que tienes razón, todavía no podemos celebrarlo. Pero te aseguro que iremos tan bien preparados a la reunión que no se les ocurrirá negarte nada.

—Eso espero.

—Cuando venía hacia aquí me he encontrado a Tomás —dijo Marc cambiando de tema con el objetivo de relajarla—. Me ha invitado a la cena de mañana.

—¿No te lo había dicho nadie? —preguntó Olivia, escandalizada y avergonzada—. Lo siento, Martí, daba por hecho que lo sabías y que irías. —Hizo una pausa—. Vas a ir, ¿no? ¿O tienes planes para el fin de semana? —le preguntó como si nada, a pesar de que apretó el lápiz que tenía en la mano con tanta fuerza que temió romperlo.

—Por supuesto que voy a ir. Y no, no tengo planes.

Desde su llegada al hotel, Marc solo se había ausentado un fin de semana y fue para visitar a sus padres, que habían vuelto ya de su viaje, y contarles lo que estaba haciendo. Como era de esperar, a ninguno de los dos le gustó que se estuviese haciendo pasar por Álex, pero ambos decidieron dejar que resolviera el asunto como él creyese conveniente.

El lunes siguiente a esa visita, cuando volvió al hotel, notó que Olivia estaba rara, pero no le preguntó ni una sola vez adónde había ido ni qué había hecho. Y él tampoco se lo contó.

—¿Sabes qué? —dijo Marc entonces—. Creo que nos merecemos un helado. Llevamos toda la semana trabajando y no hemos salido ni un día. —La semana anterior habían ido dos tardes a pasear con Tosca y habían sido las mejores horas de Marc en mucho tiempo—. Además, quiero comprarle un regalo a Tomás.

—Tomás odia los regalos —señaló ella con una sonrisa.

—Lo sé, me lo ha dicho, por eso voy a comprarle uno. Vamos, será divertido.

Se le acercó y sin pensarlo demasiado buscó su mano. Ella se quedó mirando sus dedos entrelazados y se puso en pie. Hasta entonces, dejando aparte algún que otro roce «casual» por el pasillo o por culpa de Tosca («Gracias, Tosca»), nunca se habían tocado.

—Está bien, pero cuando se enfade, diré que fue idea tuya.

—De acuerdo, Millán.

Fueron primero a la heladería del pueblo y se compraron dos helados, él de fresa y ella de chocolate. Tosca declinó la invitación de acompañarlos y se quedó tumbada frente a la salida del aire acondicionado; Tomás se la había llevado antes de paseo y, entre la caminata y el calor, la pobre perra estaba agotada.

Marc iba caminando con Olivia por la calle principal, una pendiente de adoquines muy pintoresca, en busca del regalo perfecto para Tomás, cuando él se dio cuenta de que alguien los estaba mirando.

El hombre en cuestión tendría unos treinta y cinco años, un pelo y un bronceado perfectos, iba vestido con un pantalón color crudo y una camiseta negra y llevaba unas gafas de sol de aviador igual a las que llevaban los actores de cine últimamente. Era tan atractivo que incluso los hombres se fijaban en él.

Estaba sentado en una terraza, tomando un café acompañado por una mujer de unos setenta años y otra de la misma edad que él. La mujer mayor tenía su misma nariz y pómulos, por lo que Marc supuso que debían de ser madre e hijo; la joven podría ser su hermana o su prima, pero no era su pareja.

Olivia le estaba contando a Marc que su abuelo y Tomás solían competir sobre quién pescaba más y que quizá podían comprarle una caña nueva, cuando desvió la vista hacia la terraza, vio al supermodelo y su actitud cambió por completo. Dejó de sonreír y de estar relajada, y tensó tanto la espalda que Marc temió que fuera a rompérsele. Instintivamente, él la rodeó por la cintura y la acercó a su lado.

El hombre de la terraza se puso en pie al notar que Olivia lo había visto y, tras decirles algo a las dos mujeres que lo acompañaban, se acercó a ellos.

Era como si el calor no lo afectase, pues ni siquiera estaba sudando.

—Hola, Olivia —dijo con una sonrisa perfecta y un rostro inmaculado.

—Hola, Nicolás —lo saludó ella.

—Me enteré de lo de tu abuelo. Iba a llamarte, pero ya sabes. —Se encogió de hombros.

—Sí, ya sé —dijo sarcástica.

—Supongo que ahora vas a vender el hotel, ¿no?

—¿Por qué dices eso?

—No me dirás que pretendes quedarte aquí encerrada toda la vida, Olivia. Aunque ahora que lo pienso, no sé de qué me sorprendo. Para ti, lo primero siempre ha sido el hotel.

—Y para ti, otras mujeres —contestó entre dientes.

Marc apretó un poco la mano que tenía en su cintura para recordarle que estaba a su lado.

—Veo que sigues empeñada en echármelo en cara. Si no hubieses estado tan obsesionada con ese ruinoso hotel, quizá no me habría acostado con otras —dijo el tal Nicolás, sin importarle humillar a Olivia delante de un desconocido.

—Creo que no nos han presentado —dijo Marc, que no pensaba tolerar aquel comportamiento—. Soy Álex Martí. —Tuvo que concentrarse para no decir su verdadero nombre y para tenderle la mano a aquel maleducado.

—Nicolás Nájera —dijo el otro y, aunque quedó claro que no tenía ganas, le estrechó la mano. Luego, el muy cretino volvió a dirigirse a Olivia—: Además, te dije que no había tenido importancia. No iba a casarme con ninguna de esas mujeres y contigo, sí.

«¿Olivia estuvo a punto de casarse con esta sanguijuela? ¡Dios! El lenguaje de Helena y Martina me está afectando, y eso que hace semanas que no las veo.»

—Lástima que la fidelidad signifique algo para mí, ¿no?

—¡Oh, vamos, Olivia! No insistas con eso. Hoy en día, nadie se es fiel. Tú y yo nos complementábamos muy bien.

«¿Millán y este tipo? ¿En qué universo?»

—Y, que yo recuerde —prosiguió Nicolás—, el sexo jamás te importó demasiado.

Esa fue la gota que colmó el vaso. Marc pegó a Olivia a su lado y dijo:

—Tenemos que darnos prisa, Oli, o llegaremos tarde a la cena.

Se agachó, le acercó los labios a la mejilla, le dio un beso y deslizó poco a poco la cara hasta la oreja de ella, donde respiró hondo y le acarició la parte superior del pómulo con la nariz. No se apartó hasta que a ella se le puso la piel de gallina y hasta asegurarse de que Nicolás veía lo increíblemente sexi que era. Entonces, y solo entonces, Marc dio un leve paso hacia atrás y sonrió a Olivia.

—Sí —dijo ella tras tragar saliva—, tenemos que irnos.

«¿Adónde?»

Le temblaba el cerebro y se le habían fundido las rodillas. ¿O era al revés?

—Adiós, Nájera —dijo Marc—. Supongo que ya nos veremos.

—Sí, ya nos veremos —contestó Nicolás entre dientes—. Te llamaré un día de estos, Olivia. Mi familia y yo estamos pasando aquí el verano.

—No te molestes, Nicolás —dijo ella—. Disfruta de tus vacaciones.

Marc le soltó la cintura y buscó su mano para entrelazar los dedos con los suyos. Habían avanzado unos metros, cuando Olivia dijo en voz baja:

—Gracias.

—De nada —contestó él—. ¿Cómo es posible que estuvieses con ese cretino? Lo siento —añadió de inmediato.

—Mi madre —dijo ella—. Ya te lo contaré. ¿Todavía nos está mirando?

Marc miró de reojo.

—Sí, todavía. ¿En serio te fue infiel?

—¡Oh, sí! Repetidas veces —reconoció, muerta de vergüenza. Era una tontería, pues ella nunca había estado enamorada de Nicolás, pero en su momento llegó a tenerle mucho cariño, y sí, llegó a plantearse la posibilidad de casarse con él. Y su traición le dolió muchísimo. Había sido Nicolás quien le había pedido que se casasen y, aunque Olivia sabía que él tampoco estaba enamorado, había creído que como mínimo la respetaba.

—Sigue interesado en ti —dijo Marc.

El brillo que había visto en los ojos del joven no le dejaba ninguna duda al respecto.

—Pues yo no. ¿Todavía nos mira?

—Sí.

—Es insufrible. Menos mal que hoy está con su madre y su hermana. La última vez que lo vi fue en la boda de unos amigos. Yo iba sola y él estaba con una de sus novias. Se pasó horas besándola delante de mí. Y luego se acercaba por donde yo estaba y me miraba con lástima. Hacía dos meses que habíamos roto. No te imaginas lo que habría dado por ir acompañada.

Marc se imaginó la escena y tuvo ganas de volver y darle un puñetazo al tal Nicolás Nájera. Bueno, eso no podía hacerlo, pero sí podía hacer otra cosa. Vio que el otro había vuelto a la terraza, donde se había sentado en la misma silla de antes, sin apartar la vista de ellos. Marc se dijo que lo hacía para reparar el orgullo herido de Olivia, no porque llevase días desesperado por encontrar una excusa para ello. No. Si iba a dar ese paso, era porque quería, porque lo necesitaba.

«Quiero besar a Olivia porque tengo miedo de que esta sea la única vez que mi corazón vuelve a latir de verdad.»

Se detuvo en medio de la acera e hizo que ella se detuviese frente a él. Cuando lo miró a los ojos, Marc avanzó el paso que los separaba y abrió un poco los pies para que los de Olivia quedasen en medio. Capturó sus manos y se las llevó a la cintura, y cuando los dedos de ella se sujetaron a la cinturilla de sus vaqueros, se las soltó y respiró hondo.

Dejó que notase que temblaba, dispuesto a demostrarle que lo que iba a hacer no era ni teatro ni por lástima y arriesgándose también a que lo rechazase delante de Nájera y de toda la gente que había en la calle.

Levantó las manos y sujetó el rostro de Olivia mientras agachaba despacio la cabeza y le besaba el pómulo igual que había hecho antes, pero esta vez, cuando se apartó, la miró a los ojos y le sonrió nervioso. Él no hacía esas cosas, llevaba años convencido de que no era capaz de hacerlas, pero Millán le hacía cuestionarse quién era y quién quería seguir siendo.

Notó que la cicatriz de la mejilla se le tensaba y cerró los ojos un instante. ¿Qué diablos estaba haciendo? Tenía que soltarla y olvidarse de ella. Tenía que...

Olivia levantó una mano y se la colocó justo encima de la cicatriz. No la movió, sencillamente dejó que él notase que lo estaba tocando. Marc abrió los párpados y, cuando sus ojos encontraron los de ella, el corazón le latió por primera vez. O así fue como lo sintió, porque nunca antes había notado aquella opresión en el pecho. Agachó la cabeza y acercó los labios a los suyos. Los sintió temblar y pensó que nunca antes había tenido ese efecto en ninguna de las mujeres con las que había estado; entonces comprendió que sus labios también temblaban.

Olivia le deslizó los dedos de la mejilla a la nuca y le acarició el pelo.

Marc respiró hondo. Estaban tan cerca el uno del otro que su aliento le hacía cosquillas. Ella separó más los labios y Marc también. Y la besó. Dejó que su lengua se impregnase de su sabor y la movió despacio, buscando el modo de alargar aquel instante, a pesar de que al mismo tiempo seguía muy asustado.

Olivia apretó los dedos que tenía en la cintura de él y Marc se pegó más a ella. Ningún beso había sido nunca tan sincero. Ningún beso había significado nunca tanto. Ninguno lo había hecho creer que quizá merecía ser feliz.

Marc profundizó el beso, ansioso por comprender qué le estaba pasando y por hacer todo lo que fuese necesario para seguir sintiéndose así. Y entonces...

—Álex —suspiró Olivia. Marc la soltó de inmediato.

«No, no soy Álex.» Quería gritar esas palabras a pleno pulmón.

«¿Y entonces qué? ¿Le contarás la verdad? ¿Le dirás quién eres y por qué estás en el hotel?»

No.

—Seguro que ahora Nicolás se arrepiente de haberte dejado escapar —dijo, odiándose por ello.

Olivia tardó varios segundos en comprender qué le estaba diciendo Martí, pero cuando lo consiguió, notó que se le paraba el corazón. ¿Aquel beso, el mejor beso que le habían dado nunca, había sido solo para que Nicolás lo viera? Sintió arcadas. Ella había creído que Martí quería algo más. Estaba segura de que lo había visto en sus ojos. Pero evidentemente se había equivocado. Otra vez. ¿Cuándo aprendería?

—Creo que tu idea de comprarle a Tomás una caña de pescar es fantástica —dijo él al ver que ella seguía en silencio. Apretó los puños para no volver a abrazarla—. La tienda de deportes está detrás de la plaza, ¿no?

—Sí —dijo por fin Olivia—. ¿Te importaría ir solo? —Con el rabillo del ojo vio que Nicolás y su familia se iban de la cafetería, o sea, que ya no había motivo para seguir con la farsa—. Hoy llegan varias familias rusas al hotel y me gustaría ir al quiosco a por un par de periódicos de Moscú. Se los encargué hace días.

—No, claro —contestó él—. Iré por la caña y luego pasaré por el quiosco —se ofreció.

—No, no te preocupes, tú irás cargado y a mí no me cuesta nada. Además, así saludo a Nati, la encargada. Nos vemos en el hotel —concluyó despidiéndose.

—De acuerdo —aceptó él, triste por el cambio de actitud entre ellos, pero convencido al mismo tiempo de que era lo mejor para todos—. Nos vemos en el hotel.

No volvió a ver a Olivia hasta la noche siguiente.

15

La cena en casa de Tomás fue un éxito o un fracaso, según a quién se lo preguntasen. Tal como el hombre le había dicho a Marc, fueron todos allí después de que el vigilante llegase al hotel.

Roberto iba impecablemente vestido; dijo que se había arreglado porque después tenía una cita. Natalia y Olivia llegaron juntas, las dos guapísimas, aunque sin duda el atuendo de Natalia era mucho más revelador que el de Olivia. Lucrecia y Manuel llegaron más tarde, también muy bien vestidos, juntos y muy acaramelados. Después del incidente con el extintor, el matrimonio resultaba incluso empalagoso.

Marc llegó acompañado de Tosca y de la caña de pescar, que finalmente habían decidido regalarle a Tomás entre todos.

La comida fue excelente. Tomás había comprado pescado y marisco y lo cocinó todo a la brasa en el patio de su preciosa casa. Una construcción blanca, casi pegada al agua, que le había comprado a un viejo pescador cuando este se jubiló. En el mar podía verse reflejada la luna, el aire olía a noche y las estrellas llenaban el cielo. De fondo, como homenaje a Eusebio, Tomás había puesto una ópera.

Durante la cena, Olivia consiguió ignorar a Martí y esquivar las miradas de Lucrecia y de Manuel, que no entendían nada de lo que estaba pasando. Por su parte, él se pasó la noche hablando con Tomás y con Manuel, e incluso cruzó varias frases con Roberto; cualquier cosa con tal de seguir fingiendo que nunca había besado a Olivia y que luego había actuado como si eso no hubiese significado nada.

La noche del viernes, cuando volvió al hotel con la caña de pescar, descubrió que ella había decidido salir a cenar con Natalia. Y el sábado Olivia apareció más tarde de lo habitual en el despacho, con signos evidentes de que casi no había dormido. Marc fingió no darse cuenta, pero apretó con tanta fuerza la línea «asdfklñ» del teclado que estuvo varios minutos borrando letras.

Olivia solo estuvo en el despacho un instante y luego volvió a desaparecer durante el resto del día.

Marc se negó a preguntarle a alguien si sabían adónde había ido o con quién. Era mejor así.

Salir el sábado con Natalia había sido una estupidez, pensó Olivia. Todavía tenía dolor de cabeza. Pero cuando llegó al hotel estaba tan furiosa por lo de Nicolás y por el beso que Martí le había dado y luego había fingido que no, que cuando se cruzó con Natalia en la recepción no pudo contenerse y le contó todo lo que había sucedido. La chica se indignó y la convenció para que salieran juntas a cenar y bailar. Pero Olivia no estaba a su altura. ¡Dios! Aquella mujer era incansable. Llevaba unos tacones interminables y bailaba a un ritmo frenético, el mismo al que bebía. Y lo sabía todo acerca de los hombres. Todo.

Olivia escuchó absorta sus consejos, a pesar de que era consciente de que nunca sería capaz de llevarlos a la práctica.

Luego, cuando Natalia encontró al que dijo que era el hombre de sus sueños (al menos por esa noche), ella volvió al hotel y se encerró en su dormitorio. Intentó dormirse, pero cada vez que cerraba los ojos, notaba los labios de Martí sobre los suyos y sus manos por la espalda. Y si los abría todavía era peor, pues entonces no podía dejar de mirar la pared de la habitación y de preguntarse qué estaría haciendo él al otro lado.

Si era sincera consigo misma, lo que más le dolía no era que Martí hubiese fingido no haberla besado, aunque eso sin duda le dolía mucho, sino que se hubiese comportado como si no existiera nada entre los dos.

En los últimos días, ella había creído que entre ellos había algo especial, pero era evidente que no era así. Si no, él no se habría comportado de ese modo. Podría haberla besado de muchos modos, podría haberla besado solo para darle una lección a Nicolás y ella probablemente le habría dado las gracias por ayudarla a vengarse, pero no. Martí no la había besado pensando en Nicolás. Era imposible que aquel beso hubiese sido solo de cara a la galería. Había sido para ellos dos.

Así que la cuestión era, ¿por qué había intentado negarlo luego? Muchas mujeres probablemente se darían por vencidas y dejarían las cosas tal como estaban, pero Olivia no iba a rendirse tan fácilmente. Ni hablar. En cuanto se le pasase la resaca, empezaría a investigar.

—¿Se puede saber qué os pasa a Olivia y a ti? —le preguntó Tomás a Marc cuando ambos se quedaron solos frente a la barbacoa.

—Nada —respondió él enseguida y, para disimular, bebió un poco de limonada.

—Ya, nada. Por eso os evitáis y los dos tenéis cara de perritos abandonados.

—Estamos preocupados por el hotel, eso es todo.

—Mírame a la cara, Martí —le dijo el hombre—. ¿Acaso me tomas por idiota? Conozco a Olivia desde que ella tenía nueve años y esa cara no es la que pone cuando está preocupada por el hotel.

—¿Y qué cara pone ahora? —no pudo evitar preguntar él.

—Esa es precisamente la cuestión, Martí. Nunca antes se la había visto. ¿Qué le has hecho?

—Nada.

—Prueba otra vez —insistió Tomás.

—Ayer por la tarde salimos a pasear. Fuimos a comprarte el regalo —especificó.

—Continúa.

—Nos encontramos con Nicolás Nájera.

—¡Mierda! ¿Ese cretino está pasando aquí el verano?

—Sí. ¿Cómo es posible que Millán saliera con él?

—Termina de contarme lo que sucedió ayer. —Tomás no se dejó despistar.

—Nájera se acercó a nosotros e hizo un par de comentarios muy desagradables sobre Olivia. Le aguantamos durante medio minuto y luego nos fuimos de allí.

—¿Y?

Marc buscó a Olivia con la mirada y la vio agachada junto a Tosca, acariciándole la espalda.

—Y la besé —dijo casi sin darse cuenta y sin dejar de mirarla. Incluso él notó que pronunciaba las palabras como si fuesen un tesoro. Entonces ella levantó la cabeza, se encontró con sus ojos y le sonrió. Y él desvió la vista y recordó que estaba hablando con Tomás. —Ya está, fin de la historia. ¿Satisfecho?

—Pues la verdad es que sí. —El hombre se le acercó más y le dio una palmada en la espalda—. Ya era hora.

Tomás suspiró aliviado. Aunque no se lo había dicho a nadie, empezaba a sospechar que sucedía algo entre Olivia y ese chico, y como Eusebio ya no estaba, se sentía responsable de ella y quería cuidarla. Martí le caía bien, era evidente que tenía muchos secretos y que sus hombros llevaban encima más peso del que era de esperar en alguien de su edad, pero le gustaba. Quizá le gustaba más por ese mismo motivo, porque saltaba a la vista que no era perfecto. Menos mal que se había equivocado.

—¿Cómo que ya era hora? ¿Qué eres, un adolescente? Ese beso fue una estupidez. Entre Millán y yo no puede haber nada.

—¿Por qué? —Tomás frunció el ceño; no le gustaba nada el giro que estaba tomando aquella conversación. Él había creído que, cuando por fin aquellos dos se diesen cuenta de la buena pareja que hacían, todo sería un camino de rosas.

—Porque no.

—Y ahora, ¿quién es el adolescente?

—Mira, Tomás, puedo entender que, como estoy ayudando en el hotel, hayas podido pensar que soy un buen tipo, pero créeme, te equivocas. Algún día verás cómo soy de verdad y entonces darás gracias a Dios de que Millán y yo no estemos juntos. Lo digo en serio. No soy quien aparento.

En otras circunstancias, Tomás quizá habría creído que esa frase era tan solo una excusa barata, pero el tono de voz del chico, el modo en que le tembló la mandíbula y sujetó el vaso de limonada, le indicaron que era algo mucho más serio. Y el vacío que vio en sus ojos se lo confirmó.

—No sé de qué estás hablando, Martí. Y no creo que sea a mí a quien tienes que contarle todos esos secretos que es obvio que te abruman, pero Olivia es una chica maravillosa a la que le han roto el corazón demasiadas veces. Ella se refugia en el hotel, porque, gracias a su madre y a los Nicolás que corren por el mundo, está convencida de que es lo único que no la defraudará. Lo único que le será fiel pase lo que pase. No debería contarte esto, pues Olivia no necesita que nadie la defienda, pero estoy harto de verla sufrir. Y de verla tan sola. —Desvió la mirada hacia la chica y sonrió con el todo el cariño que le tenía—. Hay pocas mujeres como ella; es dulce, valiente, terca, cariñosa y tiene un punto de loca que los que la conocemos no cambiaríamos por nada del mundo. Si eso que dices es verdad, aléjate de ella.

—Es lo que estoy haciendo —contestó Marc y los celos que sintió al pensar que Tomás y el resto de personas que había en aquella cena conocían a Olivia de un modo como él jamás llegaría a hacerlo, le retorcieron el estómago.

Tomás asintió y lo dejó solo frente a la barbacoa. Marc se quedó mirando las brasas y preguntándose si estaría cometiendo un error. Tal vez pudiese contarle la verdad, tal vez ella lo entendería, pero en aquel preciso instante la oyó reír y supo que jamás podría decirle nada. Olivia Millán no se merecía a un hombre egoísta y sin alma como él. Seguro que cuando el hotel estuviese en mejor situación, podría salir más y no tardaría en encontrar a alguien digno de ella. Un ejército incluso. Nicolás Nájera y él no eran un punto de partida difícil de superar.

Convencido de eso, y de que él lograría olvidar aquel beso de algún modo, se volvió y miró la luna. Bebió un poco más de limonada, natural, hecha por el propio Tomás, que era un adicto a los zumos de fruta, y comprendió que pasara lo que pasase, siempre le estaría agradecido a ese lugar. Su vida nunca sería maravillosa, pero quizá ahora, gracias a la gente que había conocido en el Hotel California, pudiese vivir consigo mismo.

Pasaron los minutos y Lucrecia fue a buscarlo para decirle que la cena estaba lista. Marc asintió y se acercó a la mesa, en la que ya estaban esperándolo el resto de invitados. Ocupó su lugar entre Roberto y Manuel e intentó olvidarse de la conversación que había mantenido con Tomás y del beso que se negaba a abandonar su cabeza, y disfrutar de la velada.

No olvidó nada, pero las conversaciones que fueron surgiendo le hicieron pasar un buen rato. Manuel y Lucrecia estaban completamente locos y a los dos les encantaba burlarse de Roberto y de su supuesto mal gusto con las mujeres. Este tenía un sentido del humor mucho más sarcástico e irónico de lo que Marc había creído en un principio. Tomás les contó un par de anécdotas sobre Eusebio y sobre la adolescencia de Olivia y ella se rio a carcajadas, aunque amenazó con hacérselo pagar más adelante.

Estaban tomando café y riéndose de una historia que estaba contando Natalia acerca de unos adolescentes que intentaron conquistarla, cuando sonó el timbre.

—No abras —dijo Manuel de inmediato.

—No puedo creer que tenga la desfachatez de hacer lo mismo que el año pasado. ¡Esa mujer es el diablo! —afirmó Lucrecia.

El timbre volvió a sonar con más insistencia.

—Si no abro, no nos dejará en paz —dijo Tomás poniéndose en pie. Pero antes de dar un paso, miró a Olivia—. Si quieres, la dejo fuera toda la noche.

—¿De quién están hablando? —le preguntó Marc a Roberto en voz baja.

—De la madre de Olivia —contestó el italiano en el mismo tono.

—Por mí no te preocupes, Tomás. Déjala entrar o despertará a toda la calle.

El hombre suspiró resignado y se dirigió hacia la puerta. Marc oyó la voz de una mujer contestando a sus preguntas, pero no distinguió qué decían. Entonces, se oyó un portazo y la propietaria de la voz apareció en el patio donde estaban cenando.

—¡Vaya, vaya! Pero si está aquí toda la familia —dijo Isabel Millán, sarcástica—. Mi invitación debió de perderse en el correo.

—¿A qué has venido? —le preguntó Manuel.

—A felicitar a Tomás, ¿a qué si no? Igual que el año pasado —explicó zalamera.

Isabel Millán arrastraba un poco las palabras, pero no lo bastante como para que Marc pudiese afirmar que estaba borracha, aunque sin duda había bebido un par de copas antes de interrumpir la fiesta.

—Me doy por felicitado —dijo Tomás—. Ya puedes irte.

—¿Sin hablar con mi hija? —Hizo una mueca digna del Liceo—. Papá me impedía verla; por eso el año pasado me presenté aquí sin avisar. Sabía que estarías aquí.

—El abuelo nunca te impidió que vinieras, mamá. Ese es el rollo que siempre sueltas a las revistas del corazón, pero todos sabemos que es mentira, incluso tú.

—Quizá cometí un error de joven, pero eso no significa que no te quiera, Olivia —dijo Isabel.

Marc no le apartó la vista de encima y el brillo que vio en sus ojos le puso los pelos de punta. Aquella mujer no quería a nadie e incluso se atrevería a afirmar que a su hija le tenía cierto resentimiento, por no decir odio. ¿Por qué?

—Tú solo te quieres a ti misma, mamá.

—No es verdad, princesa.

Isabel se acercó adonde estaba sentada Olivia y fulminó a Natalia con la mirada, pero esta no se movió de donde estaba y Marc estuvo a punto de aplaudirla por defender así a su amiga.

—¿Qué quieres, mamá? El año pasado viniste porque querías que me reconciliase con Nicolás y me casase con él.

«¿Qué?» Marc odiaba ya visceralmente a aquella mujer.

—Habríais hecho muy buena pareja, Olivia. Él tiene mucho dinero.

—Y seguro que contabas con que te diera tu parte —replicó ella con cara de asco.

Una semana después de que descubriese las infidelidades de Nicolás y rompiese definitivamente con él, su madre apareció en el hotel dispuesta a defender a Nicolás contra viento y marea. Aunque por desgracia no fue ninguna sorpresa, a Olivia le dolió ver que su madre no se preocupaba por ella, por su felicidad, y que solo le hablaba de la posición social que ocuparía y de lo bien que viviría casándose con un Nájera.

—¿Cómo puedes acusarme de eso? Yo soy tu madre, solo quiero lo mejor para ti.

—¿Por qué has venido, mamá? —volvió a preguntar Olivia con resignación.

—Porque quería verte. La muerte de tu abuelo me ha hecho reflexionar y me he dado cuenta de que te echo de menos. Me gustaría enmendar mis errores y empezar a conocerte —contestó Isabel, mirándola a los ojos y dejando al resto de los presentes petrificados.

Marc observó los rostros de los demás y vio que ninguno se la creía y que estaban a la espera de ver cuál iba a ser el próximo movimiento de La Belle Millán. Seguro que todos estaban dispuestos a proteger a Olivia con uñas y dientes y echar de allí a la madre del año si hacía falta.

—¿De verdad quieres conocerme?

—De verdad. Tú eres mi princesa y me gustaría recuperar el tiempo perdido. Ser tu madre de verdad.

En el patio se produjo un silencio sepulcral. Solo se oían las olas a lo lejos y algunas gaviotas que volaban por encima del mar.

—De acuerdo —dijo Olivia sorprendiéndolos a todos—. Con una condición.

—La que tú quieras —aceptó Isabel, sonriendo como el gato que se ha comido el canario.

—Mañana mismo vamos a la notaría de Enrique y firmas lo que haga falta para renunciar al hotel.

La mujer dejó de sonreír al instante.

—Bueno, Olivia, no creo que debamos molestar a Enrique por una tontería como esa —dijo.

—Mañana mismo renuncias al hotel y tú y yo empezamos de cero —reiteró su oferta con voz firme, pero Marc vio que tenía los puños cerrados y que le temblaba un poco la mandíbula.

—No puedo renunciar al hotel, princesa. Compréndelo. Y si...

—Vete de aquí —dijo Olivia—. Vete.

—Ya la has oído, Isabel. —Tomás se colocó a su lado y la sujetó por el antebrazo—. Te acompaño a la puerta.

Isabel Millán se soltó hecha una furia y se quitó la máscara de madre arrepentida y sufridora.

—Eres igual que tu abuelo. Estás empeñada en conformarte con las migajas de la vida cuando podrías estar disfrutando de un festín.

—Me alegro de parecerme al abuelo y no a ti, mamá. Tu obsesión por el dinero nunca te hará feliz —afirmó Olivia.

El temblor de su mandíbula se había intensificado, pero logró mantener la voz firme y no derramar ni una lágrima.

—Y ese cochambroso hotel repleto de personajes esperpénticos, tampoco te hará feliz a ti. Te consumirá, Olivia. Podrías tener al hombre que quisieras; yo te ayudaría a conseguirlo y juntas seríamos muy felices.

—Supongo que te refieres a un hombre con dinero, ¿no? Ese es el criterio con el que siempre los has elegido, y mira cómo te ha ido. Estás sola, completamente sola.

—¿Y tú? ¿Acaso crees que le importas a esta gente? Yo soy tu madre y he intentado hacerte entrar en razón, pero si insistes en comportarte como una niña pequeña que sigue creyendo en los cuentos de hadas, allá tú. He hecho todo lo que he podido y no creas que voy a quedarme de brazos cruzados.

—¿Qué estás insinuando? —le preguntó Olivia entrecerrando los ojos.

—Sé que no puedo impugnar el testamento. Sí, lo he preguntado —afirmó orgullosa, al ver que Tomás la fulminaba con la mirada—. Pero también sé que el maravilloso y encantador Hotel California tiene que hacer muchas reparaciones y ya sabes que, en este país, la reputación lo es todo. Podríamos venderlo ahora y repartirnos el dinero. —Miró a Olivia como si fuese un adversario comercial y no su hija—. O puedo venderlo yo sola dentro de un año y encargarme de que no te toque nada.

—Vete de aquí —farfulló ella.

Tomás tiró de la mujer y la arrastró fuera de la casa. Le soltó el brazo en la calle y cerró de un portazo sin darle la oportunidad de soltar más veneno.

En el patio nadie dijo nada, pero Marc buscó los ojos de Olivia. Cuando ella vio que la miraba, se dio media vuelta y echó a correr hacia la playa.

—Voy a buscarla —dijo él, y los demás asintieron.

16

San Francisco

Las negociaciones con el señor Fairmont iban viento en popa desde que este le había dejado claro a su hijo que él estaba al mando y que no estaba interesado en vender el hotel a Sleep & Stars. Lo malo de esa decisión era que Álex no había vuelto a coincidir con Sara en ninguna reunión y que ella rehuía las llamadas personales que él le hacía.

Álex se repetía que tenía que ser paciente y que ella tenía que lidiar con asuntos mucho más importantes que él, pero aun así la echaba de menos y se moría por hablar con ella y por estar a su lado. Intentaba darle tiempo y espacio, que era lo único que sin decirle nada él entendía que le había pedido, a pesar de que le resultaba muy difícil, y por eso se centraba en el trabajo. No como antes, pues cada día buscaba un rato para ir a nadar en la piscina del hotel donde se alojaba y también llamaba a casa y hablaba con alguno de sus hermanos o con sus padres. La relación con Marc iba mejorando y tenía el presentimiento de que tenía que agradecérselo al Hotel California y a sus peculiares trabajadores, en especial a Olivia Millán, porque cada vez que Marc la mencionaba le cambiaba la voz y sonaba más como antes.

Pensaba todo eso de regreso a casa, bueno, a la habitación de hotel donde estaba alojado; uno que pertenecía a la cadena Vanity y que no era, ni de lejos, tan elegante como el Fairmont. Después de pasarse dos horas nadando había salido a correr porque, de lo contrario, habría salido en busca de Sara. Necesitaba irse a la cama exhausto o de lo contrario no conseguía pegar ojo. No podía dejar de pensar en ella, en la maldita nota que no había encontrado en Las Vegas. ¿Qué había escrito? ¿Por qué había vuelto a buscarlo? ¿Qué había pensado cuando él no la llamó durante los días siguientes?

Esas preguntas le perseguían de tal modo que, por mucho que nadase o corriese, no lograba dejarlas atrás. Pero algo tenía que hacer para intentarlo mientras ella no estuviera dispuesta a responderlas.

Entró en la habitación y fue a ducharse; después se vistió con unos pantalones cortos y una camiseta y fue a por el libro que se había comprado esa tarde. Al menos estaba poniéndose al día de lecturas pendientes. Estaba leyendo el segundo capítulo de un *thriller* cuando unos golpes en la puerta se entrometieron en la historia y se levantó para ver quién era. No esperaba a nadie, pero a veces le mandaban algo del trabajo. Abrió y se quedó atónito.

—Sara.

Estaba cansada y le brillaban los ojos detrás de las gafas.

—¿Puedo pasar?

—Claro.

Álex se apartó de la puerta de inmediato. La cerró y se quedó donde estaba porque no sabía qué significaba esa visita.

—Acabo de salir del hospital. —Sara empezó a hablar—. Mi madre no ha mejorado, de hecho, está empeorando a una velocidad superior a la que habían anticipado los médicos.

—Lo siento mucho.

—¿Te he contado que mis padres se divorciaron cuando yo tenía doce años?

—Me lo dijiste esa mañana en la cafetería. —Álex caminó hasta donde estaba ella y buscó una de sus manos, que tenía heladas—. ¿Por qué no te sientas en el sofá? Prepararé un té.

—Gracias.

Sara se sentó y dejó el bolso en el suelo después de sacar de dentro el teléfono móvil y dejarlo encima de la mesilla que tenía delante. Álex preparó un té en la pequeña cocina que tenía en la habitación, que era en realidad un pequeño apartamento, y cuando estuvo listo lo llevó con dos tazas y el azucarero a la mesa.

—Toma —le dio una taza ya preparada—, intenta beber un poco.

Sara dio un par de sorbos.

—Tuvieron un mal divorcio —siguió—. Se gritaron e intentaron hacerse tanto daño como les fue posible. Yo me quedé en Madrid con papá y pasaba las vacaciones con mamá aquí en Estados Unidos. Se conocieron cuando estaban en la universidad, cuando mi padre vino aquí de intercambio. Con los años volvieron a ser civilizados el uno con el otro, probablemente porque vivían a miles de quilómetros de distancia.

—Siento que hayas tenido que pasar por eso, cielo. —Álex era incapaz de contener esos motes cariñosos.

—Mi padre llegará a San Francisco dentro de dos días —siguió Sara—. Los médicos temen que a mi madre no le quede más tiempo y si empeora tomarán medidas para que deje... Mi padre dice que, si llega ese momento —se secó una lágrima— quiere estar a mi lado.

Álex dejó la taza que él tenía en las manos y se movió hasta quedar junto a Sara.

—¿Y tú quieres que venga?

Sara negó con la cabeza.

—No, porque si viene todo esto será verdad y no quiero que lo sea. No quiero que mi madre se muera, y si él viene aquí es porque eso es justamente lo que está a punto de pasar y no...

Se puso a llorar y se dio media vuelta para abrazarse a Álex. Él la rodeó con los brazos y la dejó desahogarse. No podía hacer otra cosa, solo podía estar con ella e intentar acompañarla en aquel momento tan doloroso.

Minutos más tarde, con los ojos aún rojos y las mejillas húmedas, Sara se apartó y Álex le acarició el pelo.

—Tienes que estar cansada. ¿Cuánto hace que no duermes?

—Desde Las Vegas. Creo que por eso volví a buscarte, para ver si contigo conseguía dormir un poco.

Álex no mordió el anzuelo; sabía que ella no estaba lista para hablar de lo que había pasado entre ellos dos en esa ciudad.

—¿Por qué no te duchas o, mejor aún, te das un baño y te acuestas aquí un rato? —Se puso en pie y le tendió una mano—. Vamos, te prometo que te sentará bien. Estás a punto de desmayarte.

La acompañó hasta el baño y después de girar el grifo del agua caliente de la bañera colocó un par de toallas blancas en un taburete que había al lado. Sara se había quedado de pie en la entrada observándole. Álex salió y volvió a entrar con una camiseta en la mano.

—Después puedes ponerte esto. Tómate todo el tiempo que quieras. Pégame un grito si necesitas algo, estaré fuera.

La empujó suavemente hacia el interior del baño y cerró la puerta al salir.

Casi una hora más tarde, hora que Álex se había pasado moviéndose nervioso de un lado al otro del pequeño salón de la habitación pensando en lo que Sara acababa de decirle, esta salió del baño con el pelo mojado y vestida con una de sus viejas camisetas.

—El baño ha sido una buena idea, gracias —le dijo subiéndose las gafas por el puente de la nariz.

—¿Tienes hambre? Puedo llamar al servicio de habitaciones y pedir cualquier cosa.

—La verdad es que no. Estoy muy cansada.

—Claro, tranquila. Ve a acostarte; yo me quedaré aquí un rato trabajando. —Señaló los informes que no tenía intención de leer—. Dormiré en el sofá.

Sara se acercó a él.

—¿Puedo pedirte algo?

Álex la miró y le acarició la mejilla.

—Lo que quieras.

—¿Puedes tumbarte en la cama conmigo hasta que me quede dormida?

A él le costó respirar.

—Claro.

Ella se apartó y buscó el móvil; cuando lo encontró se lo llevó al dormitorio y lo dejó encima de la mesilla de noche junto con las gafas. Tenía que estar pendiente del hospital.

Álex esperó a que Sara eligiera un lado de la cama y después se sentó en el otro para quitarse los pantalones y quedarse en calzoncillos y camiseta. Apagó la luz, apartó la sábana y se metió debajo intentando moverse lo más despacio posible para que ella hiciera lo que quisiera y necesitara con él.

A oscuras, Sara volvió a hablar.

—Gracias por no preguntarme por qué he venido.

—Nunca tienes que darme las gracias por intentar cuidarte. Solo espero haberlo hecho bien.

La oyó suspirar y después moverse en la cama hasta quedar tumbada a su lado, rodeándole la cintura con un brazo y colocando una pierna por encima de las de él. Álex pasó una mano por la espalda de ella y se la acarició y ladeó la cabeza para depositarle un suave beso en la frente.

—Intenta dormir un poco —le pidió él.

—Las noches son lo peor; no puedo quedarme en el hospital. Los médicos dicen que ella ya no está aquí, que no sabe que está sola, pero... ¿tú crees que es verdad?

—Creo que tu madre sabe que la quieres y que estás con ella tanto si estás en esa habitación como si no.

—El día que me llamaron en Las Vegas, cuando me dijeron que se había desmayado, no me imaginé que sería tan grave. Supongo que no querían asustarme por teléfono.

—Probablemente.

—Y cuando llegué aquí y la vi me sentí... —Se le escaparon unas lágrimas y Álex la abrazó—. Sentí que era una persona horrible porque me había planteado no ir y quedarme contigo un día más.

—No eres una persona horrible, no digas eso.

—Los médicos me echaron del hospital. Me dijeron que no podía estar allí las veinticuatro horas y que tenía que seguir con mi vida mientras ellos hacían su trabajo y estabilizaban a mi madre, como si en esas circunstancias alguien fuese capaz de seguir con su vida. Al parecer para mí fue ir al aeropuerto y comprar un billete para el primer vuelo que salía a Las Vegas. No sé por qué lo hice, solo sé que pensé que tú estabas allí y que si volvía a verte tal vez... No sé lo que pensé. No tendría que estar contándote nada de todo esto.

—Siento no haber estado, lo siento mucho. Ojalá no me hubiese ido y me hubieses encontrado. Habría estado a tu lado.

Álex le acarició el rostro a pesar de que no podía verla y le besó de nuevo la frente.

—No te encontré, pregunté en la recepción si me habías dejado una nota o algo y cuando me dijeron que no, pensé que el destino me estaba dando una lección, que me estaba recordando lo mala que era por haber estado allí contigo mientras mi madre sufría el derrame. Volví a San Francisco y me centré en mi madre y en el trabajo.

—Nadie te está castigando, Sara. Lo que le ha pasado a tu madre es una desgracia, no es un castigo.

—No quiero que se muera, quiero que vuelva.

—Lo sé, cielo. Lo sé.

—Gracias por haberle pedido al señor Fairmont que llamase a Sleep & Stars y le explicase a mi jefa que no estaba interesado en vender el hotel a su cadena.

Álex se tensó, pero siguió abrazándola y acariciándole la espalda.

—Sé que fuiste tú. No creo que el señor Fairmont suela llamar a nadie para disculparse por los compromisos que ha adquirido su hijo. —Bostezó—. En el trabajo han sido comprensivos, y ahora que no tengo que ocuparme de la compraventa del Fairmont estoy más tranquila. —Volvió a bostezar.

—Duerme un poco.

—¿Te quedarás conmigo?

—Siempre.

Sara no oyó esa última promesa porque se había quedado dormida.

Sonó el despertador a las ocho y Álex se despertó con Sara aún en sus brazos. Con cuidado de no molestarla, salió de la cama y fue a ducharse. Después llamó al servicio de habitaciones y pidió que le subieran desayuno para dos personas y fue a vestirse. Ella seguía dormida y, al pasar junto a la cama, él no pudo evitar apartarle el pelo de la cara y darle un beso en la mejilla. Esa mañana ella tenía las ojeras menos marcadas que la noche anterior, pero era evidente que la tristeza por lo que estaba sucediendo a su madre estaba haciendo mella en ella.

Abrió la puerta al chico que le subió el desayuno y lo dejó esperando en la cocina. Álex se había vestido con vaqueros y con una camiseta porque no le esperaban en ninguna parte y tenía intención de trabajar desde la habitación y estar a disposición de Sara. Por eso, una hora más tarde, ella le encontró en el sofá intentando leer los informes que ayer había dejado a medias.

—Buenos días —le saludó algo insegura desde la puerta del dormitorio.

Álex se levantó y la miró. Seguía llevando solo su camiseta y tuvo que recordarse que en esas circunstancias estaba muy mal que le pareciera tan sexi.

—Buenos días. ¿Has dormido bien?

—Sí, gracias.

—No sabía si tenías que ir al trabajo —le dijo Álex—, pero he pensado que necesitabas dormir y por eso no te he despertado.

—No, ayer llamé y les dije que hoy no iría.

—¿Te apetece desayunar? Ayer no cenaste y he pensado que tendrías hambre. He pedido *pancakes*, recuerdo que te gustan, y varias cosas más.

—Gracias.

Sara estaba sonrojada y Álex quería decirle que no tenía que estar nerviosa con él, que con él podía ser, decir y hacer lo que quisiera, pero se mordió la lengua y esperó a que ella se diese cuenta. Fue a preparar los platos para el desayuno mientras ella se aseguraba de que no la habían llamado ni había recibido ningún mensaje.

La cocina consistía en una barra americana con dos taburetes y contaba con los utensilios básicos. Álex lo preparó todo lo mejor que pudo y puso en marcha la cafetera por si esa mañana prefería café en lugar de té. Sara dejó el móvil en la barra y caminó hasta ocupar uno de los taburetes.

—Creo que no hago más que darte las gracias.

—Pues deja de hacerlo, en serio. No es necesario y la verdad es que quiero que cuentes conmigo —le aseguró él.

—Gracias.

—¿En qué hemos quedado? Ni dos segundos has tardado —intentó bromear.

—Lo siento. —Bebió un poco de zumo de naranja y cortó un pedazo de *pancake* para llevárselo después a los labios—. Los de Las Vegas eran mejores.

—Entonces algún día tendremos que volver —dijo Álex y se maldijo porque vio que Sara se tensaba.

—¿Cómo va la compraventa del Fairmont? ¿Cuándo regresas a Barcelona?

—Las negociaciones van bien. Ahora que el hijo de Fairmont ha desaparecido de escena todo fluye mucho mejor. No sé cuándo regresaré a Barcelona.

—Si todo va bien, no tardarás mucho. Seguro que ya tienes ganas.

Álex enarcó una ceja en dirección a Sara, pero ella mantenía la mirada baja, fija en la comida que tenía en el plato. Tenía que ir despacio con ella y sonrió porque si ella supiera la paciencia que podía llegar a desarrollar un chico cuando tenía cinco hermanos, y además uno gemelo, no estaría intentando echarle de su lado con esas estratagemas.

—Tengo ganas de muchas cosas —se limitó a contestarle, consiguiendo así que ella le mirase—. ¿Quieres té o café?

—Té —respondió ella tras tragar saliva.

—Genial.

Álex preparó la tetera y sirvió dos tazas, igual que la noche anterior. Finalizado el desayuno, Sara insistió en recoger los platos y después le preguntó si le importaba que se duchase, a lo que él respondió que estaba en su casa y podía hacer lo que quisiera.

No añadió que con él también, porque sabía que ella no estaba preparada para escucharlo.

Cuando Sara salió vestida del dormitorio, Álex se levantó del sofá y fue a su encuentro.

—Tengo que irme —dijo ella.

—¿Quieres que te acompañe?

—No hace falta. Pasaré por casa para cambiarme de ropa y después iré al hospital.

Álex quería acompañarla, pero no dijo nada.

—De acuerdo. Si necesitas algo, llámame.

Sabía que ella no iba a hacerlo, que seguramente se arrepentía de haberle necesitado la noche anterior y de todo lo que había sucedido entre ellos hasta esa mañana.

—Sí, claro. Gracias. —Caminó hasta la puerta y él la siguió—. Y, bueno, ya sé que quedamos en que no volvería a decírtelo, pero gracias por todo.

—De nada.

Sara asintió sin moverse y Álex se agachó para darle un beso en la mejilla. Ella no dijo nada más y empezó a caminar hacia el ascensor.

Álex cerró la puerta y esperó estar haciendo lo correcto.

17

Olivia corrió y corrió y no se detuvo hasta llegar a unas rocas que había cerca de la orilla. El patio de la casa de Tomás daba a la playa, por lo que lo único que tuvo que hacer fue saltar el pequeño murete que la separaba de la arena.

Su madre era un monstruo, había intentado manipularla desde el principio, y, sin embargo, durante un segundo la había creído. Y ahora se odiaba por ello. ¿Cómo podía ser tan tonta? ¿Acaso se había olvidado de todas las veces que de pequeña la había dejado sola en casa para salir con sus amigos? ¿O de que durante el juicio del divorcio intentó convencer al juez de que le diese la custodia a su padrastro, un hombre que nunca había llegado a adoptarla? ¿O de que se había pasado años sin verla y sin importarle lo que fuese de su vida? Escaló las rocas y se sentó en la del extremo; así podría ver el mar mientras las olas la salpicaban. Antes siempre lloraba cuando se peleaba con su madre, ahora ya no. Ya no le quedaban lágrimas para ella, sino solo un dolor que la desgarraba por dentro y la horrible sensación de que era una estúpida. Una estúpida por seguir creyendo que algún día su madre se convertiría en otra persona y la querría.

—Millán, ¿puedo subir? —le preguntó desde la arena. La había alcanzado enseguida, pero había optado por dejarla sola unos segundos.

—Vete de aquí, Martí —dijo ella a media voz—. No quiero hablar del tema.

—Pues no hablemos del tema —aceptó él—. ¿Puedo subir?

—¿Por qué? Puedes irte tranquilo; te prometo que no me tiraré al mar. Volveré a casa de Tomás dentro de un rato.

Le estaba hablando sin mirarlo, con los ojos fijos en las olas, que no dejaban de moverse, y decidida a alejarlo de allí. Marc iba a necesitar algo impactante para hacerla reaccionar y lo único que se le ocurrió fue decirle la verdad:

—Quiero subir porque quiero abrazarte.

—¿Por qué? Aquí nadie puede verte —contestó sarcástica y dolida al recordar el beso que le había dado delante de Nicolás—. Y además no me hace falta. Puedo apañármelas sola.

«Siempre lo he hecho.»

—Siento lo de ayer; me comporté como un imbécil.

—¿No crees que esta noche ya me han humillado bastante? Mi madre acaba de dejar claro que no me quiere, aunque eso ya debería tenerlo asumido. Al fin y al cabo, lleva toda la vida demostrándomelo. Y ahora ¿tú vas a decirme que no deberías haberme besado? Lo sé. Vete. Por favor.

—No, no voy a decirte eso, Millán. Voy a decirte que me porté como un imbécil al fingir que no te había besado. Llevaba semanas deseándolo, y cuando lo hice y vi que no era para nada como me lo había imaginado, no reaccioné bien.

—No lo estás arreglando, Martí.

—¡Dios! Millán, me vuelves loco. Cuando estoy contigo me siento como si fuese otra persona, tengo ganas de sonreír y de gritar al mismo tiempo. De besarte y de pedirte que me beses, de marcharme de aquí corriendo para no verte más y de quedarme contigo para siempre. Tengo ganas de contarte cosas que no le he contado a nadie y de ocultártelas para que no te enteres nunca de cómo soy realmente. Quiero saberlo todo de ti y que sigas siendo un misterio para mí.

Se pasó las manos por el pelo y caminó nervioso por la arena. Apretó los dientes y le tembló la mandíbula, lo que hizo que se le marcase la cicatriz.

—Todo esto es absurdo, Millán. Yo no soy así. Cada mañana tengo más ganas de verte que el día anterior y, al mismo tiempo, al menos un par de veces al día, pienso que me meteré en el coche y me marcharé de aquí para no volver. No sé qué me está pasando —concluyó, deteniéndose justo bajo la roca en la que ella estaba sentada—. Y no te atrevas a reírte. Nunca le había dicho nada así a nadie.

—No me estoy riendo —afirmó Olivia con el corazón en el puño y una sonrisa en los labios—. ¿De verdad te parezco un misterio?

—¿De todo lo que te he dicho te has quedado solo con eso? —Él le devolvió la sonrisa—. ¿Puedo subir?

—Sube.

Marc trepó por las rocas y se sentó junto a ella. Olivia había doblado las piernas, que se rodeaba con los brazos, y tenía el mentón encima de las rodillas. Él le copió la postura y se quedó a su lado en silencio.

Una media hora más tarde, ella fue la primera en volver a hablar:

—Todo eso que has dicho antes..., eso de las ganas de gritar y de sonreír.

—¿Sí?

—A mí también me pasa.

—Me alegro de no ser el único que está sufriendo —dijo él y se soltó las manos para poder rodearla con un brazo y acercarla.

Volvieron a quedarse en silencio, pero en esta ocasión Olivia no tardó tanto en retomar la conversación:

—Por un instante la he creído —dijo en voz baja—. Por un segundo, he pensado que mi madre por fin se había dado cuenta de que tenía una hija y de que quería pasar tiempo con ella. ¿Cómo puedo haber sido tan estúpida? ¿Tan fácil es engañarme?

A Marc le dio un vuelco el corazón y se le hizo un nudo en la garganta. Olivia jamás lo perdonaría por haberse hecho pasar por su hermano. Se obligó a tragarse el dolor que sintió al adivinar el futuro y se centró en consolarla.

—No. Isabel es tu madre y además es actriz profesional. Es normal que la hayas creído. Ha sabido qué teclas tocar y tú tienes el corazón muy grande.

—Nunca más, ¿me oyes?, nunca más. Si algún día vuelvo a comportarme como una ingenua, tienes mi permiso para darme una patada en el trasero —le dijo ella como si estuviese hablando en broma, pero él vio que le resbalaba una lágrima por la mejilla.

—Está bien, si insistes.

Olivia sonrió y recostó la cabeza en su hombro.

—Mi abuelo la echaba de menos —dijo.

—¿A quién?

—A mi madre. Solía decir que de pequeña era una niña maravillosa, pero que su ambición y su ego terminaron por corroerle el corazón y que se olvidó de amar. Él se echaba la culpa, por eso sé que nunca le prohibió venir a verme; Isabel sencillamente dejó de venir.

—Una de mis hermanas, Helena, está casada con un chico que se llama Anthony, y sus padres prácticamente lo repudiaron y lo echaron de casa por ser disléxico. Años más tarde, el padre enfermó de cáncer y le exigió a Anthony que le donase médula ósea para curarse.

Era la primera vez que le hablaba de su familia, pero pensó que después de todo lo que había sucedido, era lo mínimo que podía hacer. Y además tenía ganas de contárselo. Por otra parte, la historia de Anthony siempre le había parecido muy reveladora.

—¿Y qué hizo Anthony?

—Se la dio, pero su padre siguió sin quererlo y sin sentirse orgulloso de él. Murió poco después del trasplante. En cambio Anthony y Helena son felices y tienen ya una hija. Lo que quiero decir con esto es que no puedes permitir que el comportamiento de tu madre te envenene. Tú eres una persona increíble y si ella no es capaz de darse cuenta, entonces es quien se lo pierde. Pero, y no es que quiera llevarle la contraria a tu abuelo, todos somos responsables de nuestros actos. Isabel no es así por culpa de su padre, es así porque ella quiere.

Olivia asintió, abrumada por su vehemencia.

—No sabía que fueses tío —dijo al cabo de unos segundos, sin poder quitarse de la cabeza la imagen de Martí jugando con un niña pequeña—. Ni que tuvieses hermanos. ¿Tienes más o solo sois Helena y tú?

Marc sonrió y le acarició el pelo. Era obvio que Olivia quería cambiar de tema, y después de la escena con su madre, la comprendía perfectamente.

—Tengo cinco hermanos; tres hermanas y dos hermanos. —Omitió el detalle de que uno era su gemelo.

—¿Y tienes más sobrinos?

—Por ahora tengo dos sobrinas. Mi hermana Ágata tiene una hija que se llama Mia y Helena tiene a Kat. Aunque estoy seguro de que no tardaré en tener más; Guillermo, mi hermano mayor, no tardará en unirse al club.

—¿Cómo se llaman tus otros hermanos?

—Martina y Marc. —Casi se atragantó al decir su propio nombre.

—Guillermo, Ágata, Helena, Martina, Marc y Álex —dijo todos los nombres en voz alta—. ¿Qué lugar ocupas tú en la lista?

—El último de los chicos, pero Martina es la pequeña de la familia.

—Pero tú eres el niño pequeño, seguro que tu madre babeaba contigo. Ahora entiendo muchas cosas, Martí. —Olivia le clavó el codo en el costado guiñándole un ojo.

—No te pases, que tú eres hija única, Millán. Nunca has tenido que pelearte por tus juguetes, así que un respeto. Tener tantos hermanos es como vivir en una jungla.

—Me habría encantado tener una familia —suspiró ella.

—Y la tienes. Esa gente que hay ahí dentro —señaló la casa de Tomás— es tu familia. Créeme. Mis hermanos habrían reaccionado del mismo modo que ellos, aunque quizá alguna de mis hermanas le habría tirado a tu madre de los pelos.

—Sí —reconoció Olivia—, yo también les quiero mucho. Por eso tenemos que salvar el hotel, Martí.

De repente, Marc lo comprendió todo. Olivia no estaba obsesionada con el hotel, sencillamente, estaba luchando para proteger a sus seres queridos. Y con aquel «tenemos» lo había incluido en el grupo. Sin embargo, él ya había decidido que se iría de allí en cuanto el futuro del negocio estuviese garantizado y, por mucho que se quejase su corazón, iba a seguir adelante con su idea.

—Deberíamos volver —dijo—. Seguro que están preocupados.

—Sí —contestó Olivia, pero no se apartó de el, ni hizo ademán de levantarse—. Gracias por venir a buscarme.

—Gracias por dejarme subir aquí contigo.

Olivia volvió entonces la cabeza y lo miró a los ojos. Esa noche había luna llena y la luz que provenía de las casas mas cerca a la playa los iluminaba lo bastante como para que pudieran verse el uno al otro.

—¿Por qué no me habías hablado nunca de tu familia? —le preguntó intrigada.

Marc se encogió de hombros.

—No lo sé, pero no ha sido premeditado. Desde que llegué aquí, hemos estado muy ocupados con el hotel y además, bueno, ya te he dicho que me desconciertas.

—Ya ha pasado más de un mes —dijo ella casi como para sí misma—. ¿Crees que en el futuro seguiré desconcertándote?

—Estoy seguro de que sí, Millán.

Ella sonrió y levantó una mano para tocarle el rostro. La llevó hasta la mejilla en la que Marc tenía la cicatriz y subió hacia su pelo.

—Es extraño, ¿no te parece?

—¿El qué? —preguntó él con los ojos cerrados.

—La primera vez que te vi no me fijé en ti en absoluto. Si te digo la verdad, hasta que volví a verte en la notaría, casi me había olvidado de tu aspecto.

A él se le encogió el estómago. Álex y él eran idénticos y Millán estaba afirmando que se había quedado completamente indiferente al ver a su hermano. En ese instante recordó a su madre diciéndoles que, si algún día encontraban a una mujer que podía distinguirlos, se casaran con ella.

—Creo recordar que acababas de pasar una gripe y que solo nos vimos diez minutos. —Marc repitió lo que le había dicho Álex.

—Sí, ya sé que te parecerá una locura, pero tus ojos... —Le deslizó los dedos por las cejas—. Tus ojos son distintos. El primer día que te vi no les presté atención, pero en la notaría, no podía dejar de mirarlos. Son..., no sé, como un misterio que no puedo resistir la tentación de resolver. Los reconocería en cualquier parte y me extraña que no me fijase en ellos la primera vez.

Marc no podía seguir escuchando aquello. Sencillamente no podía. Decidido, fue a decirle que tenían que irse de allí y volver a casa de Tomás, pero al verla, su propio corazón se lo impidió y le obligó a besarla. Lo hizo bajo la luz de la luna y se permitió perderse en aquel beso. Le acarició el pelo y la espalda y luego la rodeó por la cintura y la sentó encima de él. La besó hasta que los latidos de su corazón sonaron más fuertes que las olas del mar y entonces se apartó de sus labios y le recorrió el rostro y el cuello a besos.

La tenía sentada en el regazo, por lo que podía sentir cada curva, cada movimiento, pegado a su cuerpo. Olivia era peligrosa para su cordura, le hacía olvidar quién era y lo que había hecho y le hacía soñar con un futuro que hasta entonces siempre se había negado.

Pero si supiese la verdad no lo besaría de aquel modo. No dejaría que él la besase y la abrazase como si la necesitase para seguir respirando.

Olivia le recorrió la espalda con las manos y se las deslizó por debajo de la chaqueta y de la camiseta. Y de repente las detuvo.

—¿Qué es esto? —le preguntó al tocar la cicatriz que le cruzaba la cintura, justo por debajo del cinturón.

—Otra cicatriz —contestó él sin concretar. Y aunque maldijo al destino por ser tan cruel, dio gracias por haber recordado a tiempo por qué debía mantenerse alejado de ella—. Tenemos que volver. —Se puso en pie y saltó a la arena—. Vamos. —Le tendió la mano y Millán dejó que la ayudase a bajar.

Caminaron unos metros en silencio.

—¿Vas a volver a fingir que no nos hemos besado?

—No. Nos hemos besado —reconoció él. «Y ha sido peor que la primera vez.»—. Pero no sé si deberíamos volver a hacerlo —añadió.

—¿Por qué?

—Porque ahora tenemos que centrarnos en el hotel. Tú todavía estás afectada por la muerte de tu abuelo y la visita de tu madre no te habrá ayudado demasiado.

—Si no quieres que nos besemos, o que haya algo más entre nosotros, dilo abiertamente. No hace falta que busques excusas, Martí. Ya somos mayorcitos. Y tampoco me eches a mí la culpa o decidas que lo haces «por mi bien».

—Tienes razón. No pretendía ser condescendiente, lo único que quería decir es que a mí no se me da bien esto de las relaciones. Hace mucho tiempo que no me sentía tan bien con alguien como contigo y... —Suspiró exasperado—. Supongo que lo que estoy intentando decir es que tengo miedo de fastidiarlo. Quizá sería mejor dejar las cosas tal como están —concluyó.

—Tranquilo, Martí —dijo ella entrelazando los dedos con los suyos—. No dejaré que lo fastidies.

18

Juntos volvieron a casa de Tomás, donde pasaron un par de horas más riéndose con sus amigos. Eran las cuatro de la mañana cuando se despidieron de su anfitrión para volver al hotel. Marc y Olivia lo hicieron caminando con Lucrecia y Manuel, y Roberto y Natalia se fueron juntos, pero no revueltos, a seguir con la fiesta en otra parte.

El matrimonio de cocineros se metió en su dormitorio y se despidieron con un bostezo, mientras Marc y Olivia seguían su camino hasta los suyos. Al llegar a la puerta, él se agachó y le dio un beso y ella le rodeó el cuello con los brazos y se lo devolvió. Después se soltaron despacio.

—Buenas noches, Millán —le dijo Marc al abrir su dormitorio.

—Buenas noches, Martí —respondió Olivia y se metió en el suyo.

Los dos se esforzaron por desnudarse y lavarse los dientes sin pensar en el otro y se metieron en la cama convencidos de que lo habían logrado. Aunque ninguno de los dos podía dejar de mirar la puerta que comunicaba ambas habitaciones.

Olivia no paraba de dar vueltas. A pesar de que estaba exhausta, tanto física como emocionalmente, no podía dormirse. Por desgracia, no era el beso de Martí lo que se negaba a abandonar su mente, sino las crueles palabras de su madre. Sin saber muy bien por qué, abrió el cajón de la mesilla de noche y sacó la carta que le había dejado su abuelo con el testamento. Se había prometido que no la leería hasta salvar el hotel, pero esa noche le echaba mucho de menos y tenía la sensación de que, si leía sus palabras, se sentiría más cerca de él.

Miró el despertador y vio que eran las seis y media. Se levantó de la cama y fue a por la bata que tenía colgada en el baño y después a por la carta.

Sin cuestionarse demasiado lo que estaba haciendo, se acercó a la puerta que comunicaba su dormitorio con el de Martí y dio unos golpecitos firmes e insistentes.

Él tampoco podía dormir. Tenía que encontrar el modo de contarle la verdad a Olivia y a los demás acerca de su identidad sin que nadie, y en especial ella, se sintiese traicionado.

«¿Y cómo piensas lograrlo? Les has mentido desde el principio.» Dos días atrás había hablado con Álex y este le había dicho que estaba a punto de volver y también le había contado a gritos que Sara y él estaban juntos y que ella, por extraño que pareciese, también estaba enamorada. Marc se alegró mucho por su hermano, pero al mismo tiempo sintió una profunda envidia.

Oyó que llamaban a la puerta y se sobresaltó. Fue a abrir, deseando que fuese Olivia y esperando equivocarse, a pesar de que era imposible que fuese otra persona.

—Hola —dijo ella en voz baja en cuanto él abrió—. ¿Te he despertado?

—No, no podía dormir. —Se apartó de la puerta y la dejó entrar.

Él llevaba un pantalón de pijama y una camiseta blanca; ella un camisón de algodón estampado con flores y una bata encima. Marc jamás se habría atrevido a imaginarse una situación como esa con Olivia, pero si lo hubiese hecho, habrían llevado un atuendo distinto.

—Yo tampoco —reconoció ella, nerviosa—. Iba a leer la carta de mi abuelo, pero no quería hacerlo sola. —Respiró hondo y corrigió la frase anterior—. Quería estar contigo.

Marc se sintió abrumado por esa muestra de confianza. Tenía que contarle la verdad.

«Un día más, solo un día más.»

—¿Todavía no la has leído? —le preguntó, señalando el sobre.

—No. Me dije que no lo haría hasta salvar el hotel. Pero la verdad es que tengo miedo de que mi abuelo me diga en ella algo horrible y por eso me inventé esa excusa.

—Es imposible que tu abuelo te escribiese algo horrible. —Marc se acercó y la abrazó—. Tu abuelo te quería más que a nada en el mundo.

—Días antes de su muerte, tuvimos una discusión espantosa —confesó Olivia, pegada al torso de Marc—. La verdad es que fue una estupidez, pero me enfadé tanto que estuve varios días sin hablarle. Y entonces tuvo el infarto. Jamás pude despedirme de él, ni pedirle perdón, ni decirle que le quería.

A Marc se le empapó la espalda de sudor y empezaron a temblarle las manos, pero se obligó a dejar a un lado sus remordimientos y a cuidar de ella como se merecía.

—Tu abuelo sabía que lo querías; eso no lo pongas nunca en duda. Aunque hubieses discutido con él el día anterior, incluso un minuto antes de morir, lo sabría. Una vida no consiste solo en un día, son todos y cada uno de los momentos que pasas con una persona. Y estoy convencido de que tu abuelo y tú pasasteis muchos momentos felices.

—¿Y si en la carta dice que no me perdona, que está muy decepcionado conmigo?

—No dice eso, Millán, —Le acarició el rostro y se agachó para darle un beso en los labios—. No dice eso, pero solo hay un modo de averiguarlo, ¿no crees?

Ella asintió y respiró hondo.

—¿Te importaría abrirla tú? —Le tendió la carta y él la aceptó honrado.

—Por supuesto que no. Vamos, sentémonos en el sofá.

Olivia entrelazó los dedos con los suyos y lo siguió hasta la salita que precedía la habitación.

Él rompió el sobre con cuidado pero sin dilación y desdobló el único folio que contenía.

—¿Quieres leerla a solas? —le preguntó, pasándole el papel.

—No. Léela tú, por favor.

Martí asintió y empezó a hacerlo. Era una carta corta, de solo tres párrafos, pero no hacían falta más:

Mi querida Olivia, el día que supe que estaba enfermo y que me quedaba poca vida, lo primero que pensé fue que no había pasado suficiente tiempo contigo. Y lo segundo, que en el hotel tenía aún muchas cosas que hacer. Y entonces comprendí lo estúpido que había sido; había dedicado más tiempo al negocio que a la parte más importante de mi vida: tú.

No quiero que a ti te pase lo mismo. Quiero que seas feliz, que hagas amigos, que te enamores, que sufras, que te cases, que tengas hijos. Quiero que descubras el mundo entero y que elijas qué quieres hacer y no que sigas aquí por inercia o porque te da miedo o porque no quieres defraudarme. Esto último no podrías hacerlo jamás. Quiero darte el mundo entero y si sigues encerrada en el hotel, no lo encontrarás jamás. Por eso he escrito ese testamento, para darte la oportunidad que tú siempre te habrías negado. Si el hotel funciona y sigue adelante, es tuyo. Si ese es tu sueño, adelante, pero si no lo es, déjalo ir. No permitas que se convierta en un lastre y que te arrebate la vida.

Ni te imaginas lo que me arrepiento de no haber hecho más cosas contigo. Deberíamos haber ido a pescar más a menudo. Tendría que haberte llevado a la ópera más veces. Tendría que haber hecho tantas cosas que ahora ya no podré hacer... Y vendería mi alma al diablo a cambio de poder estar contigo en los grandes momentos de tu vida. Pero no puedo; lo único que puedo hacer es asegurarme de que encuentras esa vida y el único modo de conseguirlo es obligándote a vivirla.

Te quiero, mi niña. Sé feliz.
El abuelo

Olivia lloraba en silencio. Las lágrimas se deslizaban una tras otra por sus mejillas y luego le caían por el cuello y le empapaban la bata.

Tenía la respiración entrecortada y los labios entreabiertos y se sujetaba nerviosa las manos para contenerse.

Marc ni siquiera lo dudó; dejó la carta en el sofá y la levantó en brazos. La pegó a su torso y dejó que llorase y derramase las lágrimas que, con toda seguridad, no había derramado hasta entonces. Le acarició la espalda y le besó la frente y la cabeza, pero no dijo nada.

Ella se abrazó a él con fuerza y poco a poco los sollozos y temblores fueron aminorando. Marc no supo cuánto tiempo pasó allí sentado con Olivia en sus brazos, pero de repente se dio cuenta de que se había quedado dormida y de que a él se le estaban durmiendo las piernas.

Se levantó del sofá con cuidado de no despertarla y se dirigió a la cama. La tumbó con cuidado y después se tumbó a su lado, diciéndose que solo iba a descansar un poco y que luego la despertaría y la llevaría de vuelta a su dormitorio.

Medio minuto después se quedó dormido, abrazado a ella.

Olivia notó una maravillosa sensación a su espalda y empezó a abrir los ojos muy despacio. Se movió un poco y el brazo que tenía encima del estómago la abrazó con más fuerza. Y entonces bajó la vista. Y vio la mano de Martí encima de la de ella. Sus dedos engullían los suyos y con las yemas le acariciaba suavemente el ombligo por encima del camisón. Suspiró y oyó que él hacía lo mismo. El aliento que salió de sus labios le rozó la nuca y le puso la piel de gallina.

¿Estaba despierto o seguía dormido?

Olivia, que estaba tumbada de costado, separó los dedos y los entrelazó con los de Martí para ver qué hacía. Y él se los apretó. Estaba despierto. Poco a poco, fue pegando la espalda a su torso.

—¿Qué estás haciendo, Millán? —le preguntó él con voz ronca.

—Chist —le pidió ella.

No sabía cómo responderle. Nunca antes había sido tan atrevida.

Martí cerró los ojos y se maldijo por no ser capaz de resistirse a aquella mujer. Inclinó la cabeza, le besó la nuca y ella suspiró de nuevo. Le deslizó entonces los labios por el cuello hasta la oreja y le mordió el lóbulo. Olivia se estremeció y se pegó más a su pecho. Martí movió las piernas y colocó una entre las de ella. Sus cuerpos buscaban instintivamente el modo de estar más cerca y él ya no sabía cómo impedirlo. Aun así, volvió a intentarlo.

—¿Qué estamos haciendo, Millán?

Ella le soltó la mano y se apartó un poco y Martí pensó que se iba a marchar de la cama y del dormitorio. Pero en vez de eso se dio media vuelta y se tumbó de cara a él.

—Vivir —le respondió y le dio un beso antes de que pudiese seguir cuestionando sus motivos.

Olivia le sujetó la nuca, le separó los labios con la lengua y le besó como nunca había besado a nadie; dispuesta, por primera vez en su vida, a arriesgar su corazón. Él le devolvió el beso y notó cómo cerraba los puños en su espalda, como si estuviera intentando contenerse. No quería que se contuviese. Quería percibir hasta el último detalle de lo que pudiese sentir por ella.

Separó más los labios e intentó fundirse con él. Lo notó temblar y entonces deslizó las manos hacia abajo y le tiró de la camiseta para quitársela. Él la ayudó, sacándose la prenda por la cabeza. Olivia llevaba solo el camisón, pues la bata se la habría quitado Martí al acostarla, pero no se desnudó. Antes quería desnudarlo a él y comérselo a besos. Por una vez no iba a cuestionarse lo que sentía e iba a seguir a ciegas su instinto y su corazón. El hombre que estaba en la cama con ella se lo merecía.

—Quédate quieto —le dijo.

Martí asintió y tragó saliva. No tenía ninguna arma con la que enfrentarse a ella. Olivia Millán lo había derrotado y conquistado sin proponérselo y sin que él pudiese evitarlo. No se la merecía, pero ya había demostrado que era un egoísta y ahora no podía soportar la idea de no estar con ella, aunque fuese solo una vez.

Olivia le recorrió el torso con las manos. Deslizó los dedos por cada plano, por todos los músculos. Le colocó las palmas sobre el esternón y miró hipnotizada cómo este subía y bajaba. Parecía fascinada con su cuerpo y Martí supo que jamás ninguna mujer lo había mirado así y ninguna lo había afectado tanto.

Entonces le pasó los dedos justo por debajo de las axilas y luego se agachó para besar aquella piel tan suave. Se sentó a horcajadas encima de él y Martí cerró los ojos y se obligó a no mover las caderas, temblando a causa del esfuerzo. Olivia se agachó y le dio un sensual beso en los labios, enredando los dedos en su pelo para retenerlo donde estaba, a pesar de que Martí no se habría ido de allí por nada del mundo.

Lo besó hasta que notó que perdía el control de sus emociones y entonces se apartó y le dio un beso en la cicatriz. Él todavía no le había contado cómo se la había hecho, pero Olivia estaba convencida de que se lo contaría cuando estuviese listo.

Martí la sujetó por las caderas y con los dedos le subió un poco el camisón. Ella no se había desnudado y él iba a dejar que hiciese las cosas a su ritmo. Se había acostado con muchas mujeres, probablemente nunca sería capaz de calcular con cuántas, y seguro que había hecho casi todo lo imaginable, sin embargo, nada lo había afectado tanto ni le había parecido tan erótico como estar allí tumbado a merced de las manos y los labios de Olivia.

A ella nunca la olvidaría, mientras que con las demás ya lo había hecho.

Olivia siguió besándole el torso y, cuando llegó a la cintura de los pantalones del pijama, colocó los dedos debajo de la goma elástica, se apartó un poco y se los deslizó hacia abajo para quitárselos. Estaba sonrojada y le temblaban las manos, pero nunca se arrepentiría de lo que estaba haciendo. Volvió a sentarse encima de él, pero se incorporó un poco y se quitó el camisón. Y acto seguido la ropa interior.

—Espera un momento. Quiero mirarte —masculló Martí—. Eres preciosa.

Olivia sonrió y volvió a agacharse para besarlo. Los besos de Martí eran maravillosos. Besaba como si aquello fuese lo único que le importara. Había muchos hombres que daban besos porque sabían que tenían que darlos, que formaban parte de los preliminares, pero él no. Martí besaba con cuerpo y alma, una expresión que Olivia no había entendido hasta ese momento.

Entreabrió la boca y le mordió el labio inferior y Martí se estremeció. Luego se apartó e hizo lo que él había hecho tantas veces: le besó el cuello y, con la lengua, le resiguió la mandíbula hasta llegar a la oreja y le mordió el lóbulo.

—¡Vas a matarme, cariño! —masculló él de nuevo.

Olivia sonrió al verlo tan afectado y siguió torturándolo. Le acarició de nuevo el torso y se movió encima de él para ver hasta dónde podía hacerlo llegar antes de que alguno de los dos perdiese el control. Le había colocado las manos a ambos lados del cuerpo y, aunque no se lo había dicho, él la había entendido y no las había movido. Pero ahora Olivia las echaba de menos, así que se acercó y le susurró al oído:

—Tócame.

Él pensó que alcanzaría el orgasmo solo con escuchar esa palabra. Levantó las manos y las colocó en la cintura de Olivia. Los dos estaban completamente desnudos y, cuando la miró, vio cómo el rubor se extendía por su cuerpo. Separó los dedos de las manos y deseó poder retenerla allí con él para siempre. Deslizó una mano hacia el vientre de ella y la dejó allí. Estaba sentada encima de él y Martí podía notar el calor que desprendían sus cuerpos. La otra mano la dirigió hacia sus pechos, que le acarició despacio, primero uno y luego otro.

Olivia cerró los ojos y se mordió el labio inferior. Él se quedó sin respiración; nunca había visto a una mujer tan hermosa.

Mientras le acariciaba los pechos, iba moviendo levemente las caderas, y ella hacía lo mismo.

—Tengo... —Estaba tan excitado que le costaba hablar.

—Chist. —Olivia volvió a agacharse para darle otro de sus besos y para pegar sus pechos contra su torso.

—Yo... —Si no entraba dentro de ella en los próximos dos segundos, quedaría en ridículo.

—Lo sé —dijo Olivia y con una mano buscó su erección y la guio hasta su sexo.

Bajó despacio, dando tiempo para que su cuerpo se acostumbrase a aquella maravillosa sensación.

—No te muevas. —Él la sujetó por las caderas y apretó los dientes con tanta fuerza que la cicatriz se le puso completamente blanca.

Ella le acarició el rostro con una mano y se inclinó para besarlo. Él soltó el aire entre los dientes. Su movimiento lo había introducido más en su interior y, si no se calmaba, no duraría ni medio segundo.

—No te muevas —repitió.

Olivia lo besó y buscó hacerle perder el control. Nunca había estado tan excitada y nunca se había imaginado comportándose así. Pero con Martí se sentía a salvo, a él podía abrirle su corazón.

—Bésame, Martí —le pidió, pegada a sus labios al ver que se resistía.

—Lo que tú quieras, haré lo que tú quieras, Millán. —volvió a decir.

Y entonces se dio por vencido y la besó como llevaba minutos deseando hacerlo. Sin dejar de besarla, la sujetó por la cintura y levantó las caderas para entrar completamente en su interior. Los dos se movieron frenéticos, ansiosos por darle placer al otro y por perderse en él, pero al mismo tiempo deseando que aquel momento no terminase nunca.

Hicieron el amor sin dejar de besarse ni un momento, Olivia pegada a él y Martí negándose a apartarse de ella lo más mínimo. Notó que se excitaba cada vez más y cómo Olivia lo devoraba como nunca había creído posible. Apartó las manos de su cintura y la abrazó. Ella arqueó la espalda y Martí movió más rápido las caderas.

Dejó de besarla porque necesitaba gritar, gemir, encontrar una vía de escape para tanto deseo. Estaba sudado, el corazón parecía que iba a salírsele del pecho y no podía seguir conteniendo aquel clímax que amenazaba con ser demoledor. Pero antes necesitaba asegurarse de que ella enloquecía tanto como él.

—Oli... —dijo y le recorrió la clavícula con la lengua—. Oli... —Se la mordió y la notó estremecerse—. Nunca... —Era incapaz de hablar y ella seguía pareciendo tener el control—. Nunca... Es la primera vez que... ¡Joder! —Apretó los dientes y dejó de intentarlo.

—Lo sé, Martí —dijo ella mirándolo a los ojos.

Y entonces él vio la vulnerabilidad y los sueños que brillaban en los de ella y le entregó definitivamente su corazón.

Se besaron y buscaron la manera de que su piel entendiera lo que en sus mentes aún no tenía sentido: que ahora que se conocían no podían separarse. Que, por imperfectos que fueran por separado, juntos como ahora eran felices.

19

San Francisco

Álex se pasó el día entero trabajando desde la habitación del hotel y, cuando salió a almorzar o a correr, estuvo pendiente del teléfono por si Sara le llamaba. Descartó incluso ir a nadar porque obviamente no podía llevarse el móvil al agua. No tuvo noticias de ella en todo el día y, aunque ahora tenía su número de teléfono, no la llamó porque sabía que no podía presionarla y que tenía que esperar a que ella quisiera verle.

Esa noche no intentó leer; sabía que no lograría concentrarse y optó por poner en marcha el televisor y buscar alguna película que lo distrajese. Al final se decantó por un documental de animales porque cuando apareció el león herido en la pantalla pensó en su hermano y se sentó en el sofá. Cuando sonaron los golpes en la puerta creyó que se los estaba imaginando, así que no se levantó a abrir hasta que se repitieron.

—Hola —le saludó Sara desde la puerta, otra vez con los ojos llenos de pesar.

Álex no perdió el tiempo con preámbulos y se agachó para rodearla con los brazos.

—Hola, cielo.

Notó que ella soltaba el aliento y, levantándola del suelo con cuidado, la llevó a la habitación. La depositó en la cama y, como ella seguía sin decir nada, Álex temió lo peor mientras giraba los grifos del agua caliente y llenaba la bañera.

—Todo sigue igual en el hospital —dijo ella al verle salir del baño—. O un poco peor, según los médicos. El rato que me han dejado estar con ella en la habitación —miró a Álex y él esperó frente al armario de donde acababa de sacar una camiseta—, la he mirado y ya no la he visto. No veo a mi madre. Y durante un momento he pensado que tal vez todo esto se trataba de un error, pero no lo es. Es ella y al mismo tiempo no lo es.

Álex se acercó y se sentó a su lado en la cama.

—Cuéntame algo divertido sobre tu madre.

Sara parpadeó sorprendida y confusa, y Álex rezó por haber dicho lo correcto o al menos algo que no hiciera sentir peor a Sara.

—Odia a los turistas de un modo visceral, en especial cuando está en lugares turísticos. Se pone tan irascible que es divertido verla. Recuerdo una vez, cuando fuimos a Disney World (fue después del divorcio, supongo que quería distraerme), que se pasó toda la mañana refunfuñando sobre cómo iba vestida la gente o lo maleducados que eran. El año siguiente fuimos a Nueva York y fue igual o peor; casi se peleó con unos italianos que le preguntaron dónde estaba una calle. Un día, años más tarde, le pregunté por qué íbamos a ciudades tan turísticas si los turistas le molestaban tanto. —Sara sonrió y Álex suspiró aliviado.

—¿Y qué te contestó?

—Que no era culpa nuestra que ellos fueran idiotas y que estaba dispuesta a soportarlos a cambio de enseñarme a mí el mundo.

—Enseñarte el mundo; es una idea preciosa. Tu madre parece muy especial.

—Lo es.

—¿Habéis estado juntas en Las Vegas? Seguro que se lo pasaría en grande; creo que allí vi a los peores turistas de toda mi vida.

—¡Oh, sí! Fuimos cuando cumplí veintiún años. Fue su regalo de cumpleaños. Casi nos echan de un casino.

—¡La bañera! —Álex se levantó de un salto y corrió hacia el baño—. He llegado por los pelos. Ya puedes entrar, te he dejado toallas y otra camiseta.

Sara suspiró y fue hacia él.

—Gracias.

—Quedamos en que no me lo dirías más, pero de nada. Estaré en el sofá, si me necesitas.

Esa noche Álex pidió que les subieran algo de cenar y cuando Sara salió del baño con el pelo húmedo, las gafas aún con vaho y llevando una de las camisetas de Álex, se sentó a su lado en el sofá y aceptó las patatas fritas.

Una hora más tarde los dos se fueron a la cama. Álex se quedó con calzoncillos y camiseta y se tumbó igual de despacio que la noche anterior. Sara se acurrucó a su lado al instante y él notó que le cambiaba la respiración y se quedaba dormida en sus brazos.

Lo primero que notó Álex fueron los labios de Sara en su cuello y después la mano de ella deslizándose por debajo de su camiseta. Aunque se moría por estar con ella, capturó la muñeca y la detuvo. La habitación seguía a oscuras, pero la puerta estaba abierta y la luz que se colaba por las ventanas del pequeño salón bastaban para que Álex viera la mirada desbordada de Sara.

—Sara. —Le costó pronunciar su nombre porque ella volvió a besarle el cuello. Sin darse cuenta echó la cabeza hacia atrás para aumentar la zona que ella podía recorrer con los labios, pero la sintió temblar y con la otra mano buscó su rostro para levantarlo hacia el suyo—. Sara, espera. —Ella seguía sin decir nada, así que tenía que hacerlo él—. ¿Estás segura de que esto es lo que quieres?

Sara no respondió, sino que bajó la cabeza para atrapar el lóbulo de la oreja de Álex entre los dientes.

—¡Dios! —farfulló él—. Vas a acabar conmigo.

Él aflojó la mano que tenía en el rostro de ella para enredar los dedos en su pelo negro, pero una vocecita en su interior insistía en que tenía que hablar con ella, que por muchas ganas que tuviera de estar así de nuevo con Sara, no era lo correcto.

—Espera, espera —le pidió él de nuevo—. No podemos hacer esto si no es lo que de verdad quieres.

Ella le mordió el cuello y Álex estuvo a punto de perder el control. Para retenerlo recurrió a las fuerzas que le quedaban para intercambiar sus posturas en la cama y colocar a Sara debajo de él sujetándole las manos. Esa postura no ayudó a que él mantuviera la calma, pero al menos confiaba en sí mismo lo suficiente para mantener su cuerpo alejado del de ella.

—Háblame, Sara —le suplicó—. Dime qué necesitas.

Esa frase consiguió que ella entrecerrase los ojos y le mirase de un modo distinto.

—Al parecer no quieres darme lo que necesito.

Álex tuvo que tragar saliva antes de contestar.

—Si de verdad creyera que lo que necesitas es acostarte conmigo lo haría. Te arrancaría la ropa y dejaría que hicieras conmigo lo que quisieras, pero no lo es, Sara.

—¿Cómo lo sabes? No me conoces.

El disparo de Sara fue certero, pues le hizo tanto daño como quería.

—Te conozco —le aseguró él—; buscas pelea o sexo. Lo que sea para no enfrentarte a lo que le está pasando a tu madre, a lo que está sucediendo entre nosotros.

—¿Eres psicólogo además de economista? ¡Vaya! Avisaré al colegio de terapeutas para que estén preparados para tu llegada, seguro que en pocas semanas conseguirás que despidan a unos cuantos.

—¿Con qué más vas a atacarme? ¿Quieres que te dé más munición? Porque puedo contarte bastantes cosas malas sobre mí, pero hacerte daño a ti no es una de ellas. Y no voy a permitir que me utilices para eso.

—No te hagas ilusiones, Álex. Tú no podrías hacerme daño porque no hay nada entre nosotros. Tú dentro de unos días te irás de aquí y yo seguiré con mi vida como si nada.

Tal vez tendría que haber dejado que ella siguiera besándole, pensó Álex. Esa conversación no estaba saliendo como él había creído. Podía rebatirle esas dolorosas afirmaciones ahora mismo, podía echarle en cara que había sido ella la que se había presentado en su casa, bueno, en esa habitación de hotel, para estar con él en esos momentos tan difíciles. Podía recordarle que había sido ella la que le había buscado a él para que estuviera a su lado. Pero no dijo nada porque sabía que ella no estaba dispuesta a escucharle, al menos no con palabras. Si quería derribar las barreras que Sara estaba levantando entre ellos necesitaba algo más.

—Así que voy a irme, ¿eh? ¿Estás segura de eso?

—Muy segura.

Álex la miró a los ojos y con una mano le sujetó las muñecas por encima de la cabeza.

—Y esto que pasa entre nosotros es solo sexo, ¿verdad?

—Exacto.

Las pupilas de Sara estaban tan dilatadas que amenazaban con engullirle el rostro. Él bajó la mano que tenía libre hasta la cintura de ella para acariciar la piel que quedaba al descubierto.

—Y lo único que quieres ahora es follar para desconectar, ¿es eso?

—Sara solo asintió—. ¡Ah, no! Si es eso vas a tener que decírmelo.

Álex se apartó y esperó. Se mantuvo tenso encima de ella sin dejar de mirarla y confiando en que esa apuesta tan arriesgada saliera bien.

—Por favor, Álex —susurró ella tras humedecerse los labios.

—¿Por favor qué?

—Bésame.

Él nunca había hecho algo así y no tenía ni idea de si iba a funcionar, actuaba por instinto y buscando la manera de cuidar y ayudar a esa chica que en tan pocos días se había convertido en la persona más importante del mundo para él.

—¿Por qué?

—Porque quiero follar para desconectar —masculló ella.

Él levantó una ceja, iba a perder el poco control que le quedaba en cuestión de segundos.

—Entiendo. Entonces, cualquiera te serviría para eso, ¿no? Dado que entre tú y yo no hay nada especial, ahora mismo podrías acostarte con cualquiera y conseguirías lo mismo.

Aflojó la mano con la que le había estado sujetando las muñecas y empezó a apartarse, dolido y asqueado por sus propias palabras.

—No. —Sara reaccionó y le sujetó la camiseta.

—¿No?

—No podría acostarme con cualquiera. Te necesito a ti, ¿está claro? Te necesito a ti. No me obligues a pensar en ello. Por favor.

No era todo lo que quería oír, pero era más de lo que esperaba conseguir y Álex era humano y no podía más, y lo único que quería era alejar el dolor de Sara, aunque solo fuera durante unos minutos, así que se dio permiso para rendirse y se inclinó sobre ella para besarla como se moría por hacer. Ella reaccionó al instante, tirando de la camiseta que él llevaba puesta y de la suya para quedar desnudos cuanto antes. Él estaba igual de desesperado, desde esa noche en Las Vegas que no soñaba con otra cosa que no fuese el cuerpo de Sara, los sonidos que hacía cuando él estaba dentro de ella, los temblores que sacudían cada parte de su alma cuando ella pronunciaba su nombre.

Álex dejó de preguntarse si estaba haciendo o no lo correcto; si Sara le necesitaba de esa manera él no podía negarse y no iba a juzgarla. Lo único que él quería era que le necesitase para algo más, pero podía esperar y mientras tanto darle eso. Le recorrió el cuerpo a besos y acarició cada centímetro, prestando atención a la menor de sus reacciones para buscar la manera de repetir lo que fuera que la había causado. La lamió, mordió e hizo todo lo que ella parecía necesitar de sus caricias y después dejó que ella hiciera lo mismo con él. Al terminar los dos estaban sudados y exhaustos, y Álex estaba seguro de que tenía algún arañazo en la espalda.

No habían dicho nada en todo el tiempo, excepto «Sí», «Por favor» o «No pares». Álex no se había permitido confesarle lo que estaba sintiendo y había intentado que no le doliese que ella mantuviera los ojos cerrados casi todo el tiempo e insistiera en no mirarle.

Se quedaron desnudos y abrazados, en la postura que Sara elegía cada noche para dormir. Álex le acarició el pelo y descansó una mano encima de la que ella tenía en el torso de él. Pasaron los minutos, la luz que entraba por la puerta entreabierta se volvió anaranjada y Álex agachó la cabeza para besar a Sara despacio en los labios. Primero pensó que ella no iba a devolverle el beso, pero segundos más tarde la sintió suspirar y ella le acarició con la lengua.

Aquel beso tan lento se convirtió en un baile y las caricias fueron inseguras y lentas, tiernas y al mismo tiempo impregnadas de una desesperación más intensa que la que les había dominado antes, porque esa no estaba escondida detrás de la rabia o de la pasión. Ahora se acariciaban y se buscaban porque sus corazones se necesitaban, no solo porque sus cuerpos fueran a enloquecer si no lo hacían. Un cuerpo es fácil de satisfacer; un corazón es más complicado y exige mucho más.

Sara no dejó de besarle, acariciarle y pedirle con cada susurro y con cada suspiro que siguiera con ella, y Álex confió por primera vez en su vida en lo que le dictaba el corazón. Su mente hacía días que le decía que eso saldría mal, muy mal, que si seguía adelante acabaría destrozado, mucho peor que Marc, pero su corazón insistía en lo contrario. Sí, tal vez las cosas saldrían mal, pero enamorarse de Sara jamás sería un error. Querer a esa chica sería una de las mejores cosas que podía hacer en la vida, pasara lo que pasase.

Con esa certeza, sabiendo que probablemente acabaría sufriendo, la abrazó y le hizo el amor.

—Sara, abre los ojos —le pidió.

Ella se lo concedió y le miró.

Álex le dijo con la mirada y con el resto de su cuerpo lo que sentía, y ella le apartó un mechón de pelo de la frente y le besó porque no estaba preparada para nada más.

Cuando se despertó la mañana siguiente, a Álex no le sorprendió encontrar a Sara vestida y lista para irse. Él salió de la cama, se puso una camiseta y unos calzoncillos y fue a despedirla sin mencionar lo que había ocurrido en la cama que tenían a sus espaldas.

—Hoy llega mi padre —le explicó ella—. Quería ir a un hotel, pero al final le convencí para que se instalase en casa de mi madre. Me quedaré con él.

Álex supuso que era más de lo que podía pedir; al menos le había explicado por qué esa noche no volvería por allí.

—De acuerdo. Llámame si necesitas algo.

—¿Cuándo crees que firmarás la compraventa?

—No lo sé —contestó él con sinceridad, fingiendo que no le molestaba el cambio de tema—. Pero no te preocupes por eso.

Sara le miró entonces y, sorprendiéndolos a ambos, se puso de puntillas y le dio un beso en los labios. Al apartarse tenía las gafas ladeadas y Álex sonrió con cariño y se las enderezó, acariciándole después la mejilla.

—Llámame si quieres que me pase por el hospital o que te ayude con tu padre.

—Lo haré.

Esa mañana estuvo a punto de creerla.

Unas horas más tarde sonó el teléfono. Álex miró la pantalla del móvil y vio el número personal del señor Fairmont. Descolgó al instante.

—Buenos días, señor Fairmont —le saludó.

—Buenos días, Álex. Espero no interrumpir nada —dijo el hombre con educación.

—No, señor. La verdad es que estoy sentado en el sofá de mi habitación repasando unos informes. —Y si eso no era patético, Álex no sabía qué otra cosa podía serlo.

—Seré breve. He decidido firmar el contrato.

—¿En serio? Quiero decir... —Álex casi se atragantó. Fairmont se rio un poco al oír el ruido.

—Sí, en serio. A juzgar por su reacción, deduzco que le he pillado por sorpresa. Ya le dije que estaba interesado en venderle el Fairmont a Hoteles Vanity —le recordó.

—Lo sé, señor. Pero creía que quería seguir negociando.

—Los términos de su última oferta me parecen más que aceptables y mi esposa insiste en que cerremos el tema. Está impaciente por ir en busca de esos viñedos de los que le hablé.

En aquel instante, Álex le habría dado un beso a la señora Fairmont.

—Es una gran decisión, señor. Le aseguro que no se arrepentirá. Su hotel estará en muy buenas manos.

—Lo sé. ¿Cuándo podemos firmar?

—Cuando usted quiera —contestó.

—¿Qué le parece dentro de dos días? Así usted tiene tiempo de prepararlo todo y yo puedo comunicárselo al resto de la familia con calma. Mándeme un primer borrador del contrato cuando lo tenga listo y así limamos asperezas para firmar cuanto antes.

—Perfecto, señor Fairmont.

—Llame a Mathew; él le confirmará el día y la hora. ¿Le parece bien, Álex?

—Por supuesto, señor.

—Nos vemos entonces.

—Gracias, señor Fairmont.

—Gracias a usted, Álex. Me ha gustado negociar con alguien tan directo.

Colgó y se quedó mirando el móvil durante unos minutos.

Luego se pellizcó para asegurarse de que no estaba soñando. Acababa de cerrar el trato del año. Probablemente de su carrera. Y, sin embargo, pasados los segundos de euforia inicial, seguía sintiendo aquel vacío en el pecho.

Porque pensaba que, cuando ya no tuviera ningún motivo para seguir en San Francisco, Sara insistiría en que se fuera.

Tal como Álex temía, esa noche Sara no llamó a su puerta, pero él le mandó un mensaje preguntándole cómo estaba. Se dijo que si ella no le contestaba no se lo tomaría a pecho y dejó el móvil en la barra americana para demostrarse a sí mismo que no estaba pendiente y que podía seguir con su vida como si nada. Media hora más tarde el aparato vibró y Álex pegó tal salto en el sofá que se alegró de que nadie le hubiese visto.

Mi padre ha llegado bien. Estamos en el hospital. La van a desconectar.

Álex se quedó helado. Esas pocas frases, tan escuetas y frías le recordaron los días horribles después del accidente de Marc. Si hubiese tenido poderes mágicos para que Sara no sufriera o para salvar de algún modo a su madre, lo habría hecho. Pero esa clase de escapatorias no existían en la vida real y Álex aún se estremecía cuando en sueños veía a Marc intubado y al borde de la muerte. Su hermano se había salvado, la madre de Sara no y ella se estaba enfrentando a ese futuro desolador del único modo que podía.

Cuando Marc estuvo en el hospital él no quería ver a nadie; ni siquiera soportaba los abrazos de sus padres, que estaban igual o más asustados que él, ni de sus hermanos. Si hubiese perdido a Marc no sabía en qué clase de persona se habría convertido y esos días no quería tener a nadie a su alrededor que pudiera ser testigo de aquel cambio.

Él no tenía ni idea de si era eso lo que pasaba por la cabeza de Sara o si sus miedos tenían otras raíces; lo único que sabía era que no podía obligarla a aceptar su presencia si ella no la quería y que si ella de verdad le importaba, y Álex no tenía ninguna duda de que así era, solo podía esperar y dejarla decidir por sí misma. Por eso contestó:

Lo siento mucho. Si me necesitas, haré lo que me pidas.

20

Marc llevaba tanto tiempo conviviendo con la tristeza que le costó unos cuantos días darse cuenta de que era feliz y siempre podría recordar el instante exacto en que comprendió que aquella sensación que tenía en su interior era eso, la felicidad.

Era viernes, él había estado todo el día ocupado en el hotel, revisando previsiones económicas, cuadrando balances y peleándose con un par de agencias que querían regatear los precios del año siguiente. Había visto a Millán correr de un lado al otro, resolviendo todas esas cosas que al parecer solo podía resolver ella, evitando que el castillo de naipes que era ese hotel se desmoronase. Apenas habían intercambiado cuatro palabras, pero cada vez que se habían cruzado en un pasillo se habían mirado y sonreído, hablando un lenguaje que solo entendían ellos, diciéndose: «Esto es un caos, pero como estás a mi lado me da igual».

Él nunca había formado parte de un equipo, no de esa manera. Álex no había podido elegir ser su gemelo, le había tocado por cuestiones biológicas, en cambio Millán sí. Millán le había elegido a él para luchar contra el mundo y eso valía más que nada. Lo valía todo.

Ese fue el preciso instante en que Marc se dio cuenta de que era feliz. No fue nada espectacular y, sin embargo, él lo definiría como el mejor instante de toda su vida y decidió que haría todo lo posible, y varias cosas imposibles, con tal de que durase para siempre.

Los dos establecieron una especie de rutina que era de todo menos aburrida; en ese hotel uno sabía cómo empezaba el día pero nunca cómo lo terminaba y Marc tenía tantas anécdotas por contar que había empezado a anotarlas en una libreta para no olvidarse ninguna cuando por fin pudiera hablar de todo eso con sus hermanos. Estaba impaciente por que todos conocieran a Millán y se negaba a plantearse la posibilidad de que ella le echase de su vida cuando descubriese la verdad sobre su identidad. No se engañaba, sabía que se pondría furiosa y con razón, tenía motivos de sobra para sentirse engañada y traicionada, pero confiaba en que cuando llegase el momento ella sintiera por él algo parecido a lo que él sentía por ella y estuviera dispuesta a escucharle.

Despertarse con Millán dormida en sus brazos era lo mejor del día. Martí no podía imaginarse nada comparable y dudaba seriamente que pudiese renunciar a ello. Solo llevaba cuatro días haciéndolo, pero no tenía ninguna duda de que le costaría mucho resignarse a perderlo. Después de acostarse juntos por primera vez, cuando se despertaron de madrugada, Martí le dio un beso y regresó, a desgana, a su habitación. Sabía que era lo correcto y que si ella no se lo pedía no podía quedarse allí, pero habría deseado hacerlo. La segunda vez que se acostaron, si no contaban *eso* que había sucedido en la oficina y que Martí no olvidaría nunca, quedaron tan exhaustos que ninguno de los dos hizo el gesto de irse a otra cama. La tercera vez ni siquiera se les pasó por la cabeza y llevaban durmiendo juntos desde entonces. Martí todavía tenía sus cosas en su habitación, aunque cada vez había más objetos que migraban a la de Millán, y si seguían así seguramente tendrían que hablar pronto del tema, pero esa mañana no.

Las mañanas de domingo eran para dormir juntos, desnudos y abrazados, y afortunadamente, ese domingo los dos habían dicho que no estarían disponibles y podían dormir sin interrupciones. Disfrutar del tacto de sus pieles y perderse el uno en el otro sin pensar en nada más. Esa mañana el primero en salir de aquel estado soñoliento fue Martí y le dio a Millán besos eternos que no parecían tener ninguna prisa por terminar. Ella respondió del mismo modo, tocándole bajo la sábana de lino y susurrándole palabras llenas de cariño que de momento no se atrevía a decir en voz alta.

A pesar de la ternura, o posiblemente por culpa de ella, Martí no tardó en querer más, en necesitar más. Esos besos y esas caricias llenas de sentimientos resultaban mucho más irresistibles y demoledoras que cualquier experiencia sexual que hubiese vivido antes y que ahora era incapaz de recordar. Estaban tumbados de lado, él detrás de ella, y fue así como hicieron el amor. La diferencia de alturas hacía que él la enviolviese por completo, lo que lo hizo sentirse con derecho a poseerla.

Él nunca había sentido esas emociones tan fuertes por nadie, pero con Olivia los tenía a flor de piel. Lo que sentía iba más allá del deseo. No solo quería hacerle el amor, quería tenerla, meterse tan dentro de ella que cuando descubriese la verdad fuese incapaz de echarlo de su lado. Quería que su cuerpo reconociera el de él del mismo modo que él reconocía el de ella solo sintiéndola cerca.

Marc había reconstruido su vida una vez, al menos el caparazón, y en su momento lo había considerado una heroicidad. Ahora sabía que si perdía a Millán más le valía estar muerto. Ningún hospital, ni infinitos litros de alcohol, podrían ayudarlo.

Y como no podía decirle nada de todo eso, la besó e intentó perderse en su sabor y en su olor. Si podía convertirla en adicta a él, tanto como él lo era ya de ella, quizá tuviese una oportunidad.

—Por favor —susurró en voz baja mientras le hacía el amor—. Por favor.

Olivia no entendió bien qué decía, pero sí notó la desesperación que desprendían sus palabras y echó la cabeza hacia atrás para poder besarlo. Las caricias de Martí la habían desarmado por completo. Sabía exactamente cómo tocarla, era dulce y tierno, pero al mismo tiempo sensual y carnal. Sus cuerpos se compenetraban a la perfección, reaccionaban el uno al del otro solo con estar cerca, y sus almas... Ella ya había entregado la suya y confiaba en que Martí sabría cuidarla.

Al terminar volvieron a dormirse. Y cuando se despertaron, estaban de nuevo abrazados.

—Hola —dijo Olivia con voz ronca al ver que la estaba mirando.

—Hola. —Marc le sonrió.

—Creo que voy a quedarme todo el día en la cama —comentó ella, pero en ese preciso instante le rugió el estómago.

—Me temo que a tu estómago no le ha gustado la idea —dijo él—. Si quieres, podemos ir a pasar lo que queda del día en la playa y comemos algo por allí.

—Por supuesto que quiero. Es una idea maravillosa. —Se abrazó a él, hundió la nariz en el vello de su torso y respiró hondo—. Dentro de un momento me levanto.

—Por mí no tengas prisa —dijo él, abrazándola también—. Oye, Millán... —Carraspeó nervioso.

—¿Sí?

—Ayer, yo... Esta mañana... No he usado condón —dijo al fin. Ella se apartó un poco y lo miró a los ojos.

—Tomo la pastilla —dijo.

—Ya me lo he imaginado, pero no te lo he preguntado y yo... —Volvió a carraspear—. Quería que supieras que... tendría que haberte preguntado si te parecía bien. Tendría que habértelo preguntado y no es excusa, pero no podía pensar y la verdad es que...

—Martí, mírame. Si no me hubiera parecido bien, te habría apartado y te habría dicho que no. Tomo anticonceptivos, por eso no te he dicho nada. Aunque supongo que tienes razón, tendríamos que haber mantenido antes esta conversación. ¿Te arrepientes de haberlo hecho sin preservativo? —le preguntó, levantando las cejas al ver que él apretaba nervioso la sábana entre los dedos sin atreverse a concluir la frase.

—No, por supuesto que no —afirmó rotundo, mirándola a los ojos—. Yo solo quería que supieras que es la primera vez. Hasta ahora no lo había hecho nunca así y no digo que tengamos que seguir haciéndolo sin tomar estas medidas, tú decides, pero lo cierto es que... ¡Joder! Ha sido increíble.

Millán se rio al ver lo sonrojado que estaba. Ella nunca había tomado una decisión así sin pensar, pero en ese momento, cuando estaban besándose, acariciándose, acercándose el uno al otro, había sentido que podía confiar en él, que los dos estaban listos para esa clase de intimidad.

—A mí también me lo ha parecido —confesó dándole una tregua junto con un beso—. Y también ha sido mi primera vez.

—¿Ni con Nicolás? Perdona, no es asunto mío —se corrigió, sintiendo una opresión en el pecho.

—Ni con él. Nunca confié en Nicolás como confío en ti. Y por mí, si tú quieres, podemos olvidarnos de los preservativos.

Martí no la dejó continuar y la besó hasta que le dejó claro lo que pensaba de su propuesta. Después de la noche anterior, ella quizá habría podido mantener un poco las distancias, pero tras hacer el amor esa mañana le estaba resultando imposible. Así que dejó de intentarlo y decidió ser sincera con él respecto a lo que estaba sintiendo.

Al ver cómo lo miraba, cómo lo besaba, se sintió como el peor de los canallas, pero se juró que encontraría el modo de decirle la verdad antes de que fuese demasiado tarde.

«Ya lo es», le dijo una voz en su mente que él intentó callar.

No lo era. Cuando su relación fuese un poco más sólida, le explicaría lo que le había pasado a Álex y seguro que ella terminaría por entenderlo.

Después de ducharse y vestirse con ropa cómoda, Martí y Millán fueron a la playa tal como habían decidido. Se llevaron a Tosca con ellos y él pensó que no recordaba la última vez que había sido tan feliz. A partir de ese día, pasaron todas las noches juntos, haciendo el amor y contándose cosas. Él no le mentía en nada, «excepto en tu nombre y en quién eres», y siempre encontraba un motivo para retrasar su confesión un día más.

En cuanto al hotel, iba viento en popa. Las reservas no dejaban de llegar. El hotel había aparecido en el suplemento dominical de un periódico y también en dos programas de televisión y los habían nominado a varios premios en distintas páginas web de hoteles con encanto o de hoteles románticos y de fin de semana.

A ese ritmo, pronto podrían tenerlo abierto todo el año y liquidar algunas de las deudas que tenían con los bancos. Y quizá incluso pudiesen comprar aquel restaurante de la playa y abrir en el hotel otro más sofisticado para los clientes, o incluso comprar otro caserón y restaurarlo para convertirlo en un hotel.

Olivia no recordaba haber vivido una etapa tan emocionante. Cada día sucedían cosas nuevas y todos en el hotel disfrutaban de ellas. Lo único que enturbiaba esa alegría era que Eusebio no estuviese allí. Le habría gustado ver lo lejos que podían llegar su nieta y su negocio. Y lo felices que eran todos.

Por su parte, Isabel Millán, aunque después de la escena en casa de Tomás nadie había vuelto a verla, no mentía cuando dijo que no se daría por vencida. Se había retirado a su guarida, un lujoso piso de Barcelona, para recuperarse y buscar la munición necesaria para volver a atacar.

Contrató a un abogado para que repasase de nuevo el testamento de su padre en busca de alguna causa legal para impugnarlo, ya fuera todo o parcialmente. El abogado, tal como ella se temía, no encontró nada, así que la diva decidió recurrir a otras tácticas y contrató a un detective privado sin demasiados escrúpulos.

El hombre se pasó varias semanas sin averiguar nada útil, pero una tarde apareció en casa de Isabel diciéndole que tenía una gran noticia. Ella lo recibió sin demasiadas expectativas, pero cuando el detective empezó a hablar, sonrió de oreja a oreja y le brillaron los ojos de felicidad: había encontrado el modo de quedarse con el Hotel California.

Era una cálida mañana de martes y Martí y Millán se despertaron con un beso que, como siempre entre ellos, se descontroló y acabaron desnudos, sudados, exhaustos y felices en el suelo del dormitorio. Él parecía incapaz de dejar de besarla y ella jamás rechazaría uno de sus besos ni nada de lo que sucedía después.

Olivia nunca había vivido con nadie. A pesar de que había estado casi comprometida con Nicolás Nájera, no habían compartido piso ni dormido juntos más de dos noches seguidas (algo que solo pasó en la única ocasión en que fueron de fin de semana a París). Sabía que Martí tampoco había vivido con nadie y, aunque él no se lo había dicho, intuía que, hasta entonces, aunque no había llevado una vida monacal sí que había sido solitaria.

A veces, cuando estaban acostados en la cama, o medio dormidos en la playa, tenía la sensación de que la miraba como si quisiera decirle algo muy importante, pero siempre que se lo preguntaba, le decía que era preciosa o que quería darle un beso y nunca llegaba a abrirle su corazón.

A Olivia eso le dolía un poco; tenía la sensación de que él lo sabía todo de ella, mientras que ella apenas había conseguido conocer cuatro detalles de él. La cicatriz de la mejilla en concreto empezaba a obsesionarla; siempre que se la tocaba, Martí cerraba los ojos y apretaba los dientes. Y si se la besaba, se le aceleraba el corazón y ella notaba que hacía esfuerzos para no apartarla.

En un par de ocasiones, Olivia lo había encontrado pensativo, tocándose la dichosa cicatriz, mirando al vacío como si estuviera en otra parte, como si fuera otra persona. Aquel estado le duraba un rato, hasta que sucedía algo, como por ejemplo la aparición de Tosca, y volvía a la realidad.

Pero esa mañana no era uno de esos días; brillaba el sol y Martí la había besado de los pies a la cabeza y le había dicho que lo volvía loco y que no se imaginaba vivir sin ella. No era una declaración de amor, pero por el momento, Olivia iba a conformarse con eso.

Fueron a la cafetería a desayunar. Pedro les contó la última peripecia de su hija y los tres se rieron. Tomaron dos cafés y Olivia le dijo a Martí que tenía entradas para *Turandot*. En verano, siempre organizaban conciertos y representaciones en un castillo restaurado de la zona y las había comprado días atrás. Ya no podía contener las ganas que tenía de contárselo, así que se lo dijo allí mismo, sentados a su mesa de la cafetería, con sus cafés y sus ensaimadas y con las notas de una ópera sonando de fondo.

Él le sonrió, e iba a darle un beso cuando, en ese momento, un par de clientes se acercaron para despedirse y felicitarlos a los dos por «el hotel tan bonito que tenían».

Martí se conformó con entrelazar los dedos con los de Olivia y darles las gracias al matrimonio que había ido allí a pasar su séptimo aniversario de boda por sus felicitaciones y por haber elegido el Hotel California para la ocasión.

De nuevo solos, terminaron de desayunar y luego se dirigieron hacia las oficinas, detrás de la recepción. Justo unos metros antes de llegar, Olivia se detuvo y lo miró.

—¿Qué? —le preguntó él con una sonrisa ladeada.

En mañanas como esa casi se olvidaba de que era el mentiroso más grande del planeta.

—Tienes azúcar en la cara —le dijo y se lo quitó con dos dedos.

—¿Y no me lo has dicho hasta ahora? —Se hizo el ofendido.

—Quería quitártelo a besos cuando estuviésemos solos, pero al final me he apiadado de ti y te he avisado —se justificó Olivia—. Roberto se reiría de ti durante semanas si te viera llegar con un bigote de azúcar de ensaimada.

La rodeó por la cintura y la acercó a él.

—No es que me queje; la verdad es que Roberto se habría reído de mí durante meses, pero ¿por qué querías esperar a que estuviésemos solos para besarme?

Ella se sonrojó y se encogió de hombros.

—No sabía cómo te lo tomarías. Hasta ahora, hemos sido muy discret...

Él la levantó del suelo y le dio un beso de película allí en medio de todo el mundo. No fue un beso discreto como los que hasta entonces se habían dado delante de los demás, sino uno de esos besos que dejan claro que si estuvieran a solas empezarían a desnudarse y a hacer el amor.

No dejó de besarla hasta que pensó que el mensaje había quedado claro y entonces se apartó y le sonrió. Ella le devolvió la sonrisa y apoyó las manos en su torso. Marc se sentía... ¿eufórico? Hacía tanto tiempo que no lo embargaba ese sentimiento que le costaba recordar que existían distintos niveles de felicidad. Entonces Olivia le sonrió y le dijo:

—Eres imposible, pero te quiero de todos modos.

Él se quedó helado. Creía que tendría más tiempo. Sabía que se estaba enamorando de Olivia y, en su redescubierto corazón, soñaba con que ella pudiese sentir lo mismo, pero no quería que se lo dijese antes de que le hubiese contado la verdad.

—¿Me quieres? —preguntó emocionado y asustado al mismo tiempo.

Quizá la había oído mal, o quizá había sido solo un modo de hablar.

—Sí, te quiero —contestó sincera, arriesgándose como nunca en su vida—. Te quiero. Ya sé que soy la primera en decirlo. —«Y la única que lo siente, al parecer», pensó al verle la cara—. Pero eso es lo que siento.

—Yo también te quiero —confesó él—. Te quiero como nunca había creído que pudiese querer.

Olivia levantó una mano y le acarició la mejilla, y entonces se puso de puntillas para volver a rodearle el cuello con los brazos y darle otro beso. Martí la besó igual que hacía siempre, poniendo el alma, pero cuando se separaron, seguía teniendo la misma mirada de antes. Una mirada casi asustada.

—No soy ninguna experta —dijo ella—, pero se supone que cuando la persona de la que te estás enamorando te dice que siente lo mismo por ti, te pones contento y sonríes como un bobo. En cambio a ti parece que acaben de darte la peor noticia del mundo.

Marc tragó saliva. Entonces o nunca. Tenía que decírselo. Era su última oportunidad.

—No es eso. —Tomó aire y la miró a los ojos—. Tengo que decirte algo, cariño.

—Eh, tranquilo —dijo ella, colocándole de nuevo las manos en el torso. El corazón le latía tan fuerte que podía sentirlo bajo la palma de la mano—. Puedes contarme lo que quieras, Martí.

—¡Vaya, vaya! Lamento interrumpir —dijo Isabel Millán, apareciendo justo entonces en el vestíbulo del hotel.

Iba impecablemente vestida, con un traje chaqueta beis claro y un espectacular collar de oro, regalo de algún amante adinerado. A diferencia de la noche en que irrumpió en casa de Tomás, esa mañana no estaba ebria. De hecho, estaba increíblemente sobria y el modo en que los miró a ambos y le sonrió a su hija, le heló a Marc la sangre.

Olivia retiró las manos del torso de él y se dio media vuelta para enfrentarse a su madre. Marc le colocó una mano en el hombro para mostrarle su apoyo y, con la mirada, le dejó claro a Isabel que si volvía a hacerle daño a su hija, esa vez no iba a quedarse callado.

—¿Qué estás haciendo aquí, mamá?

—¡Oh, nada! Pasaba por aquí y he pensado en entrar a saludar —contestó acercándose más a ellos—. Vengo de la notaría.

—No me digas que le has hecho perder el tiempo a Enrique. Ya sabes que el testamento del abuelo es correcto. Tú misma dijiste que no habías encontrado ningún motivo para impugnarlo.

—Sí, así es. El abuelo hizo bien las cosas. Cuando quería, mi padre era muy concienzudo. —Ahora estaba ya delante de Olivia, plantada igual que un militar que sabe que está a punto de ganar la batalla y humillar a su enemigo—. Me llamó un par de semanas antes de morir. —Vio que su hija abría los ojos y añadió—: ¿No te lo había contado? Creía que entre el abuelo y tú no había secretos —añadió cruelmente.

Martí notó que Olivia se tensaba y estuvo tentado de echar a Isabel de allí, pero estaban a escasos metros de la recepción, con varios huéspedes cerca de ellos. No quería montar un espectáculo y tenía el presentimiento de que Isabel Millán no se iría por las buenas. Mejor sería dejar que se desahogase y convencerla para que se fuese por propia voluntad.

—En fin —prosiguió Isabel—, me llamó para pedirme otra vez —puso cara de aburrimiento— que viniese a veros. Quería que hiciésemos las paces. Le dije que no tenía tiempo, pero entonces él insistió en que tenía que contarme algo muy importante acerca del hotel. Por un instante, pensé que por fin había entrado en razón y que iba a venderlo, pero no. Me dijo que iba a hacer testamento, en el que te dejaría a ti el negocio, y que quería asegurarse de que, llegado el momento, yo no pondría pegas. Al principio no me gustó la idea —eso era un eufemismo y tanto Isabel como Olivia lo sabían—, pero cuando me contó lo de la cláusula, accedí. Era imposible que tú sola sacases el hotel adelante en un año. Estaba convencida de que no lo conseguirías.

—¡Vaya! Gracias, mamá. —En su mente, Olivia se repitió que la opinión de aquella mujer no le importaba.

—No te lo tomes a mal, solo estoy siendo sincera, hija. Por lo que he oído, se te da muy bien tratar con el personal y con los clientes, pero hasta ahora nunca te habías ocupado de las cuentas. Imagínate mi sorpresa cuando, días después de la lectura del testamento, me enteré de que mi queridísimo padre se había asegurado de ponerte un socio con los contactos y los conocimientos de los que tú careces.

—El abuelo solo quería cuidar de mí —dijo Olivia levantando una mano para entrelazar los dedos con la que Martí tenía encima de su hombro—. Y por eso eligió a Martí. Ya lo conocía y sabía que es un hombre honesto, además de muy bueno en su trabajo.

A Marc se le revolvieron las tripas al escuchar sus elogios y, cuando Isabel sonrió igual que Marlon Brando en *El padrino*, se le paró el corazón.

—Sí —convino la mujer—. Álex Martí tiene una reputación excelente. Ha trabajado en el sector hotelero desde que terminó la carrera y es uno de los mejores ejecutivos de la multinacional Hoteles Vanity.

—¿Le has investigado? —preguntó Olivia indignada.

—Por supuesto que sí. No iba a dejar que cualquiera metiese las narices en el negocio de mi padre. ¿Tú no has hecho lo mismo?

Martí notó que Olivia se tensaba todavía más mientras Isabel levantaba la mano derecha y jugaba con el collar de oro.

—¿Has oído hablar de la falsedad documental? —preguntó entonces su madre haciéndose la inocente—. Yo tampoco hasta hace unos días. No te aburriré con los detalles e iré directamente a la parte interesante. Al parecer, no puedes mentir en un documento oficial. Si lo haces, ese documento puede ser considerado nulo, inválido, ilegal.

—¿Se puede saber de qué estás hablando? Yo nunca le he mentido a Enrique y Martí tampoco. Y Tomás no le ha mentido a nadie en toda su vida.

—Sí, Tomás es incapaz de mentir —convino Isabel, acariciando todavía el collar—. Y tú, lamentablemente, también. Pero me temo que del señor *Álex* Martí no se puede decir lo mismo.

—Espere un momento, señora Millán. No siga —le pidió él mirándola a los ojos, aunque el brillo que vio en ellos le dijo que la súplica había sido en vano.

—No, no digas nada —dijo Olivia, apretándole la mano—. Álex no le mintió a Enrique —afirmó sin dudarlo ni un segundo y plantándole cara a su madre.

—Bueno, supongo que eso es cierto. Al fin y al cabo, Álex Martí ni siquiera estuvo en la notaría el día que leísteis el testamento. Estaba en San Francisco.

—Pues claro que estaba en la notaría —replicó Olivia, convencida de que su madre se había vuelto loca—. Estaba sentado a mi lado.

—Señora Millán... —Marc volvió a intentar en vano detener la conversación.

—No, querida. Te equivocas. El hombre que estaba sentado a tu lado, el mismo que ahora tienes detrás dispuesto a saltarme a la yugular, no es Álex Martí.

—¿Acaso te has vuelto loca, mamá? Pues claro que lo es.

—No lo es. Y mintió cuando aceptó la herencia. Voy a demostrarlo y entonces impugnaré el testamento y me quedaré con este maldito hotel. Ya tengo compradores.

A Olivia se le heló la sangre y se asustó al sentir que tenía ganas de sujetar a su madre por los hombros y zarandearla. Tomó aire y respiró hondo antes de dar media vuelta y mirar a Martí a los ojos.

—Vamos, Álex —de hecho le resultaba raro llamarlo así—, demuéstrale a mi madre que eres tú para que se vaya de aquí de una vez.

—¡Oh, sí! Vamos, *Álex*, demuéstramelo.

21

Marc desvió la mirada de los desalmados ojos de Isabel a los de Olivia, llenos de esperanza y confianza. Estaba enfadada con su madre, pero a él lo miraba con el amor que antes le había dicho que sentía. La contempló durante un instante, esforzándose por retener aquella imagen que sabía que, en cuestión de segundos, quedaría fuera de su alcance. Algo debió de ver ella en sus ojos, porque le puso las manos en el pecho y al hablar le tembló un poco la voz.

—¿Martí?

Él levantó las manos y las colocó sobre las de ella.

—Lo que dice tu madre es verdad, Olivia —dijo, sin apartar la vista.

—¿Qué? ¿De qué estás hablando?

—Álex Martí es mi hermano gemelo. Yo soy Marc, Marc Martí. —Su nombre le sonó ajeno; llevaba tanto tiempo sin utilizarlo que incluso le costaba reconocerlo. Hacía semanas que cuando pensaba en sí mismo lo hacía como Martí y no como Marc. Martí, la persona que era cuando llevaba ese nombre, le gustaba mucho más que la que era cuando se llamaba Marc.

—No —balbuceó ella—. No puede ser...

—Escúchame —le pidió él en voz baja—. El testamento sigue siendo válido, tu madre está dando palos de ciego.

—No eres Álex —repitió.

—No.

—Me has engañado —susurró con la voz rota.

—Sí —dijo Marc entre dientes.

Olivia apartó las manos como si no pudiese soportar tocarlo y lo abofeteó.

El modo en que ella lo había mirado al apartarse le hizo tanto daño a Marc, que apenas notó la bofetada. Y eso que el golpe fue más que considerable.

—Vete de aquí —le dijo Olivia cuando él la miró de nuevo.

—Tu madre... —intentó decir Marc mientras se frotaba la mejilla.

—Yo me encargaré de mi madre. Vete de aquí ahora mismo.

«Vete de aquí antes de que me eche a llorar y me humille delante de mi madre. Por favor.»

Marc vio el dolor que llenaba sus ojos y asintió. Se apartó de ella y se dirigió a Isabel.

—No sé qué cree saber, señora Millán, pero el testamento es válido y perfectamente legal. A estas alturas, ya no puede hacer nada para impugnarlo —concluyó con firmeza.

—Eso ya lo veremos. —La mujer le sostuvo la mirada.

—Como vuelva a hacerle daño a Olivia, yo...

—¡Oh! No te preocupes —dijo Isabel entrecerrando los ojos—; el daño se lo has hecho todo tú. Yo solo voy a quedarme unos segundos más para regodearme. Esta niña lleva toda la vida diciéndome que no sé elegir a los hombres; ya va siendo hora de que vea que no soy la única de la familia.

—Es usted despreciable —sentenció Marc.

—Quizá, pero mi hija sabe perfectamente quién soy. Me temo que de ti no puede decir lo mismo.

Marc apretó los dientes y se fue de allí antes de cometer una estupidez, como rodear el cuello de Isabel con las manos y empezar a apretar y que Olivia tuviese que pagar las consecuencias. Seguro que si le ponía un dedo encima, la mujer lo denunciaría a la policía y el nombre del hotel y el de su propietaria saldrían perjudicados.

Se obligó a apartarse, fue hasta el ascensor y subió directo a la habitación que llevaba semanas compartiendo con Olivia. La habitación que había llegado a considerar su hogar. Cerró los ojos al oír que la puerta se cerraba a su espalda, abrió y cerró los puños varias veces para contener las ganas de gritar o de romper algo, y buscó su maleta.

Olivia esperó a que Martí... Álex... Marc... él... entrase en el ascensor y se cerrasen las puertas. Entonces, con una fuerza que no sabía de dónde había salido, «probablemente del corazón que acaba de rompérsete», le plantó cara a su madre.

—Hasta hace unos segundos creía que en alguna parte de ti existía algo de bondad. Estaba convencida de que algún día recapacitarías y podríamos ser amigas. Incluso después de todo lo que me has hecho, de verdad creía que algún día las cosas cambiarían. Ahora sé que no.

—¡Oh, vamos, Olivia! Ese hombre te ha utilizado. Deberías estarme agradecida.

—Si de verdad te preocupases por mí, me habrías contado tus sospechas en privado. Y no habrías disfrutado tanto humillándome. Soy tu hija, mamá. Se supone que deberías querer lo mejor para mí.

—Esa frase es una idiotez. Todo el mundo quiere lo mejor para sí mismo, solo que yo soy lo bastante sincera como para decirlo. El día que fui a casa de Tomás te sugerí que fuéramos socias y tú me rechazaste. Me humillaste delante de todos. Ahora me toca a mí. Quiero este hotel, Olivia. Ya casi no me contrata nadie y los hombres cada vez se las buscan más jóvenes. Podemos venderlo ahora e ir a medias.

—Vete de aquí.

—Es tu última oportunidad. Mis abogados encontrarán el modo de demostrar que Álex Martí no aceptó los términos de la herencia e impugnaré el testamento. Tengo una oferta encima de la mesa, Olivia. Podemos firmar la semana que viene y repartirnos el dinero. Solo tú y yo.

—Vete de aquí —repitió ella—. El Hotel California nunca será tuyo. Nunca.

Isabel se enfrentó a la mirada de su hija y la determinación que vio en sus ojos la hizo reconsiderar su postura.

—Está bien, me iré —aceptó—. Pero volveremos a vernos.

—De eso, mamá, no tengo ninguna duda. Pero asegúrate de que la próxima vez sea en un tribunal, porque a no ser que lo ordene un juez, tú nunca volverás a poner un pie en este hotel.

Olivia dejó a su madre plantada en el vestíbulo y se fue directa al dormitorio. Estaba como poseída. Una parte de ella quería encerrarse en el despacho, echarse a llorar desconsolada y no salir hasta que él se hubiese ido para siempre. Pero otra parte necesitaba preguntarle por qué lo había hecho. ¿Cómo había sido capaz de fingir que era otro hombre durante tanto tiempo? ¿Por qué no le había contado la verdad?

Ninguna de las respuestas que pudiese darle iba a conseguir que lo perdonase. A Olivia la habían defraudado demasiadas veces como para que pudiese superar algo así.

Y quizá por eso fue en busca de Martí, porque necesitaba echarlo de su vida para siempre. Quizá cuando él ya no estuviese, ni en el hotel ni en su vida, podría empezar a olvidarlo.

El corazón ya lo tenía roto, ahora iba a perder también el alma. Pero aunque le costase media vida, saldría adelante. El trayecto en el ascensor fue demasiado breve y el pasillo nunca le había parecido tan corto.

Aunque era consciente de que era mejor saber la verdad, una parte de ella se empeñaba en retrasarlo lo máximo posible. Quizá así nunca llegaría a suceder. Quizá incluso pudiese fingir que todo seguía igual.

Pero no, el pasillo se terminó y se encontró frente a la puerta del dormitorio en que se había enamorado de Martí. Él aún no se había ido; Olivia lo sabía con absoluta certeza por el modo en que todavía le latía el corazón.

—Quiero que te vayas —le dijo, nada más entrar.

Se quedó frente a la puerta y cerró los ojos un instante para respirar. Cuando los abrió, vio que él estaba sentado en la cama, con las piernas separadas y los antebrazos apoyados en los muslos. Y junto a su pierna derecha, en el suelo, había una maleta.

—He llamado a Álex —dijo Marc sin levantarse, dispuesto a esperar a que ella se le acercase—. Llegará a España pasado mañana como muy tarde. Está en San Francisco, pero se subirá al primer vuelo que salga para aquí —explicó—. Después he llamado a Enrique y le he contado lo que ha pasado. Ya lo sabía. Como ha dicho tu madre, se ha pasado por la notaría antes de venir. Enrique me ha dicho que hay un modo de arreglar todo esto, que es algo inusual y que implicaría una mentira por su parte, pero por tu abuelo y por ti está dispuesto a hacerlo. Necesita preparar unos documentos que justifiquen que yo firmé en nombre de Álex, no haciéndome pasar por él, luego tenemos que firmarlos mi hermano y yo y por último, tú. —Se puso en pie al comprobar que ella seguía inmóvil—. Enrique me ha dejado claro lo que opina de mí y me ha ordenado que pase por la notaría cuanto antes. Dice que, aunque es un problema, podemos solucionarlo y tu madre no podrá hacerte nada. Álex está de camino, ya te lo he dicho. Tiene tantas ganas como yo de solucionar esto y siente mucho haberte metido en este lío. Iré a la notaría antes de irme.

—De acuerdo.

—Antes me has dicho que me querías —le dijo Marc, deteniéndose frente a ella.

Le temblaba la mejilla de la cicatriz igual que el día en que la conoció. Acababa de darse cuenta de que gracias a Olivia había dejado de pensar en la cicatriz. Y en el accidente. Y en que era un hombre que no merecía seguir vivo.

Ella nunca le había dado importancia, nunca le había preguntado cómo se la había hecho.

—Antes no sabía quién eras —dijo Olivia apretando los puños.

—Sabes quién soy. —Marc tragó saliva varias veces para poder continuar—. No sabías mi nombre, y reconozco que hay muchas cosas de mí que no sabes, pero sabes quién soy.

—No, no lo sé. Me has mentido desde el día en que nos conocimos. Me has mentido en todo. —Desvió la vista hacia la cama y se le encogió el estómago. ¿Dónde empezaban y terminaban las mentiras?

—No te he mentido en nada importante.

—¿¡En nada importante!? ¡Hasta hace cinco minutos ni siquiera sabía tu nombre!

—¿Y qué importancia tiene cómo me llame, Millán? Tú nunca me has llamado Álex, para ti siempre he sido Martí.

—Pero Martí no existe, ¿no? Y no puedo creerme que utilices eso para quitarte las culpas de encima.

—No pretendo quitarme ninguna culpa de encima. Sé muy bien lo que es sentirse culpable. Créeme. Sí, el día que fui a la notaría me hice pasar por mi hermano Álex. Y estaré encantado de contarte por fin por qué. Y sí, tienes razón, después no te dije que yo no era Álex, y no sabes las veces que deseé hacerlo.

—¿Y por qué no lo hiciste? —Ver su mirada desgarrada hizo que el dolor que Olivia había sentido se transformase en rabia. Él no tenía derecho a sentirse herido. A él no lo habían engañado. No lo habían utilizado.

—Mi hermano no podía asistir a la lectura del testamento...

—Eso me da igual —lo interrumpió ella—. No soy tan estúpida como debéis de creer los dos —añadió, sin ocultar lo dolida que estaba—. Puedo deducir yo sola que te pidió que lo sustituyeras porque él no podía venir. Debe de ser muy práctico esto de tener un doble. Lo que te he preguntado es por qué después... —Se le quebró la voz y se le hizo un nudo en la garganta, pero no derramó ni una lágrima—. Por qué no me contaste la verdad después... —No terminó la frase porque no sabía cómo hacerlo.

«Después de permitir que me enamorase de ti. Después de que empezáramos a acostarnos.»

—¿¡Por qué!? —le gritó.

A Marc le dolía en el alma no poder abrazarla. Hacía semanas que sabía que se había enamorado de Olivia, pero al oír esa pregunta de sus labios, supo por qué él, en su mente, nunca se había atrevido a responderla.

—¡Porque te quiero! —confesó, él también furioso—. Y sabía que si te contaba la verdad, me mirarías de otro modo. Tenía miedo de no poder soportarlo —añadió, ya a media voz.

Fue como si después de decirle que la amaba, y no escuchar nada a cambio, hubiese perdido las fuerzas que le quedaban.

—Tenías que saber que tarde o temprano me acabaría enterando —dijo ella, abatida—. ¿Me habrías ocultado toda la vida tu verdadero nombre? ¿O un buen día habrías desaparecido del hotel y de mi vida sin despedirte?

—No, nunca me habría ido sin decirte nada.

—Entonces, ¿cuándo pretendías contarme la verdad? ¿¡Cuándo!?

—¡No lo sé, Millán! No lo sé.

—Si me lo hubieras dicho al principio, probablemente lo habría entendido. Tú mismo has visto que soy muy fácil de convencer —añadió, burlándose de sí misma.

¡Dios, qué estúpida había sido!

—Tú no lo entiendes. Antes de venir aquí, mi vida había tocado fondo. Y cuando te conocí y vine al hotel, sentí, por primera vez en mucho tiempo, que podía respirar. Pensé que podía empezar de nuevo y que, si te ayudaba, quizá me merecería esa segunda oportunidad. Y luego, cuando tú empezaste a llamarme Martí, empecé a enamorarme de ti. Pensaba que si tú me querías un poco, aunque solo fuese una pequeñísima parte de lo que yo te quiero, quizá no me odiarías cuando te contara la verdad.

—¿Qué verdad? En todo este tiempo nunca me has contado nada. Ahora me doy cuenta de que, mientras yo te abría mi corazón y te hablaba de mi madre, o de mi abuelo, o incluso de lo humillante que fue mi noviazgo con Nicolás, tú nunca me decías nada.

—Hace seis años maté a dos personas —contestó él con tanta firmeza como le fue posible, y al terminar de decirlo contuvo las ganas de vomitar.

—¿Qué has dicho? —Olivia no podía creer lo que acababa de oír.

Marc se apartó un poco de ella y en un gesto casi inconsciente se frotó la cicatriz. Olivia supo entonces que aquella marca estaba estrechamente relacionada con la afirmación que había salido de sus labios y esperó a que continuase.

—Álex y yo somos gemelos idénticos. No solo somos físicamente iguales, sino que, además, solemos vestir de un modo parecido y nos movemos igual, por lo que muy poca gente es capaz de distinguirnos. Mi madre, mis hermanas y Guillermo lo hacen. A mi padre creo que podríamos engañarlo. Otra persona que podía hacerlo era mi amigo Daniel.

Marc respiró hondo y fue hasta la cama, donde volvió a sentarse.

—Conocí a Daniel —prosiguió— el día que me matriculé en Económicas junto con Álex. A los dieciocho años, yo no tenía la vocación muy clara, pero siempre se me han dado muy bien los números, así que decidí que hacer Económicas podía ser una buena idea. Daniel estaba detrás de mí en la cola y, como ninguno de los dos conocía a nadie, nos pusimos a hablar. Esa misma tarde quedé con él en la cafetería para presentarle a Álex. Mi hermano llegó antes que yo y Daniel se le acercó y le preguntó por mí, diciéndole que nos parecíamos un poco.

Marc sonrió con tristeza al recordar la anécdota. Ahora que había empezado a hablar de Daniel, algo que no hacía nunca bajo ningún concepto, no podía parar.

—A lo largo de la carrera, Álex y yo intentamos engañarlo unas cuantas veces y nunca lo conseguimos. Daniel era un gran tipo; el mejor amigo que alguien puede tener, fue una de las personas que más me animó a empezar Veterinaria y compaginar esos estudios con los de Económicas.

—¿Eres veterinario? Claro, ahora entiendo lo de Tosca —añadió, tras verlo asentir—. ¡Dios mío! No sé nada de ti.

—Sabes lo mejor de mí —dijo él en voz baja—. Ahora, sencillamente, te estoy contando lo peor. —Agachó la cabeza, apretó los dientes unos segundos y luego volvió a levantar la vista y retomó el relato—: Daniel era una de las personas más generosas que he conocido nunca, y yo me aprovechaba de él —reconoció avergonzado—. En esa época, Álex estaba saliendo con una chica y sus notas en la facultad eran inmejorables; en cambio, yo solo quería salir, salir, y salir. Creo que estaba empeñado en demostrar que era completamente opuesto a mi hermano gemelo. No lo sé. O sencillamente estaba pasando por una etapa de estupidez. Lo desconozco y te juro que me he pasado horas despierto intentando encontrar una explicación. La cuestión es que no importaba lo descabellado que fuese el plan que se me ocurriese, Daniel siempre me seguía. Lo único que tenía que hacer yo era pedírselo y él me acompañaba. Y cuando empezó a salir con Mónica, su novia, también la convencía a ella. Si yo quería ir a hacer parapente, Daniel se encargaba de convencer a Mónica y de inscribirnos a los tres.

La angustia que él estaba sintiendo se abrió paso entre las capas de dolor y confusión de Olivia, que se acercó a la cama y se sentó a su lado sin decir nada.

—Hace algo más de seis años, Daniel, Mónica y yo fuimos a una fiesta en mi coche, un pequeño y destartalado Ford Fiesta que nos habíamos comprado a medias Álex y yo. Se suponía que esa noche yo no iba a beber, pero bebí. Y mucho. A las cinco de la mañana, la chica con la que yo había ligado, una chica cuyo rostro ni nombre soy capaz de recordar, nos invitó a seguir la fiesta en su casa. Daniel y Mónica no querían ir, pero evidentemente yo sí, así que no descansé hasta convencerlos. Desplegué todos mis encantos y no dejé de insistir hasta que Daniel aceptó. Nos montamos en el coche y él insistió en conducir. Daniel odiaba ese coche, el cambio de marchas se le resistía y le costaba dominar el volante. Creo que le dije que no, pero no estoy seguro. —Cerró los ojos y tragó saliva un par de veces. Luego volvió a abrirlos—. Lo último que recuerdo es la música de la radio y los gritos de Daniel y de Mónica.

—¡Dios mío! —murmuró Olivia y le dio la mano. Marc la apartó.

—Chocamos contra una camioneta de reparto. Al parecer, yo iba en el asiento trasero sin cinturón y salí disparado por el cristal delantero. Estuve tres semanas en coma y un par de meses en el hospital. Daniel y Mónica murieron en el acto.

—Lo siento.

—La policía dijo que a la camioneta se le rompió la dirección, se salió de su carril y Daniel no supo reaccionar.

—Fue un accidente.

—Si yo no hubiese insistido, ellos dos seguirían vivos. Si yo no hubiese estado tan borracho, Daniel y Mónica seguirían vivos. Fue culpa mía y lo sé. Tendría que haber muerto yo, no ellos.

—Eso no es verdad. No tendría que haber muerto nadie. Fue un accidente —repitió Olivia.

—Los padres de Daniel me odian. Ahora hace tiempo que no sé nada de ellos, pero me culpan de la muerte de su hijo. Y con razón. Yo sigo vivo y Daniel no. Mónica y él habrían hecho algo con su vida, mientras que yo me he pasado los últimos seis años deprimido, borracho y malgastando los días sin ningún sentido.

—Puedo entender su dolor, tiene que ser horrible perder a un hijo de repente, pero no deberían culparte de algo que no fue culpa tuya. A esa furgoneta se le rompió la dirección.

—Y Daniel iba conduciendo mi coche destartalado porque yo estaba borracho en el asiento trasero —insistió Marc.

Olivia se quedó en silencio y pensó en lo que le había contado y en el modo en que lo había hecho.

—¿Por qué me estás contando todo esto precisamente ahora?

—Daniel y Mónica iban a casarse —dijo Marc a modo de explicación—. Él tenía un buen trabajo y ella estaba a punto de terminar la carrera. Al principio me dije que el mejor modo de honrar su memoria era viviendo una vida plena, pero cada vez que sentía la más mínima alegría, me sentía culpable. Yo estaba aquí y ellos no. Con el paso del tiempo, me resultó mucho más fácil, y mucho menos doloroso, dejar de sentir.

Hasta esa frase, Marc había mantenido la cabeza gacha, pero entonces la levantó y miró a Olivia a los ojos.

—Hasta que te conocí y vine al Hotel California. Contigo me resultó imposible no sentir nada, aunque no quería no sentir nada. Por eso no te conté que me llamaba Marc y que era veterinario, porque si reconocía quién era, también tendría que contarte mi pasado y sabía que entonces me echarías de tu lado. Una chica como tú merece un hombre mucho mejor que yo. Y esta frase sí puedo decirla. Yo maté a mi mejor amigo y a su novia porque quería echar un polvo y me he pasado los últimos seis años huyendo de la vida y refugiándome en cosas tan vacuas como el alcohol o el sexo para huir de mis recuerdos. Estos meses contigo han sido los mejores de mi vida y sé que, aunque tuviese mil vidas más, en ninguna me enamoraría de otra mujer que no fueses tú. Por eso y porque creo que a estas alturas no tengo nada que perder, voy a pedirte que me des una oportunidad. Te quiero, Olivia Millán.

Ella no sabía qué decir. La historia que Martí le había contado era demoledora y no le deseaba a nadie tener que superar una tragedia como esa. Pero le había mentido, le había ocultado su identidad durante varios meses, un tiempo durante el cual ella se había enamorado por primera vez en su vida de un hombre que no existía.

«¿O sí?»

Marc interpretó su silencio como el rechazo que ya esperaba y se puso en pie. Tiró de la maleta que había dejado en el suelo y después fue a por la bolsa que había encima de la mesa.

—Iré a la notaría a firmar los papeles. Te he dejado mi dirección y mis teléfonos apuntados en este papel. —Lo dejó en la mesa—. Por si me necesitáis para algo. Cuídate, Millán, y sé feliz por mí. Te echaré de menos —añadió, mirándola por última vez. Entonces se dio media vuelta y se encaminó hacia la puerta.

—Espera.

22

Marc se detuvo al oír la voz de Olivia. Apoyó la frente en la puerta e intentó calmar su respiración.

—Espera —repitió ella—. La muerte de Daniel y de Mónica no fue culpa tuya. Es más que evidente que te has castigado por ello y que deberías dejar de hacerlo. Nada de lo que hagas conseguirá traerlos de vuelta.

Marc cerró los ojos. Ella lo estaba consolando, pero hasta el momento nada indicaba que estuviese dispuesta a darle una oportunidad.

—Lo sé, pero la realidad es que estaba borracho, que era mi coche y que fui yo el que los convenció. Y tengo que vivir con ello. —Cerró los dedos alrededor del picaporte.

—Por eso no bebes nunca —dijo Olivia de repente.

No quería que Martí se fuese, pero tampoco estaba preparada para decirle las palabras que lograrían que se quedase para siempre.

—No bebo desde que te conocí —reconoció él. Había llegado el momento de no ocultar nada y de ser completamente sincero—. Hay noches en las que no puedo dejar de pensar en el accidente. Oigo los gritos de Daniel y noto cómo se me clavan los cristales en la piel. El alcohol diluye los recuerdos.

—Yo nunca te he visto beber y nunca has tenido una pesadilla estando conmigo.

—Estando contigo —repitió él—. La tuve la noche antes de venir aquí. Desde el accidente, solo he recurrido al alcohol para entumecerme emocionalmente. Estando contigo no quería perderme nada, no quería dejar de sentir nada, así que no me hacía falta beber.

—Yo nunca le había dicho a nadie que lo quería. Y ahora tengo la sensación de que se lo he dicho a un fantasma. —Sentía la necesidad de ser tan sincera como él lo estaba siendo—. A un hombre que no existe.

Marc suspiró y comprendió lo que ella le estaba diciendo. Podría pasarse horas intentando convencerla de que ese hombre existía y era él, pero conocía a Olivia y sabía que, mientras se sintiera tan dolida, no lo conseguiría.

—¿Qué quieres que haga? —le preguntó él, indefenso.

—No lo sé —contestó ella con brutal honestidad—. Ahora tengo que solucionar lo del testamento. No pienso permitir que mi madre se quede con el hotel. No puedo quitarme de la cabeza que me has mentido. Quizá en tu mente y en tu corazón estuvieses siendo sincero conmigo, pero yo no puedo dejar de pensar que no ha sido así.

—Comprendo.

—No, no creo que lo comprendas —susurró.

—Pues explícamelo, por favor —le pidió Marc dándose media vuelta para mirarla.

—Mi madre es la reina de las mentiras. De pequeña me mentía cuando se iba de viaje, cuando cambiaba de amante, cuando nos mudábamos de casa. Me mentía acerca de todo. Estuvo años diciéndome que mi abuelo no me quería. Y luego, cuando se casó con mi padrastro, intentó hacerme creer que era mi verdadero padre. Nicolás también me mintió, me fue infiel y se acostó con una mujer tras otra en la cama en la que supuestamente iba a dormir conmigo cada noche. Y a los dos los perdoné muchas veces. Demasiadas.

—Y a mí no puedes perdonarme —dijo Marc, resignado.

—No creas que todo esto me está resultando fácil. Hay una parte de mí que quiere ponerse en pie y abrazarte, besarte y decirte que no pasa nada. Pero sé que tu mentira, tu engaño, me ha dolido de un modo como nunca me habían dolido las mentiras de mi madre ni las de Nicolás. Si ahora te perdono, haremos el amor y quizá estemos bien durante un tiempo, pero algún día empezaré a cuestionarme si estás siendo sincero conmigo, si me estás engañando. Y me despreciaré por ello. Y a ti.

—Yo nunca quise mentirte, Millán. Nunca. Y exceptuando mi nombre y los comentarios acerca de la primera vez que Álex conoció a tu abuelo, jamás lo he hecho.

—Quiero creerte, pero sencillamente no puedo. Todavía no.

Ese «todavía» hizo que a Marc se le acelerase el corazón.

—¿Crees que algún día podrás perdonarme y darnos una oportunidad? —le preguntó él directamente, pues no quería hacerse ilusiones.

—Dame tiempo, Marc —pronunció su nombre por primera vez y le sonó extraño, falso. Para ella él era Martí, pero sabía que no podía refugiarse en eso, que si quería estar de nuevo con él tenía que asumir que Marc y toda la historia que él acababa de contarle formaba parte de él.

Ella le había llamado por su nombre y el corazón de él intentó latir de nuevo.

—De acuerdo. Todo el tiempo que necesites. —En los ojos de ella apareció durante un instante un brillo especial y Marc supo que quería decirle algo más—. ¿Qué sucede, Millán? Desembucha.

Quería irse de allí con toda la verdad, así sabría a qué atenerse en el futuro.

—Sé que no debería decirlo —empezó—. No sé cuánto tiempo tardaré en perdonarte. O si, cuando lo haga, creeré que existe algo entre tú y yo.

—Habla de una vez.

—No pretendo que me seas fiel durante todo este tiempo —añadió con las mejillas sonrojadas.

—¿Qué has dicho?

—Nicolás me fue infiel una vez tras otra y tú mismo me has dicho que antes de conocerme salías mucho y que... En fin, solo quería que supieras que tú y yo..., que no es necesario que te contengas.

—Para —le ordenó él y entonces Olivia lo vio furioso de verdad. Mucho más de lo que lo había estado antes con su madre—. No tengo que contenerme, ni siquiera puedo imaginarme con otra mujer. Te quiero, Millán, y si necesitas tiempo, te esperaré todo el que haga falta. Toda la vida.

—No es necesario.

—Toda la vida.

—No te lo estás tomando en serio.

Marc soltó la maleta y la bolsa y se acercó a la cama a pasos agigantados. Una vez allí, se arrodilló frente a Olivia y le sujetó el rostro entre las manos.

—Tú eres lo más importante que me ha sucedido en la vida. Te quiero. Y no sé qué haré para superar los días, semanas, meses o años que estemos separados. Pero lo haré. Haré todo lo que sea necesario para seguir comportándome como un hombre digno de estar contigo, digno de tener una segunda oportunidad en la vida. Así que no me digas que no me lo tomo en serio, Olivia. Me he enamorado de ti, he sido capaz de entregar mi corazón, un órgano que creía no tener, a otra persona, y el tiempo no cambiará nada.

Le dio un beso idéntico al primero y distinto a cualquier otro que le hubiese dado. Ella le sujetó las muñecas y se lo devolvió desde el primer segundo. Sus lenguas bailaron juntas y Marc pegó el torso al suyo para sentirla cerca. La oyó suspirar y a él se le aceleró el corazón. Quería hacerle el amor, volver a acariciar su cuerpo, recuperar su aroma y capturarlo en sus pulmones, pero tendría que conformarse con aquel beso. Y si no dejaba de besarla, ya no podría hacerlo.

—Te esperaré —repitió, tras ponerse en pie.

Se encaminó hacia la puerta y cerró sin mirar atrás.

Marc abandonó el hotel sin detenerse en la recepción y sin despedirse de nadie, ni siquiera de Tomás. No sabía qué decirles y en su interior tenía que creer que algún día no muy lejano volvería a verlos y les pediría disculpas por su abrupta partida.

Se metió en su coche y condujo hasta la notaría. Enrique estaba furioso con ellos y no tuvo ningún reparo en demostrárselo, pero por fortuna había sido un gran amigo de Eusebio Millán y quería mucho a su nieta, y por eso estaba dispuesto a hacer la vista gorda en algunos detalles. Pediría los favores que hiciera falta con tal de solucionar aquel desastre y esperaba que ni él ni su hermano gemelo volviesen a cometer una temeridad semejante.

Marc aguantó la bronca sin rechistar, se merecía todos y cada uno de esos reproches, y concluido el trámite condujo hacia casa de sus padres.

23

San Francisco

Después de la muerte y del funeral de la madre de Sara, Álex se quedó en San Francisco a pesar de que ella no había vuelto a verle y no había respondido a ninguno de sus mensajes. La última vez que estuvo con ella fue el día del funeral al que él asistió y conoció a su padre.

Álex se quedó en pie en la parte de atrás de la pequeña iglesia y solo se acercó a ellos una vez terminada la ceremonia y cuando ya no les quedaba nadie más a quien saludar. Sara se abrazó a él y lloró mientras él le acariciaba la espalda. Después, Sara se disculpó y dijo que quería despedirse de una de las amigas de su madre, dejando a Álex solo con su padre.

—Soy Álex Martí. —Le tendió la mano—. Lamento mucho su pérdida.

—Gracias por cuidar de mi hija. —Le estrechó la mano.

Ginés Márquez fue escueto y educado con Álex; intercambiaron pocas frases, pero fueron suficientes para que Álex supiera que Ginés regresaba a Madrid al cabo de pocos días y que le había ofrecido a su hija que lo hiciera con él, a lo que ella se había negado en redondo. Si su padre no había logrado que Sara se plantease siquiera la posibilidad de volver a España, Álex dudaba que él fuera a conseguirlo. Por ahora no se atrevía ni a sugerírselo.

La noche del funeral no le sorprendió que Sara llamase a su puerta ni que tirase de él nada más entrar para besarle y desnudarle. Esa noche no se resistió, a pesar de que sabía que ella estaba allí en busca de una vía de escape para el dolor y la rabia que sentía. La besó y acarició hasta que los dos cayeron dormidos exhaustos en la cama. La mañana siguiente se despertó solo y esta vez buscó con esmero una nota. Cuando la encontró la leyó en voz alta.

Lo siento, Álex. Ayer no tendría que haber venido. No tendría que haberte utilizado de esta manera, ni ayer ni las otras veces. Lo siento, pero ahora mismo no puedo estar contigo. Gracias por ser mi refugio durante este tiempo.

Él le envió un mensaje como respuesta:

Quedamos en que no tenías que darme las gracias. Me quedo en San Francisco. Esto no es una despedida.

Sara vio el mensaje, al menos eso indicaban las dos rayas azules que aparecieron en la pantalla del teléfono, y después silencio. Nada más. Álex dobló la nota y cerró el puño alrededor de ella. De eso hacía ya unas semanas.

En el trabajo habían accedido a que, una vez finalizada la compraventa del Fairmont, siguiera trabajando desde la sede de San Francisco y también permitieron que siguiera instalado en la habitación del hotel de la cadena. A pesar de las facilidades, Álex sabía que no podía seguir allí para siempre. Ahora que por fin había conseguido salir del limbo en el que estaba atrapado en Barcelona, estaba impaciente por que su vida siguiera adelante. Gracias al tiempo que había pasado lejos de casa, a la distancia, y en especial a Sara, que sin proponérselo le había recordado que tenía corazón, ahora Álex sabía quién era y se sentía cómodo en su piel. No diría que era feliz, para eso necesitaría como mínimo tener una larga conversación con la chica responsable de haberle devuelto al mundo de los vivos, pero intuía que podía llegar a serlo.

Cada tarde, cuando apagaba el ordenador, salía a correr un rato y después nadaba en la piscina de un gimnasio que había descubierto cerca del hotel. Cuando salía de allí, a veces iba a la biblioteca y otras a una pequeña librería y elegía la novela que iba a acompañarlo esa noche o unas cuantas más. No era una mala rutina, pero no se engañaba a sí mismo: no podía seguir así eternamente.

Esa mañana se había despertado con un mal presentimiento que la ducha de agua caliente no consiguió quitarle de encima. Álex intentó no hacerle caso y se vistió dispuesto a afrontar el día con el poco optimismo que le quedaba. Tenía un par reuniones, lo que significaba que estaría fuera varias horas, y después tal vez aceptaría salir a tomar algo con los compañeros de la oficina, que llevaban días insistiéndole.

Salía de la primera reunión cuando le sonó el móvil y vio el número de su hermano Marc. Contestó sin dudarlo.

—Álex, tienes que volver. Tienes que volver cuanto antes.

—¿Qué ha pasado? —la voz de Marc le puso en alerta—. ¿Estáis todos bien en casa?

—Sí, sí, en casa todos estamos bien. Es Millán, Olivia. —Marc se corrigió—. Su madre ha averiguado que ocupé tu lugar el día de la lectura del testamento y amenaza con impugnarlo. Olivia no puede perder el hotel, Álex. No puedo hacerle eso. Tienes que volver.

Álex, que estaba en plena calle, se apartó del flujo de gente y se refugió en la entrada de un edificio para hablar con su hermano.

—Cuéntame qué ha pasado.

—La madre de Millán sabe que mentimos, que me hice pasar por ti, y ha amenazado a Olivia con denunciarnos por falsedad documental e impugnar el testamento. Si lo consigue, el hotel pasará a sus manos y Millán perderá lo que más quiere en este mundo. Y eso no voy a permitirlo, Álex. Me lo debes.

—Eh, tranquilo, cuenta conmigo. Por supuesto que no vamos a permitir que Olivia Millán pierda el hotel.

Notó la sorpresa de su hermano a través del auricular.

—¿Lo dices en serio?

—¿De verdad creías que iba a negarme?

—No estaba seguro —respondió Marc con sinceridad—. Te fuiste diciendo que no soportabas tenerme cerca y llevas semanas en Estados Unidos. Sé que últimamente hemos hablado un poco más, pero después de lo que ha sucedido con Millán creo que empiezo a entender por qué nadie quiere estar cerca de mí.

—Nunca dije que no soportaba estar cerca de ti y, si eso es lo que creíste, Marc, lo siento. Eres mi mejor amigo y quiero que formes parte de mi vida, no solo porque seas mi hermano. Me asusté cuando sufriste ese accidente —confesó— y supongo que ni tú ni yo supimos reaccionar después. Tenemos mucho de qué hablar cuando regrese.

—El accidente fue culpa mía y tú no hiciste nada malo, Álex. En realidad, este viaje, que me obligases a hacerme pasar por ti en el Hotel California, es lo mejor que me ha pasado en la vida.

Álex tomó aliento.

—Creo que ese hotel es lo mejor que nos ha pasado a los dos, por eso no vamos a permitir que tu chica lo pierda. Dime qué tengo que hacer.

Marc le contó que en la notaría donde habían leído el testamento le estaban esperando para que firmase unos documentos. Por suerte el notario era un buen amigo del fallecido señor Millán y estaba dispuesto a ayudarles. Tenían que darse prisa, pues no podían permitir que la madre de Olivia tuviera tiempo de hacer realidad sus amenazas. Álex buscó el primer vuelo que salía de San Francisco rumbo a España y en cuanto tuvo el billete confirmado le mandó los datos a su hermano. Después fue al hotel e hizo el equipaje. Le costó no dejarse llevar por ciertos recuerdos, no ver a Sara tumbada en la cama o recién salida de la ducha llevando una de sus viejas camisetas, pero se dio prisa porque tenía cosas que hacer antes de ir al aeropuerto.

Pasó por la oficina de San Francisco para despedirse y también llamó a la de Barcelona para avisar que se iba de la ciudad y regresaba a

España. Les dijo que iba a necesitar un par de días para resolver ciertos asuntos personales y tuvo la suerte de que no le pusieran ninguna pega. Si se la hubieran puesto, habría lidiado con ella, pero por nada del mundo habría fallado a Marc. Con las cuestiones prácticas resueltas, se dirigió a la única cita importante antes de su partida. Detuvo un taxi y le dio la dirección del apartamento de Sara.

El taxi se detuvo frente al edificio y Álex tomó aire antes de abandonar el vehículo. El portero que había conocido días atrás estaba en la puerta y le miró expectante.

—Buenas tardes, Manuel. ¿Sabe si la señorita Márquez está en casa?

—Espere dentro —le indicó—. Voy a llamar para averiguarlo.

Álex esperó. Si ella no estaba en casa, dudaba que le respondiera el teléfono si la llamaba. Las únicas opciones que le quedarían entonces serían escribirle una nota o dejarle un mensaje de voz, y ninguna acababa de gustarle.

—La señorita Márquez está arriba. Dice que puede subir a verla.

—Gracias. ¿Le importa que deje aquí el equipaje? —Señaló la maleta que tenía a los pies y la bolsa que llevaba colgando del hombro.

—No, adelante. Puede dejarlo aquí conmigo.

Álex volvió a darle las gracias a Manuel y subió al apartamento de Sara. Ella estaba esperándole en la puerta cuando salió del ascensor. Estaba más delgada y saltaba a la vista que no podía dormir y que se pasaba horas llorando. Álex la odió un poco por no haberle pedido ayuda esos días y acto seguido se obligó a recordar que ella no le debía nada y que si no quería verle estaba en su derecho.

—Hola, Sara.

—Hola —dijo ella observándole confusa—, ¿qué haces aquí?

—¿Puedo pasar?

Sara se apartó y le dejó entrar. El apartamento estaba igual que el día que él lo había visto por primera vez, exceptuando unas cuantas cajas de cartón que había abiertas en el suelo con algunas cosas dentro.

—¿Estás ordenando las cosas de tu madre?

—No. Las estoy guardando.

Álex no sabía si eso significaba que se estaba planteando la posibilidad de vender o alquilar el apartamento y regresar a España o si, sencillamente, era lo que había dicho ella, que estaba ordenando.

—¿Has vuelto al trabajo?

Sara caminó hasta la cocina y abrió el grifo para llenar un par de vasos de agua.

—Aún no —le respondió sin dar más detalles—. ¿Qué estás haciendo aquí, Álex?

—Supongo que he venido a despedirme.

El sonido de un vaso rompiéndose contra el suelo fue la única prueba que tuvo Álex de la reacción de Sara, porque su rostro se mantuvo impasible. Él desvió la vista hacia el estropicio.

—No te muevas —le dijo a ella—. Vas descalza.

Sara bajó la mirada hacia sus pies como si se hubiese olvidado de que solo llevaba calcetines. Álex recogió el estropicio lo mejor que pudo. Agachado delante de ella buscó hasta el último cristal y secó el agua con un trapo. Cuando se levantó dejó el trapo en la encimera y miró a Sara a los ojos.

—¿Puedo abrazarte?

Ella asintió y apoyó la cabeza en el torso de él, donde por fin consiguió tomar aire.

—Álex, no es justo lo que te estoy haciendo.

—No me estás haciendo nada que yo no quiera, Sara.

Ella le rodeó la cintura con los brazos y apretó fuerte.

—¿Vuelves a Barcelona?

—Tengo que irme. Mi hermano Marc me necesita y se lo debo. Los dos cometimos una estupidez hace unos meses; le pedí que se hiciera pasar por mí en un asunto legal y ahora una persona importante para él puede tener problemas. Tengo que ir a ayudarle.

—Siempre ayudas a los demás.

—Eso no es cierto, te lo aseguro. Es algo muy reciente.

—A mí siempre me has ayudado, incluso cuando haciéndolo has salido perjudicado.

—Exacto, es algo muy reciente. Y me gusta mucho más ser así que como era antes, créeme. —Le acarició el rostro y dejó un beso en su pelo—. Tengo que darte una cosa.

La apartó un poco y ella se quedó mirándole mientras él sacaba del bolsillo unas gafas.

—Son mis gafas; creía que las había perdido.

—Te las olvidaste en la habitación de Las Vegas; las he tenido todo este tiempo. Perdona, supongo que tendría que habértelas devuelto antes.

—¿Y por qué no le hiciste?

Álex se rio de sí mismo y las dejó en la mesa que tenía cerca.

—Las he llevado conmigo todo este tiempo porque me gustaba tener algo tuyo. Después de nuestra noche en Las Vegas, cuando no te encontré en ninguna parte, pensé que te había imaginado.

—Tal vez habría sido mejor para ti que no nos hubiéramos conocido; no he hecho más que complicarte la vida.

—No has hecho tal cosa. —Le levantó el mentón con un par de dedos—. Mi vida es mucho mejor porque te conocí.

—Seguro. Te he hecho tan feliz que estás aquí para decirme que te vas.

Álex frunció las cejas.

—Nunca me has pedido que me quede. No has vuelto a llamarme desde... desde el funeral de tu madre y dudo que me hubieses contestado si lo hubiese hecho yo.

—Tienes razón. Tienes motivos de sobra para irte.

Álex no pudo más, le sujetó el rostro suavemente entre las manos y la besó.

—Estoy enamorado de ti, Sara. Me hechizaste y sedujiste en Las Vegas, cuando lo nuestro parecía una escena sacada de una película romántica, y me he enamorado perdidamente de ti estas últimas semanas cuando el mundo real casi nos aplasta. Regreso a España porque tengo que ayudar a mi hermano y a su chica, porque se lo debo y porque sé que no puedo quedarme y obligarte a aceptar lo que existe entre nosotros.

Tienes que verlo tú sola. Yo puedo encontrarte en mitad del camino, no puedo recorrerlo todo yo solo. No funcionaría.

—Mi vida es un desastre, Álex.

—Tú solo dime si estás enamorada de mí, si quieres dar una oportunidad a lo nuestro.

—Es demasiado pronto, Álex. Me han pasado demasiadas cosas.

—Lo sé. —Se agachó y le dio otro beso antes de apartarse—. Ojalá la vida fuese más ordenada, pero no lo es. La muerte de tu madre no tendría que haber coincidido con nosotros, yo no tendría que haber escrito ese informe y después conocerte a ti en Las Vegas. La lista puede llegar a ser interminable y nada logrará cambiarla.

—¿Qué estás diciendo?

—Que te quiero ahora cuando tu vida es un desastre y te querré cuando no lo sea. Las circunstancias que te rodean son solo eso, circunstancias, puedo adaptarme a ellas si tú me dejas y puedo ayudarte a superarlas. Pero tienes que dejarme entrar, tienes que querer estar conmigo tanto como yo contigo.

—Te vas a Barcelona.

—Sí, pero puedo volver, si quieres. O puedo reunirme contigo en cualquier otra parte.

—Yo... yo no sé qué voy a hacer.

Álex no tenía más tiempo. Tenía que irse de allí cuanto antes si no quería perder el vuelo.

—Creo que sí lo sabes —se arriesgó a decirle—. Creo que lo sabes y te da miedo decirlo en voz alta.

Los ojos verdes de Sara brillaron de un modo distinto y Álex supo que había dado en el clavo.

—Vete, Álex. Lo nuestro no va a funcionar.

—Sabes que eso no es verdad.

Sara le miró a los ojos. Álex acababa de decirle que estaba enamorado de ella y a ella se le había parado el corazón porque en cada beso, en cada mirada, en cada caricia que él le había dado durante ese tiempo, se escondía la verdad de aquel sentimiento. Álex la quería y ella era un desastre. Ella no sabía si vender el apartamento de su madre y regresar a España o si prefería quedarse en Estados Unidos y cambiar de trabajo o buscarse la vida en otro lugar del mundo. Estaba demasiado triste para decidirlo y no era justo que le arrastrase a él hacia esa tristeza. ¿Qué podía ofrecerle a Álex? Nada. Sara le miró y comprendió que él decía la verdad, ese chico tan maravilloso la quería, se había enamorado de ella. ¡Dios! Si llevaba semanas con sus gafas guardadas en el bolsillo. Si ella le daba la más mínima esperanza, Álex pondría su vida patas arriba para ayudarla. No podía hacerle eso; ya le había utilizado demasiado. Lo mejor que podía hacer por él era dejarle marchar.

—Sí que lo es. No funcionaríamos. Apenas nos conocemos.

Álex se cruzó de brazos y Sara adivinó que le había hecho daño. Tenía que seguir.

—Te he utilizado, Álex. Lo siento, pero esa es la pura verdad. Te he utilizado para no estar sola y desconectar, y por eso te doy las gracias. —Sabía que esa frase le molestaría—. Pero yo no siento lo mismo que tú. Lo siento. Yo no estoy enamorada de ti.

Álex soltó el aliento.

—De acuerdo. Tú ganas. Me doy por vencido.

—¿En serio?

—En serio. No puedo convencerte de que me quieres, no serviría de nada. Y aunque estoy enamorado de ti y siento aquí dentro que tú también lo estás de mí, si tú no quieres verlo nada de lo que yo haga podrá demostrártelo. —Álex se apartó de ella y volvió a agacharse para comprobar que no quedaba ningún cristal—. Creo que puedes caminar sin problemas, pero yo me pondría unos zapatos.

—Gracias —balbuceó confusa—. ¿Cuándo te vas a Barcelona?

Álex miró el reloj.

—Dentro de un rato. Debería irme ya. He dejado el equipaje abajo. —Miró a su alrededor como si estuviera buscando algo sin encontrarlo.

—No funcionaríamos —siguió Sara a pesar de que él había dejado el tema por zanjado—. Somos demasiado distintos. Lo que sucedió en Las Vegas no fue real, tú mismo lo has dicho, y lo que ha pasado estas semanas ha sido muy dramático. Es normal que estés confuso y que no veas las cosas como son.

Él se puso las manos en los bolsillos.

—No tenemos nada en común.

—Si tú lo dices... Pero que conste que yo no estoy confuso y tú tampoco. Tú estás asustada. Sabes que lo nuestro es real, de hecho estoy seguro de que te pasa como a mí, que llevas semanas, desde Las Vegas, imaginando nuestro futuro juntos y te da miedo. Te da miedo porque acabas de ver la muerte de cerca y porque has comprendido que la vida puede ser una auténtica mierda cuando pierdes a alguien que quieres y te aterroriza perder a alguien más. A mí también, no voy a engañarte. Estoy muy asustado, pero no por eso voy a darle la espalda a lo mejor que me ha pasado en la vida.

—Te marchas.

—Y te he dicho que volveré, solo tienes que pedírmelo.

—No. —Sara sacudió la cabeza—. No voy a hacerlo. Es mejor así.

—Está bien. —Álex caminó hasta la puerta y la abrió, pero entonces se lo pensó mejor y dio media vuelta para caminar enfadado hasta donde Sara seguía inmóvil. Agachó la cabeza hasta que sus miradas quedaron a la misma altura—. Quiero que sepas que ni por un segundo me he creído nada de lo que has dicho, pero sé que no puedo obligarte a cambiar de opinión ni a reconocer lo que sientes, así que adiós, Sara.

A ella le brillaron los ojos en cuanto él le dio la espalda y no pudo evitar susurrar.

—No habría funcionado.

Álex no se dio media vuelta cuando le respondió.

—Pero durante un instante hemos estado a punto de conseguirlo.

Cuando dejó de llorar, Sara se dio cuenta de que él había vuelto a llevarse sus gafas.

24

Marc habría podido volver directamente a su apartamento y no ver a nadie durante días, o incluso semanas. Pero al parecer, cuando uno se libra de la armadura que se ha autoimpuesto en el alma, no puede volver a colocársela. No quería estar solo, no quería beber y no quería huir del dolor que estaba sintiendo por el rechazo de Millán porque eso significaba que le importaba. «No te ha rechazado, te ha pedido tiempo.» No quería seguir castigándose por estar vivo.

Si existiera una manera, una sola, de hacer volver a Daniel y a Mónica, lo haría sin dudarlo, fuera cual fuese el precio que tuviese que pagar. Pero no existía. Daniel y Mónica estaban muertos y sí, la noche del accidente él podría haber hecho millones de cosas distintas, pero nunca habría podido hacer nada para evitar que a aquella camioneta se le rompiese la dirección.

Él sabía que sus padres lo habían pasado muy mal durante los días que estuvo en coma y también que todos sus hermanos, en especial Álex, habían intentado ayudarlo y habían aceptado que se negase a hablar del asunto, pues no querían hacer nada para inquietarlo.

Ser Martí le resultó fácil, porque cuando llevaba ese nombre no sentía el peso de la culpabilidad y de los remordimientos. Y tampoco tenía que asumir que le había cerrado las puertas a la vida, a la posibilidad de tener un futuro.

Millán, sin quererlo y sin ser consciente de ello, había derribado esas puertas, pero ahora le tocaba a él enfrentarse a todos sus miedos y luchar por ser el hombre que de verdad podía ser y merecía ser. Un hombre con un pasado más que defectuoso, pero que estaba dispuesto a luchar para tener un futuro.

Decidido a empezar a vivir ese futuro lo antes posible, condujo hasta casa de sus padres. Quería contarles lo que había hecho esos meses, decirles que se había enamorado. Y necesitaba explicarles cómo se había sentido después del accidente. Aparcó y entró en la casa sin llamar, pero tras un minuto, se dio cuenta de que sus padres no estaban.

—Papá y mamá no están —le confirmó Martina bajando la escalera—. Han ido al cine.

Marc sonrió. Él había tenido una epifanía y sus padres estaban en el cine. Típico de su vida.

—¿Sabes a qué hora volverán?

—No tengo ni la más remota idea. —Su hermana se le acercó, mirándolo como si no lo hubiese visto nunca—. Ya sabes cómo son, probablemente irán a cenar. A ti te pasa algo, ¿no?

—No me pasa nada.

Una cosa era confesarle la verdad a sus padres y otra muy distinta sincerarse con Martina, la pequeña de las niñas y quizá la más descarada de la familia. Y la única con la que Marc había discutido a gritos en una ocasión, un par de años atrás, cuando ella le dijo que quizá tuviese un problema con la bebida. Marc no se lo había dicho nunca a nadie, pero fue a partir de aquella horrible discusión con ella cuando empezó a vigilar lo que bebía (exceptuando la semana del aniversario del accidente). Le había ido por los pelos, pero a pesar de que su hermana probablemente le había salvado el hígado y la vida, Marc casi dejó de hablarle y siempre intentaba evitarla.

—Está bien —dijo Martina resignada, pues ya se había acostumbrado a sus desplantes—, no me lo cuentes si no quieres. Pero a ti te ha pasado algo y deberías hablar con alguien. Guillermo y Emma han venido a pasar el fin de semana aquí, pero ahora mismo están dando un paseo.

Ágata y Gabriel están en Londres, Helena y Anthony en Barcelona, y Álex...

—Álex aterriza en Barcelona mañana; iré a buscarle. Si quieres puedes acompañarme al aeropuerto —la interrumpió Marc.

—¿Y a él aún no se lo has contado? ¡Vaya! Bueno, entonces supongo que tendrás que esperar a que vuelvan papá y mamá, o Guillermo. Yo ahora iba a ver una peli. Te invitaría, pero hoy no me apetece que me insultes, así que...

—¿Qué peli?

Martina tardó varios segundos en reaccionar y levantar los dos DVD que llevaba en la mano.

—Estoy dudando entre *Le llaman Bodhi* y *Mientras dormías*.

—¡Dios! ¿Por qué no hay en esta casa nadie con gustos cinéfilos decentes?

—Ahora tenemos a Anthony —le recordó su hermana. Su último cuñado era un enamorado del cine clásico.

—Cierto. Un momento... ¿Una de Keanu Reeves y otra de Sandra Bullock? —Marc ató cabos—. Tú te has peleado con un chico.

—¡Ah, no! Eso sí que no. Sí tú no me cuentas nada a mí, yo tampoco a ti.

—Está bien. Si pones *Le llaman Bodhi*, me quedo a verla —dijo Marc de repente y Martina se quedó tan sorprendida que casi se tropieza con el sofá. Por fortuna, reaccionó a tiempo.

—Vale, pero mientras yo voy poniendo la película, tú preparas palomitas. Mamá guarda las bolsas junto al micro.

Ella se dirigió a cumplir su misión y Marc se ocupó de la suya. Cuando entró en el salón, la primera escena de la película estaba congelada en el televisor. Martina estaba sentada en medio del sofá, rodeada de cojines, y Marc aprovechó para mirarla. Llevaba una falda larga, una camiseta y cientos de pulseras en una muñeca.

Todas sus hermanas eran muy guapas e increíblemente distintas entre sí, pero Martina siempre le había parecido especial. Quizá se debiera a su carácter tan imprevisible.

—¿Y las palomitas? —preguntó ella levantando ese brazo y las pulseras sonaron como pequeños cascabeles.

—Aquí. —Marc le pasó un cuenco y se sentó a su lado.

Vieron más de cuarenta minutos de película en silencio, pero de repente Martina dijo:

—¿Tú crees que hay personas, relaciones, mejor dicho, que son incompatibles con tus ambiciones, con tus sueños profesionales? Quiero decir... si esa chica de la que no me has hablado y que finges que no existe te hiciera elegir entre tu pasión por los animales y ella, ¿qué harías?

Marc se quedó mirando a su hermana. Meses atrás habría hecho alguna broma absurda o habría esquivado el tema, pero ahora sabía que eso no servía de nada y que era mucho mejor ser sincero y reconocer lo que uno sentía que mantenerlo encerrado dentro y permitir que las dudas, los miedos o lo que fuera fermentase en tu interior y se convirtiese en veneno.

—Creo que si una persona te hace elegir de esa manera, no es alguien que debas tener en tu vida. Cuando quieres a alguien, sea como amigo o como pareja, quieres lo mejor para esa persona y estás dispuesto a todo para hacerla feliz. Incluso a dejarla y a apartarte de su lado. No la haces elegir y sacrificar algo que la hace feliz.

—¿Y cómo sabes si esa persona se está sacrificando por ti y no te está echando de su vida porque no encajas en ella? Porque no hay lugar para ti en el plan que se ha trazado.

—No lo sé, supongo que la única opción es confiar. Confiar en ti y en esa otra persona, confiar en lo que os une.

—¿Es lo que vas a hacer tú? ¿Confiar?

—No me queda más remedio. La otra opción, creer que Millán, así se llama mi chica, Olivia Millán —le cambió el rostro al pronunciar su nombre—, creer que Millán no va a darnos otra oportunidad me parece demasiado... triste. Este no puede ser el final de nuestra historia, ¿sabes?

Martina asintió pensativa.

—Me gusta que la llames Millán —dijo pasados unos segundos—. Y me gusta que hables de ella, que confíes en vosotros. Es un buen consejo.

Marc se rio de sí mismo.

—¿Quién lo diría, eh? Yo dando consejos. —Se frotó la nuca y carraspeó—. ¿Y a qué ha venido todo esto?

—Leo tiene un plan y al parecer yo no encajo en él —contestó Martina—. Lo peor de todo es que no se decide y me está volviendo loca —suspiró—. Me está haciendo daño. Si creyera que no quiere estar conmigo todo sería más fácil; al menos así podría enfadarme con él y empezar a olvidarle.

—¿Leo?

—Le viste hace años en una fiesta, pero dudo que te acuerdes de él.

—Creo que me acuerdo. ¿El chico con el que saliste a hablar en esa fiesta de la Facultad de Derecho?

—El mismo.

—¿Y has estado con él todo este tiempo?

—No. Es complicado. Déjalo. No tendría que haber sacado el tema. Siempre hago lo mismo. Me cuesta entender que hay gente que no es como yo, gente como tú y como Leo a quien no le gusta hablar de sus sentimientos y de sus problemas. Gente que se enfada y te echa de su vida cuando te pones pesada.

Marc no sabía qué había hecho el tal Leo, aunque si algún día volvía a verle se encargaría de cantarle las cuarenta por haber hecho sentir a su hermana que era una pesada, cuando era la persona más generosa y cariñosa que él conocía y siempre se desvivía por hacer felices a los demás antes que a ella. Pero si estaba enfadado con Leo, y lo estaba, también tenía que estar furioso consigo mismo porque él le había hecho lo mismo a Martina años atrás; cuando ella intentó ayudarle con sus problemas con la bebida y él la echó de su lado. Esos últimos meses había recuperado a Álex, o eso esperaba, y de repente comprendió que con Martina tenía que hacer lo mismo y que su hermana pequeña se merecía no solo una explicación sino también una disculpa. Respiró hondo, puso la película en pausa, y empezó a hablar con la esperanza de que Martina le diese también una segunda oportunidad:

—Siento mucho lo que te dije aquel día, Martina. Tenías razón, estaba bebiendo demasiado. —Marc vio que giraba poco a poco la cabeza hasta toparse con sus ojos. Siguió—: Al día siguiente empecé a controlarme y solo me sobrepasé durante la semana del aniversario del accidente. Tengo pesadillas, ¿sabes?

Ella negó con el gesto, pero no dijo nada, consciente de que él tenía que seguir hablando.

—Sueño con el momento en que el coche chocó con la furgoneta. Oigo los gritos de Daniel y de Mónica y noto cómo se me clavan los cristales en la cara. Luego veo a un bombero y noto literalmente cómo se me para el corazón, hasta que logran reanimarme. El alcohol me ayudaba a adormecer todas estas sensaciones. Por eso no quería hablar del accidente. Sabía que tendría que contároslo todo y... no quería. No quería que supierais la verdad.

—Marc. —Martina solo fue capaz de balbucear su nombre.

—Ahora ya no bebo. Estos últimos meses he aprendido muchas cosas sobre mí mismo, algunas buenas y otras no tanto, y me he dado cuenta de que si no reaccionaba corría el riesgo de perder a algunas de las personas más importantes de mi vida; a Álex y a ti. Conocer a Millán no es lo único que me ha hecho reaccionar, aunque supongo que enamorarme de ella y que ella me echase de su lado ha sido como recibir una patada en el culo. —Intentó sonreír—. Espero que algún día podáis conoceros, creo que podríais ser muy buenas amigas, pero aunque ella no me perdone, aunque Millán nunca vuelva a formar parte de mi vida, yo no volveré a cometer la estupidez de no escucharte y no voy a volver a echarte nunca de mi lado. Si me perdonas, te prometo que seré el mejor hermano mayor del mundo, incluso mejor que Guillermo.

Le brillaron los ojos y no intentó disimularlo y Martina se lanzó encima de él y le abrazó con todas sus fuerzas.

—¡Te he echado tanto de menos, Marc! No sabes la de veces que me he arrepentido de haberte dicho que bebías demasiado, yo...

—Hiciste lo que tenías que hacer, Martina —contestó él, sincero, devolviéndole el abrazo.

—Tienes que superar lo del accidente, Marc. Me niego a creer que sobrevivieras para seguir viviendo como un muerto. No fue culpa tuya. No lo...

—Chist. No sé si algún día seré capaz de decir esa frase, o de creérmela. Pero te prometo que quiero vivir y que, aunque no me siento orgulloso de lo que hice esa noche, sé que no estaba en mis manos controlarlo todo. ¿Te basta con eso?

—Me basta con eso. —Martina lo soltó—. Y ahora, dime, ¿quién es esa chica que te ha devuelto las ganas de vivir para luego darte una patada? ¿Está tonta o qué le pasa?

—Creo, Martina, que ahora te toca a ti contarme algo, ¿no crees? ¿Por qué pierdes el tiempo con un cretino que no te quiere a su lado porque «tiene un plan»? Si está enamorado de ti, que cambie el plan, no a ti.

—Es una historia muy larga.

—Tengo tiempo, créeme. Dejando a un lado las últimas semanas, he estado seis años sin ocuparme de mi vida, así que puedo esperar unas horas para retomarla. Cuéntame quién es Leo y adónde tengo que ir a buscarlo para retorcerle el pescuezo y hacerle entrar en razón.

—Me encanta tener unos hermanos que son unos trogloditas. Y, para que conste, siempre has sido igual de buen hermano mayor que Guillermo. Está bien, Leo es...

La mañana siguiente Marc fue a buscar a Álex al aeropuerto y, después de un abrazo muy largo, se subieron al coche y fueron directos a la notaría de Enrique para firmar los papeles. Durante el trayecto, Marc le contó a su hermano lo que había sucedido con Millán, cómo se había enamorado de ella y cómo ella se había enfadado al descubrir quién era de verdad.

—Te ha pedido tiempo. Diría que eso significa que está dispuesta a darte otra oportunidad —le dijo Álex tras escuchar la historia.

—Tal vez, pero tengo miedo de hacerme ilusiones.

—Te entiendo, pero yo ahora mismo mataría por que Sara me hubiese dicho algo así. Ella me dijo claramente que no existía nada entre nosotros. Diría que, de los dos, tú tienes más motivos que yo para sentirte optimista.

Marc se quedó pensándolo.

—¿Y qué vas a hacer ahora? Me refiero a Sara.

—No lo sé. No puedo obligarla a que me quiera y por mucho que yo me empeñe en creer que está enamorada de mí, lo cierto es que no me lo ha dicho nunca. Tal vez ayer, o antes de ayer, me dijo la verdad. ¡Qué sé yo! Tal vez solo se acostó conmigo y yo soy el único que se ha enamorado.

—¡Joder!

—Pues sí. Lo cierto es que no me arrepiento, aunque no vuelva a verla nunca más. Aunque al final descubra que me ha utilizado y que nunca me ha querido, no me arrepiento.

—Siento que hayas tenido que marcharte de San Francisco —dijo entonces Marc—. Tal vez, si te hubieses quedado más tiempo...

—No, no lo sientas. El tiempo no habría cambiado nada. Sara necesita decidir por sí misma qué quiere hacer y yo... —Álex soltó el aliento— y yo tengo que ayudarte a arreglar todo esto. No tenía derecho a pedirte que te hicieras pasar por mí, Marc.

—Tal vez —reconoció Marc—, pero tampoco me arrepiento. Hacerme pasar por ti me llevó a convertirme en Martí y a enamorarme de Millán. Y eso es lo mejor que me ha sucedido en la vida.

—Pues ojalá no terminemos los dos en la cárcel por ello. —Álex bromeó para aligerar el ambiente y porque esa charla sobre lo mucho que su hermano quería a esa chica le hacía pensar en Sara y en lo imposible que era su relación—. Esperemos que ese notario tenga los papeles listos y esté dispuesto a mentir por nosotros.

—Por nosotros no, pero por Eusebio Millán y su nieta, sí.

—Me conformo con eso —afirmó Álex—. ¿Crees que Olivia estará en la notaría?

—No. Estoy seguro de que no estará. Por ahora no tiene ganas de verme.

—Por ahora no es para siempre, Marc.

—Eso espero, Álex. Eso espero.

25

Madrid, dos meses más tarde

Álex tenía una entrevista de trabajo en Madrid. Había surgido de la nada, pues él no estaba buscando un cambio. Además, desde su regreso de Estados Unidos su vida giraba cada vez menos alrededor del mundo laboral y más en torno a sus amigos y hermanos.

La oferta procedía de Sleep & Stars y el motivo de que ahora mismo estuviera en el AVE rumbo a Madrid era que una parte de él se preguntaba si Sara tenía algo que ver con ello. Ella no le había llamado en todo ese tiempo y tampoco le había enviado ningún mensaje ni nada que pudiese indicar que Álex se había equivocado, pero aun así él seguía creyéndolo y confiando en ellos.

Al parecer ahora que había descubierto que tenía corazón se había vuelto también un poco inconsciente, porque había decidido entregárselo a una chica que no le hablaba y que le había dicho a la cara que no creía que ellos dos fuesen a funcionar. Mantener la fe en esas circunstancias sin duda tenía mérito.

Tal vez si sus hermanos y hermanas hubiesen intentado sacárselo de la cabeza lo habrían conseguido, pero excepto Martina el resto le habían dicho que confiase en su amor. El consejo de Martina había sido radicalmente opuesto y, por ahora, no lo descartaba del todo. Una cosa era tener esperanza y otra ser masoquista.

Le daría un poco más de tiempo a Sara y, si ella no le llamaba o iba a verle, intentaría olvidarla. ¿Cuánto tiempo podía tardar en conseguirlo? ¿Toda la vida?

El tren llegó a la estación y Álex fue en taxi a la dirección indicada, un hotel situado en el barrio de Salamanca. Al llegar allí, preguntó en la recepción y una de las chicas que había detrás del mostrador le acompañó a una sala de reuniones.

Álex le dio las gracias y se sentó a esperar. Durante el viaje había podido pensar en su futuro y había decidido que, en cuanto entrase el representante de Sleep & Stars, le daría las gracias y le diría que no estaba interesado en su oferta. Se disculparía por haberles hecho perder el tiempo, tendría que haber sido sincero el día que le llamaron, pero el recuerdo de Sara le había jugado una mala pasada.

—Hola, Álex.

De hecho, el recuerdo de Sara estaba afectándole el cerebro porque ahora mismo acababa de oír su voz a su espalda. Se dio media vuelta dispuesto a empezar el discurso y a llevarse una decepción, pero de repente le fallaron las piernas y volvió a quedarse sentado.

Sara estaba allí de verdad.

—Sara, ¿qué estás haciendo aquí?

Ella cerró la puerta y se colocó delante de él algo insegura. Llevaba el pelo un poco más corto que la última vez que se habían visto, pero ya no tenía tantas ojeras. Las gafas eran las mismas, esas que había visto en San Francisco en la mesilla de noche de su hotel cuando ella se había quedado a dormir, y llevaba un vestido verde que le resaltaba el color de los ojos. Álex apretó los puños e intentó controlar la respiración.

—Siento haberte traído aquí con engaños —confesó ella.

—La entrevista no existe —adivinó él, confuso.

—No, no existe, aunque le pedí a una antigua compañera que estuviera al tanto por si llamabas a Sleep & Stars. Ella fue la que te llamó para concertar esta entrevista.

—¿A qué viene esto? Si querías verme o hablar conmigo solo tenías que llamarme. No hacía falta que me engañases o que me hicieras creer que iba a una entrevista de trabajo.

—No sabía si ibas a contestarme —le explicó ella.

—Sara, mírame. El día que me fui de San Francisco te dije que estaba enamorado de ti; por supuesto que te habría contestado.

Ella se sonrojó y sonrió un poco, y Álex se alegró de haber sido sincero.

—La verdad es que tenía otro motivo para hacer todo esto —siguió ella, más relajada que unos segundos atrás.

—¿Qué motivo? Más vale que te diga que no tengo intención de aceptar ninguna oferta de Sleep & Stars.

—No, no tiene nada que ver con eso. Además, yo ya no trabajo en Sleep & Stars.

—¿Ah, no?

—No.

—¿Y dónde trabajas?

Sara se subió las gafas por el puente de la nariz y Álex pensó que tenía un serio problema si ese gesto bastaba para que se excitase.

—No me distraigas —le pidió ella— y deja de mirarme así.

—Deja tú de mirarme así —rio él, porque era obvio que ella le miraba del mismo modo. Es decir, que le estaba desnudando con la mirada.

—Como te he dicho, he hecho esto por otro motivo.

—Vale, ¿cuál?

—¿Te acuerdas de esa primera mañana en Las Vegas? ¿Cuando desayunamos juntos después de encontrarnos en la piscina?

—Me acuerdo de todo.

—Te pedí que me acompañases a la boda de Susi y Michael y fingieras ser mi novio. Estuvimos hablando de los clichés en las películas y en las novelas románticas y creamos nuestra supuesta relación basándonos en ellos. Hablamos del cliché de las relaciones fingidas, de los amigos que están enamorados en secreto, de los enemigos que pasan a amantes y de que, sea cual sea el cliché, todas esas historias comparten la misma estructura porque funciona. O al menos espero que funcione.

Álex entrecerró los ojos unos segundos y cuando comprendió lo que estaba pasando una sonrisa estalló en su rostro.

—Esto es tu «gran gesto». —Vio que Sara se sonrojaba—. Es tu canción en las gradas o tu declaración de amor en el estadio de fútbol.

—Sé que es un poco descafeinada.

Álex dejó de contenerse y se puso en pie para caminar hasta donde estaba ella, pero Sara levantó una mano y le detuvo.

—Sara, cielo...

—No, déjame terminar. No puedes perdonarme todavía.

—No hay nada que perdonar.

—Sí que lo hay. Te he tratado muy mal.

—No es verdad. Y aunque lo hubieras hecho lo entiendo; tu madre acababa de morir. No era un buen momento.

—No te merecías que te echase de mi lado de esa manera. Tendría que haberme dado cuenta de que... —Se secó una lágrima.

—Eso ya no importa. Yo tendría que haber sido más paciente y no tendría que haberte presionado tanto. Tendría que haber entendido mejor qué te estaba pasando.

—Cállate —le pidió ella en voz baja—. Es mi gran gesto, no el tuyo. Tú tuviste tu momento en San Francisco.

—De acuerdo, perdona. Sigue.

—Me enamoré de ti en Las Vegas y me asusté, pero al mismo tiempo pensé que eras lo mejor que me había pasado nunca y que estaba viviendo en una especie de universo paralelo porque a mí nunca me pasan estas cosas. Pero me pasaste y no tenía intención de dejarte ir. Me desperté cuando sonó el móvil; primero no iba a contestar, pero el aparato seguía sonando y no quería despertarte, así que me rendí y contesté. Cuando la señora del hospital me dijo que habían ingresado a mi madre de urgencia pensé que no era justo y durante unos segundos me sentí muy mal. Pensé en despertarte para avisarte, pero al final lo descarté porque no sabía si tú sentías lo mismo que yo o si para ti eso solo había sido un polvo. Opté por dejarte la nota y, como no me llamaste, deduje que la única que se había enamorado había sido yo. Hasta que te vi en San Francisco y todo cambió. Yo ya no era la chica que habías conocido en Las Vegas; mi mayor preocupación esos días era si me gustaba o no mi trabajo, en cambio, en San Francisco tenía que asumir lo que le había pasado a mi madre. Utilicé lo que había pasado con ese informe como una excusa y aun así tú seguías allí, ofreciéndote a ayudarme, a estar a mi lado. Esas noches que fui a tu hotel fueron mi refugio y te utilicé porque sabía que tú sentías algo por mí y yo no me sentía capaz de corresponderte. Creía que no me quedaban fuerzas, pero tú me dijiste que me querías antes de irte.

—¿Has terminado?

—No.

—Pues vas a tener que hacer una pausa en tu gran gesto porque necesito besarte.

Álex caminó hasta ella y sin disimular que le temblaban las manos le sujetó el rostro para besarla. Empezó despacio, pero en cuanto ella separó los labios perdió la calma y hundió la lengua en la boca de Sara en busca de recuperar todo el tiempo que habían perdido.

—Álex.

—¿Qué?

—Te dije que te fueras porque pensé que te merecías una chica mejor que yo.

Él abrió los ojos como platos.

—Para mí no hay nadie mejor que tú.

Sara negó con el gesto.

—Y si la hay me da igual —siguió ella—. Porque aunque esa desconocida sea mejor que yo, es imposible que te quiera tanto como yo y es imposible que esté tan enamorada de ti como lo estoy yo. Sé que tenemos muchas cosas que hablar y mucho camino por recorrer. He vendido el apartamento de mi madre y no sé qué haré con mi vida, pero de momento me he instalado en Madrid porque mi padre está aquí y perder a mi madre tan de repente ha hecho que me diera cuenta de que tenemos un tiempo limitado para pasar con las personas que queremos. Y a ti te quiero, Álex. Te quiero y quiero pasar tiempo contigo y conocerte mejor y llegar a la conclusión de que, aunque probablemente existen historias de amor mejores que la nuestra, esta es incomparable porque es nuestra.

Él volvió a besarla y lo hizo con tanta efusividad que la levantó del suelo. No podía dejar de acariciarla, de buscar pruebas táctiles de que la tenía delante y nada de eso era un sueño.

—¿No vas a decirme nada? —le preguntó ella cuando él volvió a dejarla en el suelo.

—¿Se supone que tengo que decir algo? —intentó bromear él.

—Hombre, eso es lo que suele pasar cuando uno de los protagonistas hace el gran gesto, que el otro responde.

—¿Y qué responde? —Álex se hizo el tonto. Estaba tan feliz por tener a Sara en brazos que casi seguro le quedaría una sonrisa perenne en el rostro.

—No sé, seguro que si lo piensas un poco podrás deducirlo. —Ella sonaba molesta, aunque echó el cuello hacia atrás para que él pudiera seguir recorriéndolo con los labios—. Acabo de decirte que estoy enamorada de ti y que te quiero. ¿En serio no sabes qué responder a eso?

—Pues claro que lo sé. —Dejó lo que estaba haciendo y le sujetó el rostro con las manos para mirarla a los ojos—. Ya era hora.

Sara soltó una carcajada y le besó.

—¿Ya era hora? —rio ella entre besos.

—Ya era hora de que te dieras cuenta. Creía que seríamos abuelos cuando por fin te dignarías a decirme que tú también me querías. Yo estoy enamorado de ti desde el principio.

—Yo también —se quejó ella besándole de nuevo—. Pero gracias por esperar a que me diera cuenta.

—De nada. —Y procedió a besarla para demostrarle lo mucho que estaba dispuesto a esperar por ella.

Minutos más tarde, Álex estaba planteándose seriamente la posibilidad de hacerle el amor a Sara en esa sala de reuniones.

—Cielo, dime que tu gran gesto incluye una habitación en este hotel —le pidió acariciándole la espalda.

—Por supuesto. ¿Por quién me has tomado? Pero antes, ¿puedo hacerte una pregunta?

—Claro.

—¿Te llevaste mis gafas de San Francisco?

Álex enarcó una ceja y suspiró. Apartó la mano que tenía en la cintura de ella y se la llevó al bolsillo de los pantalones. Segundos más tarde se las enseñó a Sara.

—¿Te refieres a estas?

Ella sonrió y tiró de él para besarle con todas sus fuerzas.

—Gracias por guardarlas y por esperarme.

—Te lo he dicho. Deja de darme las gracias.

Volvieron a reír y a besarse, las dos cosas que Sara pensó que no volvería a hacer jamás si Álex ya la había olvidado. Juntos subieron a esa habitación de la que no salieron hasta un par de días más tarde.

26

Seis meses más tarde, Costa Brava
Primer aniversario de la muerte de Eusebio Millán

Olivia estaba sentada en la cama de su habitación y en la mano sujetaba un marco en el que había una fotografía de ella con su abuelo. Seguía echándolo mucho de menos, pero ahora, la gran mayoría de las veces que pensaba en él era para recordar buenos momentos. Llamaron a la puerta y respondió sin levantarse:

—Adelante.

Ya sabía quién era. Recorrió el rostro de su abuelo con el pulgar y sonrió sin darse cuenta.

—¿Estás lista? —le preguntó Tomás al entrar. La miró de arriba abajo y se percató de que se había esmerado mucho en arreglarse—. Él no va a venir. Lo sabes, ¿no?

—¿Quién?

—El rey de Roma. ¿Quién va a ser? Martí. Por eso te has puesto tan guapa.

—Se llama Marc y no sé a qué te refieres —contestó Olivia, dejando la foto para ponerse en pie—. Aunque gracias por el cumplido.

Tomás le dijo con la mirada que a él no lo engañaba y no se dejó amedrentar por su fingido desinterés.

—Primero, para mí siempre será Martí —sentenció Tomás—. Antes supuestamente se llamaba Álex y todos lo llamábamos Martí, incluida tú. No veo por qué no podemos seguir llamándolo así. Segundo, conmigo no te hagas la tonta, te conozco desde que eras una niña. Esa camisa no te la has puesto para mí ni para Enrique y además te has maquillado —señaló, como si hubiese dado con la prueba definitiva.

—Esta camisa me la pongo muy a menudo y casi siempre me maquillo —se defendió ella.

—¿Hasta cuándo piensas seguir así, Olivia? Sí, Martí te mintió, no te dijo quién era, pero te ayudó y se enamoró de ti. Cualquier idiota podía verlo. Y cuando se fue, te contó algo muy íntimo. Le pediste que te diese tiempo. ¿Cuánto te hace falta para saber que estás echando a perder los mejores años de tu vida?

—No debería habértelo contado —se quejó ella, furiosa consigo misma y con Tomás por obligarla a pensar en Martí—. Y no lo sé. No sé cuánto tiempo tendrá que pasar. Hay días en que pienso que le he perdonado, que ya no me importa que me mintiese, pero entonces me acuerdo de mi madre, de todas las veces que ella me ha mentido, y empiezo a preguntarme cuál será el próximo engaño de Martí. Y entonces me doy cuenta de que no le he perdonado de verdad.

—No estás siendo justa con él, Olivia. Martí no es como tu madre. Cometió un error, pero durante todo el tiempo que estuvo aquí, solo intentó protegerte y hacerte feliz.

—¿Tú de qué lado estás?

—Del tuyo —afirmó rotundo y después suspiró resignado. Conociendo como conocía a Olivia, aquella conversación no llegaría a ninguna parte—. No quieres a Martí, de acuerdo. No estás enamorada de él, perfecto. Yo no haré nada para convencerte de lo contrario —sentenció—. ¿Estás lista? —le preguntó con una sonrisa.

—Lo estoy.

El brusco cambio de tema y de actitud sorprendió a Olivia, pero fue a por el bolso y aceptó el brazo que Tomás le ofrecía sin cuestionárselo.

—Martí no va a estar, pero su hermano Álex, sí —le dijo entonces el hombre al entrar en el coche—. Enrique me llamó para decirme que esta vez había confirmado la cita con el hermano adecuado.

—Enrique se ha portado muy bien. No sé qué habría hecho sin él. Ni sin ti —añadió esquivando de nuevo el tema de los hermanos Martí.

—Enrique era muy buen amigo de Eusebio y las triquiñuelas de tu madre no le gustaron lo más mínimo. Y, en cuanto a mí, no digas tonterías. Sin mí lo habrías hecho igual de bien.

—Tú sabes que no. —Le apretó cariñosa el antebrazo—. ¿Puedes creerte lo bien que funciona el hotel? Aunque me da miedo decirlo en voz alta, por si lo gafamos.

—No lo gafarás. Martí y tú tuvisteis muy buenas ideas; formáis un gran equipo.

—Ya lo he entendido, Tomás. La sutileza no es precisamente lo tuyo.

—Mira, Olivia, si por un segundo me creyera que no le echas de menos, dejaría de insistir. —A pesar de lo que le había dicho antes, no podía quedarse de brazos cruzados—. Pero no puedo entender que estéis enamorados y que no estés con él. No puedo. ¿Sabes lo difícil que es encontrar algo como lo que Martí y tú tenéis?

—¿Y si le perdono y dentro de unos meses me engaña con otra cosa? ¿Y si...?

—¿Y si nos cae el cielo sobre la cabeza? No puedes controlarlo todo, princesa. Nadie puede. Tienes que arriesgarte. No hay ninguna relación que venga con una garantía como la que tú le estás exigiendo a ese chico.

Olivia sabía que sus miedos eran exagerados y con toda seguridad infundados. Igual que sabía que seguía queriendo a Martí y que lo echaba mucho de menos. Lo que no le había contado a Tomás era que uno de los motivos por los que no le había llamado, el motivo más importante, era porque tenía miedo de que él le dijese que ya no la quería. Que había dejado de esperarla. Olivia era consciente de que si eso era lo que había sucedido, se lo tendría bien merecido por haber esperado tanto tiempo, pero le dolía imaginárselo con otra.

—Ya hemos llegado —dijo, mientras aparcaba a pocos metros de la notaría.

Ese día se cumplía un año de la muerte de Eusebio y ella iba a adquirir el cien por cien de la propiedad del hotel, previa compra del cinco por ciento que estaba a nombre de Álex Martí.

Entró en la notaría junto con Tomás y dio gracias por ir sujeta de su brazo, porque ver a Álex la afectó más de lo que había creído en un principio. Ella jamás los habría confundido. Y no lo decía solo por la cicatriz, le bastaría con mirarlos a los ojos para saber quién era quién, pero su parecido era de verdad asombroso.

—Buenos días, señorita Millán, señor Palomares —los saludó Álex, acercándose a ellos de inmediato.

—Buenos días, señor Martí —dijo Olivia, que casi se atragantó con el apellido.

—Buenos días —respondió Tomás, que no podía dejar de mirarlo—. Son idénticos —añadió y, acto seguido, se sonrojó por haber hecho el comentario en voz alta—. Disculpe.

—No se preocupe, señor Palomares —respondió Álex—. A menudo provocamos esa reacción. Sí, Marc y yo somos prácticamente idénticos.

—Como dos gotas de agua —dijo el hombre.

—Pues yo los veo muy distintos. Yo jamás los confundiría —señaló Olivia, sin darse cuenta de lo que implicaba esa afirmación.

—No sabe cuánto me alegro de oír eso, señorita Millán —replicó Álex con una sonrisa imposible de descifrar.

—Si quieren, ya pueden ir pasando al despacho del señor notario —les dijo el oficial y los tres se adentraron en la notaría.

Enrique releyó los párrafos del testamento que hacían referencia a las condiciones que tenían que cumplir las finanzas del hotel para que Olivia pudiese heredarlo en su totalidad y después siguió con la fórmula para calcular el precio que tenía que pagar por las acciones de Álex Martí. Terminada la lectura, el notario hizo los cálculos pertinentes y dijo una cantidad.

Olivia la anotó en un cheque que le entregó ipso facto a Álex, quien se lo guardó en el bolsillo de la chaqueta sin mirarlo.

Concluidos los trámites y tras firmar todos los papeles (después de lo sucedido, Enrique no estaba dispuesto a cometer ningún error de última hora), Álex se despidió del notario y de Tomás y Olivia.

—Señorita Millán, señor Palomares, sé que voy con un año de retraso, pero me gustaría expresarles mi más sentido pésame por el fallecimiento del señor Millán —les dijo serio y sincero—. Y también quisiera pedirles perdón por no haber asistido a la lectura del testamento. Mi hermano, aunque me matará si se entera de que les he contado esto, no quería hacerlo, pero yo terminé por convencerlo. Lamento mucho mi comportamiento y los problemas que les ha ocasionado.

Tanto Tomás como Olivia se quedaron mirándolo y Tomás fue el primero en reaccionar:

—Disculpas aceptadas —dijo, tendiéndole la mano.

Álex se la estrechó y, en cuanto Tomás vio el modo en que Olivia los observaba, decidió dejarlos solos unos segundos. A ver si así ella se armaba del valor suficiente para preguntarle por Martí a su hermano—. Creo que me he dejado una cosa en el despacho de Enrique, enseguida vuelvo.

—No sé qué puede haberse dejado —comentó Olivia en voz baja y luego subió el tono para decir—: Gracias por venir esta vez. Y por sus disculpas.

—Trátame de tú y llámame Álex —le pidió él.

—De acuerdo —convino Olivia—. Disculpas aceptadas, Álex.

—Bueno, será mejor que me vaya —dijo él entonces, señalando la puerta—. Me esperan en Barcelona.

—¿Cómo está Martí? Marc, quiero decir —preguntó ella de repente, en cuanto vio que estaba decidido a irse sin darle ningún tipo de información.

Álex se detuvo y la miró a los ojos antes de responder:

—Bien. Ha abierto su propia consulta veterinaria —explicó orgulloso, presumiendo de hermano.

—Me alegro mucho —dijo Olivia y sintió una punzada de envidia y de rabia por no haber compartido con él esos momentos. Ni siquiera sabía que Martí quisiera abrir una consulta. Ni dónde había trabajado antes como veterinario. «Es culpa tuya. Él te lo habría contado todo si le hubieses dado una oportunidad. Eso fue lo único que te pidió.»

—El dinero de las acciones se lo daré a él —le explicó Álex, tocándose el bolsillo donde se había guardado el cheque—. Tendré que discutir porque no querrá aceptarlo, pero conseguiré que se lo quede. Se lo ha ganado. Yo no lo habría hecho mejor.

—Sí, es verdad —afirmó Olivia, mirándolo a los ojos.

—Si por casualidad te lo devolviese... —sugirió Álex.

—Volvería a enviártelo a ti —terminó ella—. El dinero es tuyo, o de Martí.

—¿Lo llamas Martí? Antes también lo has llamado así —preguntó Álex con una enigmática sonrisa.

—Sí, era una costumbre de mi abuelo llamar a la gente por su apellido. ¿Por qué? ¿Te molesta?

—¡Oh, no! Para nada. —Siguió con la misma sonrisa—. Me voy, me esperan en casa y antes quiero pasar a ver a mi hermano.

De repente, Olivia recordó la última conversación que tuvo con Martí.

—El accidente se produjo por estas fechas, ¿verdad? —aventuró en voz alta. Probablemente, Álex quería asegurarse de que su hermano estuviese bien. ¿Lo estaría? ¿Seguiría sintiéndose culpable?

—¿Marc te habló del accidente? —le preguntó él, atónito.

—Sí —afirmó ella, confusa por su reacción.

—Marc nunca habla del accidente. Nunca. Disculpa que me entrometa, pero ¿te contó que había tenido un accidente sin más o te habló de los detalles?

—Me contó que había salido con su mejor amigo, Daniel...

—¿También te habló de Daniel? —Álex no daba crédito a lo que estaba oyendo; su hermano nunca mencionaba a Daniel.

—Sí. Me contó que salió con él y su novia, Mónica, que él bebió más de la cuenta y que, cuando Daniel se puso al volante, sufrieron un accidente. Me contó que sus dos amigos murieron en el acto y que él estuvo en coma.

Olivia no le contó el resto; no sabía si Martí se lo había contado a su hermano y no quería traicionar su confianza.

—Marc estuvo a punto de morir. Varias veces. ¡Dios! No puedo creer que te lo haya contado —dijo sorprendido y mirándola de un modo distinto—. Sé que mi hermano cree que debería haber muerto, pero yo no sé qué haría sin él. Se tiene por el peor de nosotros, de nuestros hermanos, pero en realidad es el mejor. Marc siempre está ahí cuando lo necesitas y nunca antepone sus sentimientos a los de los demás. Sin él, probablemente Guillermo y yo nos habríamos peleado hace años porque nos parecemos demasiado y nuestras hermanas se habrían arrancado los ojos. Marc es quien nos mantiene unidos y nos hace mejores personas.

Olivia se dio cuenta de que eso era exactamente lo que había hecho también en el hotel: unirlos a todos y sacar lo mejor de ellos.

—Puede que creas que estoy loco —continuó Álex tras suspirar—, pero voy a darte un abrazo.

Y lo hizo; la abrazó como cuando eres pequeño y abrazas a Papá Noel.

—Gracias, Olivia. Gracias por devolverme a mi hermano. Estos últimos meses ha vuelto a ser el de antes. Yo creía que había sido por el hotel, pero no, has sido tú, así que gracias —repitió, antes de soltarla.

Olivia iba a decirle que no tenía que darle las gracias por nada, que en realidad era ella la que tenía que dárselas a Martí por haberla ayudado tanto. Y por haberla defendido. Y por haberla cuidado. Y por...

«Olivia, eres una idiota. Estás enamorada de Martí y es a él a quien tienes que decirle todas esas cosas, no a su hermano. Haz el favor de reaccionar antes de que sea demasiado tarde.»

—Álex, dices que Martí ha abierto una consulta. ¿Te importaría darme la dirección?

Él le sonrió y buscó su cartera para sacar una tarjeta. Se la acercó, sujetándola entre dos dedos:

—Con una condición —le dijo con una sonrisa.

—¿Cuál?

—Que vengas a casa en Navidad.

Se fue sin esperar a que Olivia reaccionase y, cuando esta bajó la vista hacia la tarjeta, y leyó el nombre de la consulta, sonrió:

«Clínica veterinaria Martí.»

27

Marc estaba agotado. La clínica llevaba ya cuatro meses abierta y todavía tenía que colgar los cuadros de la sala de espera y montar un par de estanterías. Por suerte para él, el retraso de esas labores de bricolaje se debía al éxito que estaba teniendo como veterinario.

Después de un par de meses en los que cada día creía que Olivia iba a llamarlo, dejó de esperar su llamada y decidió que lo mejor que podía hacer era cumplir la promesa que le había hecho a ella y a sí mismo: seguir adelante con su vida sin dejarse arrastrar por los demonios del pasado.

Abrir su propia consulta veterinaria había demostrado ser el mejor remedio contra la soledad. Cada día se acostaba tan cansado que, aunque echaba muchísimo de menos a Olivia, se quedaba dormido. Sí, soñaba con ella, pero al menos dormía.

El primer mes lo pasó vendiendo el piso que tenía en Barcelona y solicitando todos los permisos y licencias habidos y por haber. Por fin, pidió un prestamo al banco con el aval de Álex, aunque cuando Guillermo se enteró también insistió en avalarlo. Su hermana Ágata se encargó de la imagen de la consulta y su cuñado Anthony, el marido de Helena, arquitecto de profesión, se encargó de reformar el local que al final Marc se animó a comprar. Con el dinero de la venta del piso pudo dar la entrada y el resto, gracias a la ayuda de sus hermanos, le daba ahora menos vértigo. La consulta veterinaria estaba en Arenys de Mar y había vuelto a vivir con sus padres. No era la mejor opción, pero era la que necesitaba en ese momento. No quería estar solo y después de lo que había sucedido con Millán, eso de poner en marcha el corazón y las ganas de vivir, quería recuperar el tiempo perdido con sus padres y sus hermanos.

A menudo tenía la sensación de que su familia se comportaba como si hubiese vuelto del inframundo (aunque quizá algo de razón tenían en ese sentido) y ahora estuviese al frente de una gran aventura y no una pequeña clínica veterinaria, pero la verdad era que a él le sentaba bien saber que contaba con el apoyo de todos. Se sintió como un estúpido por no haber sabido siempre que lo tenía y pensó que quizá había juzgado mal a su familia, al menos en ese aspecto, así que poco a poco fue abriéndose a ellos y empezó a hablarles del accidente y de cómo se había sentido después.

Y cuantas más cosas contaba, más se aflojaba la opresión que llevaba años sintiendo en el pecho y más ganas tenía de seguir hacia delante. Ahora, lo único que le hacía falta para ser feliz era que Olivia le diese una oportunidad... y poder cerrar un día la consulta antes de las diez.

Pero aquel no iba a ser ese día, pensó, al ver acercarse a Cristina, la estudiante en prácticas que había cometido la locura de acceder a trabajar para él.

—Tienes otra visita —le dijo Cris, que había insistido en que la llamase así—. Dice que ese urgente.

—Todas lo son.

—¿La hago pasar?

—Sí, hazla pasar. Pero no hace falta que esperes, en cuanto la visita esté en mi despacho, huyes de aquí —le dijo con una sonrisa—. Yo cerraré cuando me vaya.

—De acuerdo, jefe —contestó la joven—. Nos vemos mañana.

—Hasta mañana.

Marc se sentó tras el escritorio y anotó unos datos en la ficha del paciente anterior, una gata embarazada. Oyó que se abría la puerta y, sin levantar la vista, dijo:

—Un segundo, tengo que anotar esto antes de que se me olvide. Ya está. Disculpe que... ¿Millán? —La falta de sueño le estaba provocando alucinaciones, pero unos ladridos le confirmaron que estaba despierto—. ¿Tosca?

El animal trotó hacia él y levantó las patas para apoyarse en él y empezar a lamerle la cara.

Sí, definitivamente no estaba soñando, pues tenía el rostro empapado de babas.

—Abajo, Tosca. Abajo —dijo Olivia y su perra la ignoró durante unos segundos.

A ella no le extrañó. Si tuviese el valor y el descaro de su mascota, también se habría lanzado a los brazos de Martí.

Tosca obedeció y Marc se puso en pie y fue a por una toalla para limpiarse la cara y las manos. Y para tener tiempo de pensar. ¿Qué significaba aquella visita?

—¡Vaya! Verdi —señaló Olivia, al reconocer las notas de la ópera que sonaba de fondo.

—Sí, ya sabes lo que dicen: la música amansa a las fieras.

Se quedaron mirándose. Él intentó sonreír y contener su optimismo y ella se mordió nerviosa el labio inferior.

—Tu enfermera me ha dicho que tienes toda la semana ocupada, pero le he puesto cara de pena y le he dicho que creía que Tosca cojeaba para que me dejase entrar. Me alegro de que tengas tanto éxito.

—¿Tosca cojea? ¿Desde cuándo? ¿Por qué no la has llevado al veterinario que hay cerca del hotel? ¿Ha cerrado la consulta? Con lo organizada que eres, me extraña que hayas esperado para traerla aquí.

—No, Tosca no cojea. Pero me alegra ver que me conoces tan bien. Si cojease, la habría llevado al veterinario de inmediato. Y gracias por decir «organizada» y no «neurótica».

Marc se encogió de hombros y le quitó importancia.

—Entonces, si Tosca está bien, ¿qué puedo hacer por ti? ¿Ha sucedido algo en el hotel? Le dije a Enrique que me llamase si tenía que firmar algún papel.

—El hotel sigue en pie y, al parecer, goza de una salud financiera excelente, gracias en parte a ti. Pero no he venido a verte por eso.

—¿Ah, no? ¿Y por qué has venido?

—Porque tenía que preguntarte algo —dijo, acercándose a él.

Marc la miró a los ojos y vio que estaba nerviosa, aunque probablemente menos que él.

—¿Qué es lo que tienes que preguntarme? —Colocó una mano en la camilla que tenía al lado para no tocarla.

—¿Cuándo estemos en casa puedo seguir llamándote Martí?

—¿Qué has dicho? —Marc se sujetó a la camilla con las dos manos. Tenía que asegurarse de que la había entendido bien.

—Me gusta llamarte Martí. Además, tú eres el único que me llama Millán.

—Tú siempre puedes llamarme como quieras —contestó perplejo.

—Supongo que Tomás también seguirá llamándote Martí —prosiguió Olivia—, pero a los demás les diré que te llamen Marc. Quiero que Martí sea solo para mí.

—De acuerdo —aceptó él en cuanto ella dio otro paso y quedó justo delante de él.

—Siento haber tardado tanto —dijo Olivia levantando una mano para acariciarle la mejilla—. Y siento mucho haberte comparado con mi madre y con Nicolás. Tú no eres como ellos. Tú jamás mentirías para hacerme daño.

Él cerró los ojos y apoyó la mejilla en la palma de su mano.

—¿En casa? ¿Has dicho «en casa»? —preguntó, abriendo de repente los ojos.

—Sí, bueno —dijo Olivia, sonrojándose y de golpe insegura. Intentó apartarse, pero Marc soltó la camilla y la rodeó a ella por la cintura—. Después de que te fueras, me resultaba imposible dormir en nuestra habitación —confesó Olivia y él intentó no alegrarse de ello, pero falló—. No podía dormir en ninguna habitación. Todo me recordaba a ti.

—¿Tendrás muy mala opinión de mí si digo que me alegro?

—Depende. ¿Tú has pensado en mí?

—Solo cada segundo —reconoció, mirándola a los ojos.

—Entonces no, no tendré mala opinión de ti —dijo Olivia aliviada y animada por su reacción—. En fin, al cabo de dos semanas, decidí ir a casa de mi abuelo e intentar dormir allí. El primer día lo conseguí, más o menos. Pero cuando me desperté, empecé a pensar en las reformas que podía hacer para instalarme allí y mi subconsciente tuvo el acierto de incluirte en mis planes.

—Más tarde le daré las gracias a tu subconsciente como es debido.

—La casa está todavía en obras, pero Tosca y yo nos sentimos muy solas sin ti.

—Supongo que es una casa grande.

—Podría ser tan diminuta como una caja de zapatos y yo seguiría sintiéndome sola. Sé que acabas de abrir la consulta y que quizá no te apetece tener que conducir tanto cada día para ir de casa al trabajo. ¡Oh, Dios! Y no te sientas obligado a decir que sí, porque yo...

—Cállate, Millán.

Martí agachó la cabeza y Olivia fue a su encuentro. Pero los labios de él se detuvieron a escasos milímetros de los suyos.

—¿Qué sucede? —preguntó Olivia con el corazón latiéndole desbocado y con el estómago encogido.

—Ahora que lo pienso —dijo Marc—, todavía no me has preguntado nada.

—¿Quieres vivir conmigo durante el resto de tu vida?

—¿No te parece mucho tiempo? —dijo él, apartándose un poco, solo lo justo para poder rozarle la nariz con la suya.

—Te pediría más para recuperar estos meses que hemos perdido por mi culpa, pero no quiero asustarte.

Sus respiraciones se entremezclaban. Ella se había agarrado a sus antebrazos y podía notar cómo temblaba y Marc le apretaba la cintura con las manos.

—Puedes pedirme lo que quieras, Millán. Contigo a mi lado no me asusta nada. Lo que me asustaba era tener que estar sin ti.

—Jamás vas a tener que estarlo. Aunque me veo en la obligación de recordarte que el hotel y su personal van incluidos en el paquete.

—Si estás tú, del resto puedo ocuparme. ¿No crees que te olvidas de decirme algo?

—Te quiero, Martí. Lo que siento por ti deja en ridículo a todas las óperas del mundo. No sé cómo explicarlo. —Cerró los ojos y los abrió tras unos segundos—. Y después de lo que te dije aquel día que vino mi madre, no sé si me creerás, pero hasta que tú me besaste, no entendía que alguien pudiese morir de amor. Tengo ganas de meterme dentro de ti, bajo tu piel, de poder entrar en tu corazón del mismo modo que tú estás en el mío y no salir nunca más de allí. Te quiero. Lamento mucho haber tardado tanto en ser lo bastante valiente como para venir a buscarte y lamento no haber sabido entender lo que estabas pasando y...

—Eh, amor. —Marc le puso un dedo en los labios para acallarla—. Si algo he aprendido en todos estos años es que los remordimientos no sirven de nada. Estoy enamorado de ti y tú, por algún extraño milagro, de mí y has aceptado darme una segunda oportunidad. Eso es lo único que importa, Millán —concluyó emocionado.

Por fin se dieron aquel beso que llevaban tanto tiempo esperando. Marc la levantó en brazos, igual que solía hacer siempre que la besaba y, sin apartar los labios de los suyos, la hizo girar en el aire. Ella le devolvió el beso y se sujetó con fuerza del cuello de él.

Por nada del mundo iba a dejarle ir.

Y Marc no pensaba soltarla jamás.

—He estado pensando —dijo Olivia, separándose un poco.

—Esa frase nunca augura nada bueno —dijo él con una sonrisa.

Tras ocho meses sin sonreír, le gustaba la sensación de ser feliz.

—Podríamos invitar a toda tu familia al hotel este verano. Aún faltan unos meses, pero creo que sería bonito y podríamos pasar unos días todos juntos. Quiero que tu familia sienta que el hotel es su casa y quiero... Ya sabes que no tengo hermanos y que mis padres fueron, en el mejor de los casos, un desastre. ¿Crees que les gustaré a tus padres y a tus hermanos?

Marc la miró y vio que intentaba disimular lo nerviosa que estaba. Quería a esa chica con toda el alma, era valiente y sincera, y ahora que había decidido entregarle su corazón, al parecer no estaba dispuesta a perder ni un segundo. Él no se había atrevido a soñar con ese momento y no podía imaginarse una declaración de amor más perfecta. Claro que a él le había bastado con verla allí de pie diciéndole que le echaba de menos. Durante esos meses, aunque se había obligado a confiar en lo que existía entre los dos, había habido momentos en los que había temido que Millán no pudiese perdonarle nunca. Se había resignado a seguir queriéndola toda la vida desde la distancia, pero sin duda prefería hacerlo teniéndola cerca.

—La respuesta es sí, Millán, por supuesto que sí. No podrán evitar enamorarse de ti, como me pasó a mí. Y ahora, bésame. Llevo demasiado tiempo echándote de menos.

—Será un placer, pero antes bésame tú, Martí.

EPÍLOGO

Un año más tarde

Martí (bueno, Marc)

—Buenos días, Martí —lo saludó Roberto al verlo entrar en el hotel.

A pesar de que Millán había querido reservarse aquel nombre para ella sola, le había resultado imposible. Marc se había ganado el corazón y el respeto de la gente del hotel durante su primera visita (cuando lo salvó de caer en las garras de Isabel Millán) y para ellos siempre sería Martí.

Y a él le gustaba.

—Buenos días, Roberto.

—¿Qué tal la casa nueva? —le preguntó el recepcionista italiano cuando Marc alcanzó la recepción.

—Es fantástica —respondió él con una sonrisa de oreja a oreja. Por fin habían terminado las obras y, junto con Olivia y Tosca, que ahora estaba babeando a su lado, se habían instalado allí definitivamente. Para siempre.

—Dentro de unas semanas organizaremos una cena, así que resérvanos un sábado.

—Hecho. No es que no me alegre de verte, Martí, pero ¿no deberías estar en la clínica veterinaria?

A Marc le había gustado mucho ayudar a Olivia a sacar el hotel adelante y siempre estaría dispuesto a participar en lo que fuese, pero no renunciaría a su clínica por nada del mundo. Le había costado mucho saber lo que quería en la vida, pero ahora que lo sabía y lo había hecho realidad, no quería renunciar a nada.

—Estoy de vacaciones; hemos cerrado unos días. Se suponía que Tosca y yo íbamos a ir a jugar hoy a la playa, pero Millán me ha llamado y me ha pedido que viniese. Ha dicho que era urgente. ¿Sabes dónde está? La llamo al móvil pero no contesta.

—Entonces estará en la cocina, allí nunca hay cobertura.

—¿Lucrecia y Manuel han vuelto a pelearse?

Quizá por eso Olivia lo había llamado, para que la ayudase con los Borgia.

—No lo sé. Si lo han hecho, no he oído gritos. —Roberto miró disimuladamente el reloj del vestíbulo y descolgó el teléfono para marcar la extensión de la cocina—. Hola —dijo a la persona al otro lado del auricular—. Sí, está aquí. De acuerdo, ahora le digo que vaya.

—¿Era Olivia?

—Sí, está en la cocina.

—¿Te importa que Tosca se quede aquí mientras voy a verla? Allí se pone como loca con tanta comida.

—Por supuesto que no —asintió Roberto.

Marc llegó a la cocina, sorprendido de no oír ningún grito, pero a pesar de todo abrió la puerta con cuidado.

—¿Hola? Soy yo, Martí. ¿Puedo pasar? —dijo desde la puerta entreabierta.

Al no recibir respuesta, la abrió un poco más y lo que vio lo dejó petrificado. Olivia estaba sentada a la larga mesa donde comían los empleados, con un matrimonio de mediana edad. Marc hacía mucho que no los veía, pero los habría reconocido en cualquier parte; eran los padres de Daniel.

¿Habían ido allí a insultar a Millán? ¿Cómo se habían enterado de quién era ella? ¿Qué diablos pretendían con esa visita? ¿Creían que si le contaban toda la verdad ella lo dejaría?

Tenía que darse media vuelta y salir de allí cuanto antes. O, si no, se acercaría a los padres de Daniel y...

—Marc —dijo la madre, Marta, al verlo. Ya no tenía escapatoria.

Olivia, que era la única que estaba dándole la espalda, se volvió para mirarlo y le sonrió. Y él pudo volver a respirar. Si ella le sonreía así, podía enfrentarse a cualquier cosa.

—Marc, acércate, por favor —le pidió Pedro, el padre de Daniel.

Él soltó la puerta, que hasta ese instante había estado apretando con todas sus fuerzas, y se encaminó hacia la mesa.

—Pedro, Marta —los saludó escueto y se plantó delante de ambos, listo para recibir sus insultos y reproches.

—Tu mujer nos llamó hace unos días y nos pidió que viniésemos a verla —empezó Marta, y Marc tuvo que hacer verdaderos esfuerzos para que no se le desencajase la mandíbula.

Olivia, que seguía sentada, levantó una mano y entrelazó los dedos con los suyos, que seguía de pie a su lado.

—Yo no quería venir —confesó Pedro con sinceridad—, pero Marta me ha obligado y... aquí estamos.

—Marc —volvió a tomar la palabra la madre de Daniel—, Pedro y yo sabemos que no tuviste la culpa del accidente. No la tuviste —repitió con voz firme, pero con los ojos llenos de lágrimas— e hicimos muy mal en culparte. Lo único que puedo decir en nuestra defensa es que cuando te dijimos todas esas cosas acabábamos de perder a nuestro hijo y, bueno, ahora estás casado y algún día tendréis hijos; seguro que puedes entenderlo.

—Daniel habría podido decirte que no quería ir a la fiesta. Si se dejó convencer fue porque quería ir. Ya sé que todos creéis que mi hijo no sabía decir que no —dijo Pedro con la voz llena de orgullo y de añoranza—, pero sabía hacerlo. Daniel era un genio haciendo creer a los demás que se dejaba convencer con facilidad, así todo el mundo creía estar en deuda con él. Era una gran persona y le echaré de menos toda la vida. Su muerte fue una desgracia, Marc. Un accidente.

—Yo... —balbuceó él— no sé qué decir. —Respiró hondo y añadió—: Yo también echaré de menos a Daniel toda mi vida.

—Lo sabemos, hijo —contestó Marta, poniéndose en pie para acercarse a él. Se secó las lágrimas con las manos y lo miró a los ojos—. ¿Puedo darte un abrazo?

Marc soltó los dedos de Olivia y abrazó a la mujer, aceptando que ella le devolviese el abrazo con todo el cariño y el dolor que llevaba años guardando.

—Será mejor que nos vayamos —dijo Pedro apareciendo al lado de su esposa—. Sé feliz, Marc. Has encontrado a una chica maravillosa y seguro que serás un gran padre. Marta y yo —su mujer ya se había apartado de él y tenía los dedos entrelazados con los de su esposo— te deseamos toda la suerte del mundo. Y si algún día te apetece venir a vernos, ya sabes dónde estamos, ¿de acuerdo?

—De acuerdo, Pedro. Gracias.

Los padres de Daniel se fueron en silencio y Marc volvió a quedarse inmóvil y callado.

—¿Estás enfadado conmigo? —le preguntó Olivia acercándose a él para acariciarle la cicatriz—. Sé que somos felices, que casi nunca tienes pesadillas y que de verdad has empezado a superar todo lo relacionado con el accidente.

Él buscó sus ojos con la mirada.

—No puedo evitarlo, Martí —prosiguió ella—. Necesito hacerte feliz y no pararé hasta que lo seas cada día de tu vida. Álex me dio el número de los padres de Daniel y Martina los llamó antes de que lo hiciera yo, para preguntarles si aceptarían venir. Al parecer hace tiempo que se sienten muy mal por cómo te habían tratado, pero no se atrevían a ponerse en contacto contigo. Me arriesgué y les llamé. Si te ha molestado, lo siento, pero de verdad creía que...

Él le tapó la boca con una mano.

—¿Les has dicho que estamos casados, Millán, que vamos a formar una familia? —le preguntó con voz ronca.

Había oído lo que Marta había dicho en medio de su disculpa y no sabía si era verdad o si Olivia se lo había inventado para ganarse la simpatía de la mujer. Ella nunca decía mentiras, así que quizá Marta había malinterpretado algo o... Tenía que saberlo.

Apartó despacio la mano de los labios de Olivia y esperó, con el corazón en un puño.

—Sí.

A él casi se le paró el corazón.

—Sé que no hemos hablado de ello. Apenas hace un año que...

—¿Quieres casarte conmigo, Millán? Porque yo no me atrevo a pedirte nada más, pero si quieres me harás el hombre más feliz del...

Millán le calló con un beso y Martí le sujetó el rostro entre las manos y la besó sin ocultarle nada. Sin ocultarle que la amaba y que sin ella moriría. Sin ocultarle que estaba temblando y que el corazón iba a salírsele del pecho. Sin disimular que ella podía hacer con él lo que quisiese.

—Esto sí que es un beso, Martí —dijo Manuel, entrando por la puerta de la cocina.

Olivia y él dejaron de besarse, pero no se separaron.

—¿Va todo bien, jefes? —les preguntó Lucrecia, que entró detrás de su marido.

Olivia miró a Martí y dejó que él respondiese.

—Todo va mejor que bien —contestó en voz baja—. Vamos a casarnos —añadió, elevando el volumen antes de volver a besar a su prometida apasionadamente.

Todos enloquecieron. Lucrecia fue a buscar a Natalia y a Roberto y Manuel empezó a llamar a gritos a Tomás. Cuando estuvieron todos reunidos, descorcharon una botella de champán y brindaron por el futuro.

Un futuro que a Marc nunca le había parecido tan brillante.

Esa misma noche, tumbado en la cama después de hacerle el amor a Olivia, pensó que lo único que le faltaba para que su felicidad fuese completa era que Martina, su hermana que tanto lo había ayudado durante los meses que Olivia y él estuvieron separados, también fuese feliz. Y con ese objetivo en mente, alargó la mano y buscó el móvil en la mesilla de noche.

—¿A quién llamas a estas horas? —le preguntó Olivia, que estaba recostada en él.

Martí se llevó un dedo a los labios para indicarle que no dijese nada.

—¿Leo? —preguntó en cuanto descolgaron el teléfono—. Martina me dijo que se olvidó unos pendientes en tu casa. Sí, soy su hermano. Necesito que me los devuelvas cuanto antes. ¿Cómo que por qué? —Bufó—. No es que sea asunto tuyo pero, en fin, da igual. Necesito los pendientes porque Martina quiere ponérselos para la boda. ¿Cómo que qué boda? Que yo sepa, a ti no te importa.

Y colgó.

—Martí, ¿hablabas de nuestra boda con Leo? ¿Con Leo? ¿De dónde has sacado su número?—dijo Olivia, atónita.

—Me lo dio Martina hace tiempo. Alguien tiene que hacer reaccionar a ese chico o al menos tiene que atreverse a hablar cara a cara con Martina y resolver las cosas. Mi hermana no puede seguir así —afirmó serio—. Tú has dicho antes que necesitas hacerme feliz. Y me lo haces tanto que por tu culpa ahora yo necesito hacer feliz a todo el mundo. ¿Satisfecha? Te quiero, Millán, pero has creado a un monstruo.

Olivia se apoyó en él y lo miró.

—Yo también te quiero, Martí. Y sí, estoy muy satisfecha contigo. —Se acercó a sus labios y le dio un beso—. Aunque dentro de un momento voy a estarlo más. Ahora, señor Monstruo, coloca las manos en el cabezal y no las muevas.

Él sonrió y obedeció.

—Y cuando termine, acuérdate de llamar a tu hermana y avisarla.

—Está bien —dijo Marc, consciente de que tenía que prevenir a Martina sobre la inminente visita de Leo—. Pero ahora sigue con lo que estabas haciendo. Creo que nunca me acostumbraré a tus besos.

—Tranquilo, tienes toda la vida para hacerlo.

Álex

Era la segunda vez que visitaba Las Vegas y la primera que lo hacía acompañado de Sara y, aunque tenía los dedos de ella enredados con los suyos y la mejilla de ella recostada en su hombro, todavía no podía creerse que estuvieran allí juntos.

El camino no había sido fácil, esos últimos meses habían estado llenos de ajustes y de dificultades, aunque por suerte también de momentos maravillosos. Enamorarse en el mundo real no era tan fácil como parecía en las películas y sin duda requería mucho esfuerzo para que saliera bien, pero la alternativa era perder a esa persona que te hacía feliz, que te comprendía cuando ni tú mismo lo hacías, así que tanto Álex como Sara lo habían dado todo para lograrlo.

—Ya hemos llegado —le susurró Álex a Sara para despertarla cuando el taxi se detuvo frente al hotel donde se habían conocido.

Ella bostezó y se desperezó.

—Lo siento, no quería dormirme.

—No te preocupes, cielo. Vamos —le ofreció la mano—, al menos esta vez no voy a pasarme la noche entera pensando en ti.

—El día que nos conocimos, después de chocar conmigo en el vestíbulo, ¿te pasaste la noche entera pensando en mí?

Él afirmó sin disimulo.

—He pensado en ti cada noche desde entonces.

—Lo mismo digo.

Habían viajado hasta allí para asistir al bautizo del primer hijo de Susi y Michael, quienes se habían dado prisa en empezar una familia. Lo cierto era que podrían haberse negado, pero a los dos les hacía ilusión volver a la ciudad donde se habían conocido y aprovecharon la excusa. Además, tanto él como ella necesitaban vacaciones porque las últimas semanas habían sido especialmente difíciles.

Sara había encontrado un muy buen trabajo en Madrid, en una agencia de viajes dedicada a crear viajes a medida para colegios, empresas e incluso familias. Sara llevaba los clientes pequeños, sus favoritos, y disfrutaba creando viajes a medida para celebrar una boda de oro o un aniversario. Hasta la fecha sus favoritos eran el viaje que había organizado a una mujer para celebrar su divorcio y el de una familia para celebrar que el padre había dejado atrás un cáncer. Había alquilado un piso cerca de donde vivía su padre con su segunda esposa, con la que Sara empezaba a llevarse bien, y su relación había cambiado y mejorado mucho en todo aquel tiempo.

Álex seguía trabajando en Hoteles Vanity, aunque viajaba menos y se dedicaba más a analizar las operaciones financieras de la cadena hotelera. Empezaba a estar cansado y cada vez le tentaba más la oferta que le había hecho su hermano mayor, Guillermo, para que se fuese a trabajar con él en la pequeña asesoría que este había abierto en Barcelona. La relación entre Guillermo y Álex había mejorado mucho en los últimos meses, desde que Álex había regresado de Estados Unidos, y los dos hablaban a menudo de todo lo que harían si trabajasen juntos. Nada se lo impedía. Excepto que Sara vivía en Madrid y Álex sabía que si se mudaba allí no podría trabajar con Guillermo en Barcelona.

De momento mantenían los dos pisos. Cuando Álex viajaba a Madrid se quedaba en casa de Sara, donde tenía un montón de ropa y objetos personales, y siempre que Sara podía visitaba Barcelona y se quedaba con Álex, llenándole el piso de recuerdos y de gafas olvidadas.

Esas vacaciones les irían bien a los dos. Vivir entre dos ciudades les estaba afectando y a veces se echaban tanto de menos que cuando se veían discutían por tonterías.

Después de hacer los trámites en la recepción subieron a la habitación.

—Es la misma habitación —dijo Sara sorprendida cuando Álex se detuvo frente a la puerta—. ¿Es casualidad o lo pediste tú?

Él sonrió.

—Lo pedí yo.

—¿Por qué?

—Por dos motivos. —Álex dejó atrás los pensamientos sobre los dos pisos y el trabajo y los viajes que los dos hacían en AVE para centrarse en

Sara y en lo que de verdad importaba—. El primero, tengo muy buenos recuerdos de esa cama. —Se agachó a darle un beso porque ella se había sonrojado.

—¿Y el segundo?

Él tardó unos segundos en reaccionar, pues esa chica le convertía en un idiota solo con el tacto de sus labios.

—¡Ah, sí! El segundo. El segundo es porque quería hacer esto.

La levantó en brazos y cruzó así el umbral. Sara se rio y se olvidó del cansancio del vuelo.

—Estás loco.

—Lo sé, es culpa tuya. Esa noche quería hacerlo, pero me contuve porque pensé que echarías a correr.

Sara le besó.

—Me habría encantado.

Él cerró la puerta de un puntapié y depositó a Sara en la cama, donde empezó a besarla y desnudarla. Después, desnudos en la cama, ella se incorporó en un brazo y le miró. Iba a decirle algo, pero como siempre que le miraba, se quedó aturdida pensando en la suerte que tenía de haberse enamorado de un hombre como él y de que él la correspondiese con tanta intensidad.

Tuvo que besarle y el beso debió de traicionar todo lo que estaba pensando porque, cuando se apartó, Álex le acarició la mejilla y le preguntó si le pasaba algo.

—Te quiero.

—Y yo a ti —respondió él al instante—. Ahora cuéntame qué te pasa.

Sara sonrió.

—He estado pensando que estas últimas semanas los dos hemos ido de cabeza: tu trabajo, mi trabajo, mi piso, tu piso. ¿No crees que deberíamos hacer un cambio?

—¿De qué clase?

—Dejarnos de tantos tú y yo y empezar a pensar en nosotros.

A Álex se le aceleró el corazón.

—Para mí somos nosotros desde hace mucho tiempo, Sara.

—Lo sé, para mí también, por eso no quiero pasarme noches enteras sin ti a mi lado o no saber cuál es nuestra casa. Por eso he estado hablando esta semana con Cristina, mi jefa. Le he propuesto algo y ella ha aceptado. Tal vez tendría que habértelo dicho antes, ahora que lo pienso, pero quería que fuera una sorpresa, aunque tal vez no te guste la idea y...

Álex tiró de ella para callarla con un beso.

—Si es para que dejemos de ser tú y yo y seamos nosotros, seguro que me gustará. Dímelo de una vez, por favor.

—Sabes que todavía tengo parte del dinero de la venta del piso de mi madre y que gracias a ti puedo estar mucho más tranquila en ese sentido que la mayoría de gente de nuestra edad.

—Respira, cielo.

Álex podía ver lo nerviosa que estaba Sara y no le gustaba.

—Le he dicho a Cristina que podríamos abrir una sucursal de la agencia en Barcelona. Yo podría ser socia, además de seguir encargándome de las cuentas pequeñas. Le ha parecido una muy buena idea. Todavía tenemos que buscar local, pero... ¿Por qué me miras así?

Álex temió que se le parase el corazón y llevó una mano de Sara encima de su pecho para ver si el tacto de ella lograba mantenerlo lejos del peligro.

—¿Estás diciendo que quieres mudarte a Barcelona?

—No. Estoy diciendo que, si tú quieres, quiero vivir contigo. No quiero tener dos casas, no quiero llevar vidas separadas. Quiero...

No terminó la frase porque Álex la besó y la besó y cuando tuvieron que separarse para respirar volvió a tirar de ella para volver a besarla. No podía parar de hacerlo.

—Vamos a vivir juntos. Te quiero tanto, Sara...

—¿De verdad te parece bien? Llevamos tantos meses viviendo así, separados, que creía que era lo que querías.

—Cielo, nunca he querido tener una vida separada de la tuya. Si de mí dependiera, a partir de mañana mismo lo tendríamos todo juntos. Basta de tú y yo, por mí podemos ser siempre nosotros.

—No sé si deberías decirme algo así.

—¿Por qué no? —preguntó él al ver la sonrisa en el rostro de ella.

—Porque estamos en Las Vegas y ya sabes lo que dicen: la gente viene a Las Vegas a...

—A cometer locuras —dijeron al mismo tiempo.

—O a casarse —siguió Sara—, ¿qué me dices? La primera vez que estuvimos aquí fingiste ser mi novio y me acompañaste a una boda. ¿Qué te parece si esta vez, ya que eres mi novio de verdad, nos casamos?

Álex la besó y cuando la soltó la miró con ojos brillantes.

—Creo que estoy enfadado contigo.

—¿Por qué?

Él salió de la cama y, tras husmear por la maleta, volvió y se tumbó con cuidado encima de ella.

—Porque te me has adelantado. —La besó otra vez y, al apartarse, abrió una cajita que contenía un anillo con una preciosa esmeralda con tonos grisáceos—. Sara, desde que chocaste conmigo con aquel horrible vestido no he vuelto a ser el mismo y no lo cambiaría por nada del mundo. Me enamoré de ti y me enseñaste a confiar en mi corazón. Si me lo permites, me gustaría pasarme el resto de mi vida a tu lado, intentando hacerte reír y siendo felices juntos, así que ¿quieres casarte conmigo?

—¿Podemos decirles a nuestros nietos que mi gran gesto fue espectacular y que mi pedida fue mejor que la tuya?

—Si me dices que sí, podemos decirles lo que tú quieras.

—Sí.

Capítulos exclusivos de esta edición especial

MARTÍ Y MILLÁN

Julio de 2014

Los últimos cuatro años habían sido los mejores de su vida y cada día era mejor que el anterior. Obviamente él y Olivia habían tenido días malos, pero un día malo con ella era preferible a cientos de buenos con otra persona o en soledad.

Y por algún extraño milagro Millán pensaba lo mismo.

Marc seguía sin comprender qué veía ella en él o qué había hecho él para merecerse estar con una persona como ella. Esas dudas las había dicho alguna vez en voz alta y Millán se limitaba a sonreír y a responderle que él no tenía que hacer nada para que ella le quisiera, que el amor se daba y se recibía, no se ganaba. Nunca había llegado a comprender esa frase, pero poco a poco estaba más cerca de lograrlo.

—¿Por qué estás tan nervioso? —le preguntó Anthony, su cuñado.

—¿Tú no te pones nervioso cuando organizas algo así? —Marc estaba al borde del infarto—. Perdón, se me olvidaba que eres inglés y que tienes horchata en las venas.

El inglés en cuestión levantó la comisura del labio y contestó:

—¿Quieres que le pida a tu hermana que te llame y te cuente cuán falsa es esa afirmación?

—No. Por favor. No. No lo hagas —suplicó—. Ya estoy demasiado al corriente de las peripecias sexuales de mis hermanas. Y luego dicen que somos los hombres los que hablamos de estas cosas.

—Hablamos.

—Ya, bueno, ¿quieres dejar de tomarme el pelo?

—Ha servido para que te relajaras. Empezaba a pensar que iba a tener que llamar a una ambulancia.

—Gracias, cretino.

—Siempre es un placer torturar a uno de los hermanos Martí. —Anthony se terminó el café con hielo que estaba bebiendo.

—Tendría que haberte dado un puñetazo el día de la boda de Guillermo y Emma, cuando me pediste que te dejase hablar con Helena. Ahora ya no puedo, me caes demasiado bien.

—Y tu hermana te mataría.

—Eso también es verdad.

—Gracias por haber optado por la opción pacífica y haberme dejado hablar con tu hermana aquella noche.

—Confieso que creía que ella iba a pegarte.

—Me lo habría tenido bien merecido y en respuesta a tu primera pregunta, claro que me pongo nervioso cuando organizo algo así. Supongo que por eso es bonito.

—Sí, supongo que sí.

Marc se despidió de Anthony en la cafetería de Barcelona y se subió al coche para irse a casa. Estaba impaciente por sorprender a Olivia. Llevaba semanas planeándolo y, aunque había necesitado la ayuda de Anthony para un pequeño detalle, le había hecho jurar a su cuñado que no le contaría nada a Helena; no quería correr el riesgo de que Millán se enterase antes de tiempo.

Llegó al Hotel California y sonrió como cada vez que lo veía. Si él fuera de la clase de personas que creían en los lugares mágicos, diría que ese lo era porque entrar en él había cambiado su destino. El primero con quien se cruzó fue Tomás, que a pesar de la insistencia de todos, seguía sin jubilarse.

—¿Dónde está Olivia? —le preguntó.

—¡Hombre, Martí! Me alegro de verte. ¿Adónde vas con tantas prisas?

—Estoy buscando a Olivia —repitió.

Tomás le puso una mano en el hombro, lo que indicaba que tenía intención de charlar con él; algo que en circunstancias normales le gustaba a Marc, pero no aquel día porque ahora que había puesto el plan en marcha estaba impaciente para llevarlo a cabo.

—Quería preguntarte algo. ¿Te acuerdas de esa familia alemana que vino el año pasado?

Marc suspiró resignado.

—¿Cuál? Vienen muchos alemanes al hotel.

—Esos que tenían dos hijos rubios.

—Esa pista no es tan útil como crees, Tomás. Intenta ser más específico.

—Claro, claro. Perdona.

Tomás pasó a enumerar una larguísima lista de detalles sobre los alemanes para al final acabar preguntándole a Marc si recordaba la marca de la caña de pescar que había utilizado el padre. La recordaba, pero se planteó no decírsela solo para vengarse.

—Gracias. Olivia está en la cafetería, acabando de cerrar unos pedidos con el chico de la pastelería; si te das prisa todavía la encuentras.

Marc se despidió y aceleró el paso, pero cuando llegó a la cafetería ella ya no estaba.

—Pero ya que estás aquí —le dijo Pedro—, ¿puedo pedirte un favor?

—¿Es urgente? —Marc quería a esa gente, de verdad que les consideraba su familia, pero aquel día parecían empeñados en hacerle cambiar de opinión.

—Es la cafetera; hace un ruido raro.

—¿Cómo de raro?

Pedro sonó como un pavo atragantándose.

—Yo no me atrevo a tocarla, el técnico dice que vendrá mañana, pero ya que estás aquí... Esa cafetera te conoce, Martí, es como si supiera que estás aquí y te hubiera echado de menos. Vamos, seguro que en un par de minutos la tendrás arreglada.

Marc miró a su alrededor a ver si veía a Olivia y sacó el móvil del bolsillo para asegurarse de que ella no le había llamado. Ante las dos respuestas negativas, suspiró resignado y se dispuso a arreglar la temperamental cafetera.

Media hora más tarde, no dos minutos como había anticipado Pedro, se estaba lavando las manos en la cocina para ir en busca de Olivia. Si no pasaba nada más, tal vez conseguiría sorprenderla en la oficina y después...

—¡Martí! —Unos brazos enormes le rodearon por la espalda.

—Me estás ahogando, Manuel.

El recién llegado aflojó los brazos y, acto seguido, Lucrecia prácticamente se abalanzó sobre Marc para darle dos besos bien sonoros en las mejillas.

—Has adelgazado —sentenció Lucrecia—, no comes bien. Eso de pasarte tantas horas en tu clínica no es bueno.

—Lo dices como si me dedicase al narcotráfico, y además no he adelgazado.

—Estás más delgado, te lo digo yo. Y más pálido.

—Sigue, no te preocupes por mi ego.

—Tu ego está bien —siguió Lucrecia—; lo que no está bien es tu cabeza. ¿Por qué no cierras las clínica esa de animales y vuelves con nosotros?

—Porque soy veterinario y me gusta mi trabajo. Además, aquí ya no os hago falta.

—¡Virgen Santa! ¿Quién ha dicho semejante tontería? Si ha sido tu mujer no le hagas caso, la muy boba pierde la capacidad de pensar cuando te ve y seguro que te lo ha dicho para tenerte contento. Tienes que volver, el hotel no funciona sin ti, Martí.

—No es verdad, estáis todos bien y el hotel va a las mil maravillas, pero gracias por decir eso, Lucrecia. Yo también os echo de menos.

—¿Echarte de menos? —Lucrecia se apartó airada y Martí miró a Manuel, que estaba detrás de ella y le guiñó un ojo—. ¡Qué más quisieras! Aquí nadie te echa de menos.

—Vale, perdón, lo siento. —No pudo contener la sonrisa—. Lo habré malinterpretado.

—Es que no razonas bien, ¿lo ves? Estás débil. —Un plato con un trozo de lasaña apareció casi por arte de magia delante de él—. Come un poco. Es tu plato favorito; lo he hecho esta mañana de casualidad.

Marc miró la lasaña y después a la mujer que la había cocinado. Lucrecia era una mujer muy intensa y tenía el corazón más grande que él había visto nunca. Ellos dos repetían ese ritual más o menos una vez al mes y siempre terminaba así; con él comiendo y prometiéndole que pasaría por el hotel más a menudo y ella diciéndole que en realidad no pasaba nada si no lo hacía.

Podía levantarse e irse, seguramente Lucrecia se enfadaría aunque acabaría perdonándole, pero no tuvo el valor de hacerlo.

—Gracias, Lucrecia. Tiene una pinta estupenda.

Se comió la lasaña y charló con los Borgia sobre las últimas peripecias que habían sucedido en su consulta veterinaria. Al salir de la cocina le detuvo Natalia y esta vez Marc ni siquiera intentó resistirse, así que la ayudó con lo que le pidió sin rechistar.

Llevaba dos horas en el hotel y todavía no había encontrado a Olivia por ningún lado. No estaba en su despacho ni revisando el almacén ni repasando el jardín. Era como si se hubiese esfumado, hasta que de repente supo dónde estaba y redirigió sus pasos hacia la playa.

El corazón se le ensanchó al verla y volvió a pensar que no se merecía tener tanta suerte.

—¡Eh, Millán! —gritó, deteniéndose frente a la roca—. ¿Puedo subir?

Ella le sonrió.

—Llegas tarde.

—¿Tarde?

—Te estaba esperando. Vamos, sube. —Ella le guiñó un ojo.

Marc escaló la roca y la besó nada más llegar a su lado.

—Hola —suspiró Olivia cuando se separaron—. ¿Por qué has tardado tanto?

—Me ha detenido todo el mundo, parecía un complot.

—Te echan de menos. Cada día sucede alguna tontería y vienen a buscarme para preguntarme qué harías tú si estuvieras aquí. Eres una especie de leyenda, Martí.

—¡Qué va!

—Lo eres, al menos para ellos y para mí. Saben que eres feliz siendo veterinario, pero ten cuidado —le dio un beso antes de seguir—, el día menos pensado te secuestran y te traen de vuelta.

—¡Si no me he ido a ninguna parte! Vivimos aquí y paso casi todas las semanas por el hotel. Comemos con Tomás y vemos a Manuel y a Lucrecia. Cualquiera diría que me he ido a la guerra o a vivir a otro continente.

—Lo sé y ellos también lo saben. Creo que les gusta tomarte el pelo.

—¿Y por eso hoy se han dedicado a ponerme trabas? —Rodeó a Millán con un brazo porque quería tenerla más cerca—. Tenía ganas de verte. —Vio que ella se sonrojaba y sonreía—. ¿Qué pasa?

—Creo que lo de hoy es un poco culpa mía.

Marc enarcó una ceja.

—Explícate.

—Les he dicho que quería que te distrajeran. Lo siento.

Marc se rio. Ahora entendía mejor lo que había pasado.

—¿Y por qué tenían que distraerme?

—Porque tenía que recoger algo antes de venir aquí. —Ella se apartó un poco y le enseñó una bolsa para mantener el frío—. He ido a buscar helado.

—¿Tan segura estabas de que iba a venir?

—Segurísima. Confío en ti y nunca te has olvidado del día que me besaste en esta roca. Fue nuestro primer beso de verdad.

—Técnicamente fue el segundo.

—¡Oh, vamos! No insistas, el beso que me diste delante de Nájera no cuenta.

—Claro que cuenta. Te besé de verdad; que después me comportase como un imbécil no invalida el beso.

—Sí que lo invalida.

—No.

—Sí. Y no vas a convencerme de lo contrario. —Millán abrió la bolsa y sacó el helado de chocolate para Martí—. Aunque reconozco que ese beso también estuvo bien.

—¿Lo ves? —Tiró de ella para besarla apasionadamente—. No lo invalida.

—Vale.

Comieron el helado mirando el mar, deteniéndose de vez en cuando para besarse pero sin decirse nada, recordando las cosas que habían sucedido entre ellos durante ese tiempo.

—Besarte es lo mejor que sé hacer en la vida; besarte y quererte. A veces creo que es lo único que sé hacer —confesó Martí.

Millán le acarició el pelo y después deslizó el dedo por la cicatriz.

—No es verdad. Sabes hacer muchas cosas más, como por ejemplo cuidar de tus hermanos o hacer que un montón de locos, como los que hay allí dentro —señaló el hotel—, se encariñen de ti y no te quieran perder de vista.

—Y entonces pienso en el daño que te hice hace cuatro años y me aterroriza pensar que estuve a punto de perderte.

—Eh, no digas eso, Martí. Estamos juntos y no tengo intención de irme a ninguna parte y tú tampoco.

Él ladeó el rostro para besarla, le acarició las mejillas y le sujetó el rostro para convertir aquel beso en una caricia íntima, llena de promesas y declaraciones de amor.

—Te he traído algo —le dijo al soltarla.

—¡Oh, vaya! Yo no te he comprado nada. Lo siento. —Olivia se sonrojó y balbuceó—: El día de hoy... nunca nos hacemos regalos.

Marc volvió a besarla para silenciarla.

—Tú nunca tienes que regalarme nada; soy yo el que siempre estará en deuda contigo. Además, quizá no te guste.

—No digas tonterías. Y no estás en deuda conmigo para nada. Yo también creo que quererte es lo mejor que sé hacer en la vida.

Marc tomó aire y sacó el sobre que llevaba en el bolsillo posterior de los pantalones para dárselo. Olivia sacó el contenido con cuidado.

—Son entradas para *Turandot*, la ópera que... —Le brillaron los ojos y tuvo que detenerse.

—La ópera que íbamos a ver el día que tu madre te dijo que yo había suplantado a Álex y que iba a utilizarlo para quedarse con el hotel —terminó Martí por ella—. Es en Milán, dentro de una semana. No puedo volver atrás en el tiempo, pero al menos puedo llevarte a ver tu ópera favorita.

—¿Lo harías?

—¿El qué?

—Volver atrás en el tiempo.

Se quedó pensando la respuesta un momento.

—Supongo que si de verdad fuera posible tendría que hacerlo, tendría que buscar la manera de salvar a Daniel y a Mónica de ese horrible accidente, pero la verdad es que me daría miedo. Me daría miedo alterar las cosas de tal manera que después tú no aparecieras en mi vida.

—Dudo que eso fuera posible —le aseguró ella—. Quiero decir que estoy convencida de que, pasara lo que pasase, tú y yo terminaríamos encontrándonos.

—¿Y enamorándonos?

—Eso siempre. —Millán le dio un suave golpe en las costillas con el codo—. Y puedo demostrártelo.

—¿Cómo?

—Conocí a Álex antes que a ti y no me produjo ningún efecto, ni siquiera recordaba su rostro con claridad. En cambio, cuando te vi a ti en la notaría —sacudió la cabeza—, dudo que te hubiese olvidado nunca. Así que estoy segura de que tú y yo nos habríamos encontrado.

—Yo también.

—Me alegro. —Millán sonrió satisfecha—. Gracias por las entradas y por sustituir aquel día a tu hermano.

—Tengo otra sorpresa —dijo entonces Martí mirándola.

—¿Otra sorpresa? Pero... Yo... ¿Qué está pasando? Vas a hacer que me sienta mal por solo haber pensando en traer helado.

—Tal vez no te guste.

Olivia se quedó unos segundos en silencio. Recorrió el rostro de Martí con la mirada y la cicatriz de la mejilla con los dedos. Él cerró los ojos.

—¿Estás nervioso? —Bajó los dedos por el cuello—. Estás nervioso, ¿por qué?

—Hoy he visto a Anthony.

—¿Ah, sí?

—Sí. Hace unos meses le pedí un favor y hoy... hoy he quedado con él para... En fin, tal vez no te guste.

—¿El qué?

—Y no tienes ninguna obligación de decir que sí. Estamos muy bien así y te aseguro que yo no podría ser más feliz.

Olivia le sujetó el rostro con las manos, le hizo volverse hacia ella y le besó.

—Tranquilo, Martí. Te quiero. Dime de qué estás hablando.

—De acuerdo. —Volvió a buscar en el bolsillo del pantalón y sacó el móvil—. Es solo una idea; tú tienes la última palabra.

—¿Sobre qué?

Le entregó el móvil con el álbum de fotos abierto y esperó a que ella lo aceptase y desviase la mirada hacia la pantalla.

—Son planos —explicó Martí—. Una noche no podía dormir, ya sabes que aún tengo pesadillas de vez en cuando. —Olivia levantó la mirada y le acarició el rostro con la mano que tenía libre. Él tragó saliva y siguió—: La casa de tu abuelo es preciosa y sé que durante estos últimos cuatro años la hemos hecho nuestra. Y quiero que sepas que no tienes que aceptar lo que te estoy proponiendo.

—¿Y qué me estás proponiendo exactamente?

—Podríamos ampliar la casa, hacer una o dos habitaciones más. O tal vez tres. Las que tú quieras; tú tienes la última palabra.

A Olivia le brillaron los ojos.

—¿Estás listo para dos habitaciones más?

—Contigo sí. Ahora sí. Si tú quieres, claro. Yo puedo estar toda la vida contigo y nunca pensaré que me falta nada, pero —sonrió— sería divertido.

—Eso seguro.

—¿Crees que lo haremos bien?

—Creo que tú ya lo has hecho, ya has creado una familia con la gente del hotel. Ahora solo serán más pequeños.

—Y tú estarás conmigo.

—No quiero estar en ningún otro lugar.

Olivia volvió a mirar las imágenes del plano que había en la pantalla del móvil.

—¿Y esto qué se supone que es?

—¡Ah, esto! —Martí enlazó los dedos de una mano con los de Millán—. Esto será, si quieres, nuestra nueva clínica veterinaria. Cristina terminó la carrera hace un año y lleva tiempo pidiéndome que le dé más responsabilidad. Además, si —carraspeó— si tenemos hijos, no quiero perderme nada. Había pensado que podría abrir una nueva clínica aquí y de paso corregir el nombre.

—¿Corregir el nombre? «Clínica Veterinaria Martí» está bien. —Fue lo único que Olivia fue capaz de comentar de lo abrumada que estaba con todo lo demás.

—Sí, no está mal, pero «Clínica Veterinaria Millán y Martí» suena mucho mejor. ¿Qué me dices? ¿Volvemos a jugárnosla juntos?

—¿Lo quieres por escrito, Martí?

Marc soltó una carcajada al recordar la primera conversación que habían mantenido cuatro años atrás y vio que Olivia le guiñaba el ojo, confirmándole que ella tampoco había olvidado nada.

—No hace falta, Millán. Estoy seguro de que eres de fiar.

A diferencia de entonces, ahora se besaron y se quedaron en esa roca haciendo planes.

ÁLEX Y SARA

Noviembre 2015

Álex nunca había viajado tan rápido en el AVE. Casi le arrancó la cabeza al señor que tenía delante de él en el pasillo y que había decidido recorrerlo a la misma velocidad que una tortuga coja. Cuando por fin logró salir de la estación de Atocha detuvo un taxi y le dio la dirección. Si hubiese creído que iba a servirle de algo, le habría pedido al conductor que se saltase todos los semáforos en rojo para llegar antes.

Nunca se había sentido tan impotente como en ese instante y nunca había estado tan asustado.

Llevaba horas con el corazón encogido y notaba como si tuviera una colmena de avispas en su interior, listas para atacar y aguijonearle. Por ahora las mantenía bajo control, pero solo porque en su mente no se permitía pensar en la posibilidad de que sucediera lo peor. Todavía tenía el móvil apretado entre los dedos y la voz triste de Sara golpeándole las sienes.

Estoy en el hospital, algo va mal.

Eso era lo único que le había dicho, eso y el nombre del hospital, y después él se había vuelto loco llamándola cientos de veces. Ella no había contestado y tampoco lo había hecho el padre de Sara. De todos los días del año, de todos los días de la eternidad, había tenido que sucederles eso precisamente entonces.

Eso.

Álex no se veía capaz ni de pensar en la palabra.

A pesar de que ellos vivían en Barcelona, Sara viajaba a Madrid con frecuencia tanto por trabajo como para visitar a su padre. Siempre que podía, Álex la acompañaba en esas visitas. La relación entre Sara y Ginés había mejorado mucho con los años y él también se llevaba bien con su suegro y la familia que este había adquirido al casarse con una encantadora viuda con dos hijos mayores y tres nietos. Álex todavía no trabajaba con Guillermo, aún no se había atrevido a lanzarse en ese sentido, y la culpa era suya o, mejor dicho, del miedo que tenía de volver a tener una mala relación con su hermano mayor.

A los dos les había costado mucho llegar adonde estaban y, aunque Guillermo le aseguraba que nada podría empeorarla, Álex no estaba seguro. Todavía recordaba lo difícil y complicado que había sido rehacer la relación entre Marc y él, y eso que ellos tenían un vínculo aún más fuerte al ser gemelos. No quería correr el riesgo de pelearse con Guillermo y perderle. Prefería tener un trabajo más esclavo y mantener a su hermano.

La parte negativa era que Álex disponía de poco tiempo y que a veces sus horarios y los de Sara eran más difíciles de encajar que las piezas de un Tetrix. Pero ahora todo iba a cambiar, ahora que Sara... No, no podía pensarlo.

Sara había ido a visitar a su padre y él se había quedado en Barcelona porque tenía que quedarse. Sencillamente no podía irse y dejar todos esos expedientes a medias. Curioso que ahora, con la espalda empapada de sudor frío y los nervios cerrándole la garganta, le importaran una mierda esos informes, y se preguntaba por qué demonios no la había acompañado.

—Ya hemos llegado.

El conductor detuvo el coche y Álex pagó la carrera prácticamente saltando del taxi. Entró en urgencias y corrió al mostrador para preguntar dónde estaba Sara. La persona que le atendió fue eficiente, apenas pasaron unos segundos, pero a él se le hicieron eternos. Le señaló unos compartimentos separados por cortinas y Álex farfulló un «gracias» y salió hacia allí.

Oyó la voz de Sara y sintió tal alivio que casi le fallaron las piernas. Separó la cortina y la encontró en una cama hablando con una doctora.

—Sara, cielo.

Los ojos de ella se llenaron de pena y Álex no perdió tiempo presentándose a la doctora y abrazó a Sara. No hacía falta que le dijera nada; ya no podía seguir negando la verdad y sintió el primer aguijón en su interior. Pero él ahora no importaba; él ya se derrumbaría más tarde.

—Lo siento, lo siento tanto... —le dijo a ella mientras la abrazaba—. No llores o llora todo lo que quieras —añadió al comprobar que ella no lloraba, solo se sujetaba a él con todas sus fuerzas, como si fuera a romperse si se soltaba.

La doctora les interrumpió.

—Imagino que usted es la pareja de la señorita Márquez. Ya le he explicado que esto, por desgracia, es muy habitual. Los abortos en el primer trimestre del embarazo pueden deberse a distintos factores y en su caso no hemos visto indicios que deban preocuparnos.

Sara estaba de dos meses. Después de llevar más de dos años intentándolo, un test por fin había dado positivo y les había ilusionado. Los dos se sentían como si el destino les hubiese regalado la bola de cristal más preciosa y delicada del mundo, y todavía no se habían atrevido a decírselo a nadie.

—¿Cree que debería hacerme pruebas de fertilidad? —susurró Sara.

La doctora la observó.

—No conozco lo suficiente su caso; debería preguntárselo a su ginecóloga en Barcelona. El aborto se ha producido de manera espontánea y natural al tratarse de un embarazo ectópico; en principio tendría que recuperarse en cuestión de días. Le daré el informe con los resultados para que pueda dárselo a su doctora.

—Gracias, doctora —dijo Álex, porque Sara se había quedado en silencio.

—Pueden quedarse aquí un rato. Bébase el zumo y, si no se marea, puede vestirse e irse a casa. No hace falta que se quede ingresada.

Sara solo asintió y la doctora les dejó solos.

Álex volvió a abrazarla y se le encogió el corazón al comprender que no podía hacer nada, nada en absoluto, para aliviar el dolor que Sara sentía. La impotencia le quemó por dentro y se tragó la rabia porque sabía que ella no necesitaba nada de eso.

—Tal vez no tendría que haberme subido al tren esta mañana —empezó Sara—. Tal vez si ayer me hubiese acostado más temprano y hubiese...

—No. No.

Álex se apartó para poder levantarle el rostro y mirarla a los ojos.

—Tú no has hecho nada malo. No hay nada que hubieras podido hacer, nada. —Le sujetó el rostro entre las manos—. Ya has oído a la doctora; era un embarazo ectópico. Este final era el único posible. —A Álex le resbaló una lágrima.

—Lo siento tanto... —susurró ella.

—Y yo.

Y volvió a abrazarla.

Se quedaron en silencio. Álex no la soltó hasta que notó que la tensión se desvanecía de los hombros de Sara y aflojaba los dedos con los que se había sujetado a su espalda. Más tarde ya tendría tiempo de preguntarle cuándo había empezado a encontrarse mal y por qué había acudido sola al hospital. Eran detalles que, aunque él necesitaba saber, no cambiaban nada.

—¿Estás lista para irte? —le preguntó.

—Creo que sí.

La ayudó a levantarse de la cama y le acercó la ropa que vio doblada en una silla. Durante un instante apareció en su mente el recuerdo de esos días en San Francisco, cuando Sara había perdido a su madre y ella se había encerrado en la pena y le había mantenido a él al otro lado.

—¿Quieres ir a casa de tu padre o a otra parte?

Cuando Sara visitaba Madrid sin él se quedaba en casa de Ginés, así que Álex dedujo que era allí donde tenía sus cosas.

—Sara, cielo, necesito que me digas cómo puedo ayudarte. —Tuvo que tragar saliva para reunir fuerzas—. Porque no sé qué hacer y, si a ti te pasa algo, si te sucede algo, no sabré qué hacer nunca más, ¿lo entiendes?

Sara le miró y fue como si le viera por primera vez. Se puso a llorar y él corrió a abrazarla.

—Estoy... —farfulló Sara entre sollozos—. Estoy tan enfadada y tan, tan triste y... me siento tan culpable...

—No digas eso. No lo digas.

—Llevamos años intentándolo, Álex. Años.

—No importa. Podemos dejar de intentarlo. Podemos hacer lo que tú quieras.

Sara sacudió la cabeza y se apartó con los ojos llenos de lágrimas y de rabia.

—Si estuvieras con otra...

Él no le dejó terminar la frase, le sujetó el rostro con las manos y la besó enfadado y triste a la vez. Dolido porque acababan de perder esa ilusión que apenas se habían atrevido a acariciar con las yemas de los dedos y porque ella creía que a él eso le importaba más que estar con ella.

Lo único que consiguió que a Álex no se le rompiera el corazón del todo fue que Sara le devolvió el beso con la misma rabia y el mismo dolor que él sentía y también con el mismo amor.

—Te quiero. —Fue lo único que le dijo Álex cuando se separaron— y eso que intentabas decir, eso que seguramente piensas, no tiene sentido.

—Álex...

—No lo tiene porque estoy enamorado de ti y tú y yo no somos un Excel o una cuestión práctica. Tú y yo nos queremos, ¿no es así?

Ella intentó apartar la mirada y él volvió a besarla.

—Claro que te quiero, Álex, muchísimo, pero...

—Nada de peros. Tú me quieres y yo te quiero, y ahora vamos a salir de este hospital y vas a contarme qué te ha pasado hoy y después los dos estaremos tristes y enfadados y furiosos y todo lo que tú quieras por lo que acaba de suceder, pero estaremos juntos. ¿De acuerdo?

Sara soltó el aliento y se secó otra lágrima.

—De acuerdo.

—¿Adónde quieres ir? ¿Quieres ir a casa de tu padre? —Álex necesitaba estar ocupado, hacer algo para que los preciosos ojos verdes de Sara recuperasen algo de brillo.

—La verdad es que no, no quiero ir allí. Cuando me fui no le dije lo que me estaba pasando. Cree que estoy con mis amigas.

Álex asintió.

—De acuerdo, pues no vamos a casa de tu padre. —Él podía volver a subirse al AVE y regresar a Barcelona, pero Sara necesitaba descansar y no podían desaparecer de Madrid sin más—. Déjamelo a mí. Tú termina de vestirte.

De algo tenía que servir trabajar en una gran cadena hotelera y llevar años en el sector. Álex hizo un par de llamadas y consiguió una habitación en el hotel donde años atrás Sara había hecho su gran gesto.

—Espero haber hecho lo correcto —le dijo a ella cuando ya estaban los dos en el taxi—, pero si no dímelo y vamos a otra parte.

Sara se limitó a apoyar la cabeza en el hombro de él. Después de llorar se había quedado sin fuerzas para nada más. Cuando el coche se detuvo y vio dónde estaban, depositó un beso en la mejilla de Álex para decirle sin palabras que ese lugar era justo lo que necesitaba.

Él le preparó una bañera igual que años atrás, pero esta vez se quedó en el baño con ella y la ayudó a desnudarse y a meterse en el agua caliente. Después hizo lo mismo y se colocó detrás de ella para abrazarla por la espalda.

Álex le enjuagó el pelo negro y la peinó, y dejó que ella llorase y se acurrucase en sus brazos.

—¿Y si no podemos tener hijos? —susurró Sara asustada cuando el agua empezaba a enfriarse.

Él se obligó a pensar en esa posibilidad, a tomarse el tiempo necesario antes de contestar para que ella supiera que decía la verdad y que no se trataba solo de una frase hecha.

—Crecer con un hermano gemelo implica no estar solo nunca; te miras en el espejo y no te ves a ti, sino a otra persona. En mi caso, Marc es además mi mejor amigo y los dos crecimos el uno pegado al otro. Por no mencionar el resto de mis hermanos. Nunca había pensado seriamente si quería o no tener hijos, supongo que cuando me hice mayor di por hecho que me sucedería algún día.

—¿Y si no sucede?

Álex le giró con cuidado el rostro para que ella le viese los ojos.

—La única persona que he elegido en mi vida eres tú, Sara. Lo único que he hecho a conciencia en esta vida es enamorarme de ti y decidir que quiero estar contigo hasta mi último aliento. ¿Quiero tener hijos? Mi respuesta es depende. Depende de ti.

—Yo sí quiero, pero tal vez no pueda.

—No lo sabemos. Si quieres podemos hacernos las pruebas pertinentes cuando regresemos a casa. Podemos hacer lo que tú quieras. Podemos adoptar. Tú decides, solo te pido que no te alejes de mí. Si tenemos hijos, genial. Si solo somos tú y yo hasta el día que me muera, habré muerto siendo el hombre más feliz del mundo, Sara. Te quiero a ti, no a ese futuro hipotético que nos espera.

—¿Estás seguro?

—Segurísimo.

—Está bien —asintió Sara apoyando de nuevo la mejilla en el pecho de Álex—. Yo también te quiero, Álex. Eres lo que más quiero en este mundo y me rompería el corazón no hacerte feliz.

—De eso, cielo, no tienes que preocuparte.

Abandonaron el hotel dos días más tarde. Álex se ocupó de llamar a Ginés y contarle lo que había pasado y Sara durmió. Y, aunque la pena seguía dentro, consiguió recuperarse y seguir adelante. Intentó no pensar en todas las cosas que podría haber hecho de otra manera y se aferró a lo que le había dicho la doctora.

De regreso a Barcelona pediría hora en su ginecóloga para una revisión y para informarse de lo que podían hacer, y después ella y Álex decidirían.

—¿En qué estás pensando? —le preguntó él cuando el AVE salió de un túnel.

¿En qué estaba pensando? Sara le miró a los ojos y, durante unos instantes, recordó todo lo que habían pasado juntos esos años y todo lo que les faltaba todavía por vivir. Él tenía razón, lo que existía entre ellos no era una cuestión práctica, era un amor de esos que salen en los libros y en las películas.

—No voy a dejarte.

Álex abrió los ojos como platos y el corazón le golpeó el pecho.

—¿Eso era una opción?

—Durante un segundo, pero no habría sido capaz. Habría sido lo más noble.

—No quiero que seas noble. Te quiero conmigo, ¿está claro?

A Sara le resbaló una lágrima por la mejilla.

—Clarísimo. Yo tampoco quiero que seas noble conmigo. Pediremos hora a la ginecóloga y nos haremos las pruebas. Después decidiremos juntos qué queremos hacer. ¿Me lo prometes?

—Te lo prometo —respondió Álex sin dudar.

Sara soltó el aliento.

—Vale, pues ahora bésame. Bésame o piérdeme para siempre.

—¿Acabas de citar una frase de *Top Gun* después de hacerme llorar? Me has dado un susto de muerte al decirme que te habías planteado dejarme.

Aprovechando que iban casi solos en el vagón, Sara se levantó del asiento y se sentó en el regazo de Álex.

—He tenido que improvisar un poco. No iba a preparar un gran gesto aquí en el AVE.

Álex sonrió por entre un par de lágrimas que se le escaparon de puro alivio. Si Sara podía bromear, todo iba a ir bien.

—No te hace falta ningún gran gesto. Quédate conmigo y quiéreme. Yo haré lo mismo.

—Hecho.

NOTA DE LA AUTORA

Hotel California se publicó por primera vez en 2011 y fue la última entrega de la serie de los hermanos Martí, que quedó inacabada. Es decir, Martina, la pequeña de la familia, ha esperado todo este tiempo a tener su historia. Fue una experiencia agridulce; por un lado, fue bonito escribir sobre Álex y sobre Marc, y por otro fue muy triste saber que no iba a poder poner punto final a la serie.

Los motivos por los que la serie quedó inconclusa en ese momento me dolieron y son la causa de que haya tardado todo este tiempo en atreverme a recuperar la serie, aunque reconozco que con el paso de los años han perdido el poder de herirme y creo, o me gusta creer, que durante este tiempo los hermanos Martí han ido ganándose el cariño de las lectoras (el mío lo han tenido siempre).

Hotel California fue una novela difícil de escribir porque mientras lo hacía sabía que iba a tener un futuro complicado y mi inexperiencia me pasó factura. Además, en la editorial decidieron cambiar la línea de diseño de las cubiertas y hacer enfadar a las lectoras que querían tener la serie completa con la misma estética; algo perfectamente lógico y comprensible. Si algún día ves las cubiertas originales (espero que no), comprobarás que las tres primeras novelas tienen fotos de parejas y la cuarta, Hotel California, tiene una ilustración de una llave en forma de corazón encima de una almohada. Yo todavía no me he recuperado de la impresión. Sirva esto como prueba de la gran evolución que ha vivido el diseño de las cubiertas en cuanto a libros de literatura romántica se refiere y también para reafirmar lo cierto que es el dicho popular de que no debe juzgarse un libro por su cubierta. Por suerte esta edición que ahora sujetas en tus manos muestra una cubierta preciosa y Álex y Marc tienen por fin la apariencia que se merecen.

Cuando he dicho que mi inexperiencia me pasó factura me refiero a que HOTEL CALIFORNIA siempre había tenido en mi cabeza cuatro protagonistas: los gemelos Martí, Álex y Marc, y Sara y Olivia. Pero cuando la escribí no supe hacer justicia a una de las dos historias, la de Álex y Sara. Y me he pasado todos estos años arrepintiéndome por no haberla escrito mejor, por no haber luchado por una mejor publicación y por no haber sabido decir que no.

Ahora he dicho que sí y he podido retomar la historia original y dar a Álex y a Sara los capítulos que les faltaban. Y, siguiendo lo mismo que he hecho con los otros libros de la serie, he añadido al final unos capítulos inéditos porque quería escribir sobre estas dos parejas años después, porque les echaba de menos y porque todavía tienen mucho que contar.

Si leíste HOTEL CALIFORNIA cuando se publicó por primera vez, comprobarás que la historia de Marc y Olivia (o Martí y Millán) tiene algunos retoques, pero es idéntica. En cambio, la de Álex y Sara es más larga. Supongo que puede decirse que no he cambiado nada importante, al fin y al cabo, siguen viviendo una historia de amor y siguen consiguiendo su final feliz. Pero si eres tan buena lectora o lector de romántica como me imagino que eres, sabes que eso es una falsedad, que saber que una historia acaba bien no equivale nunca a saber cómo termina. En la literatura romántica, y en mi opinión en cualquier libro, lo importante no es el final sino cómo se llega a él y si disfrutamos del recorrido.

Deseo de todo corazón que este haya sido el caso con HOTEL CALIFORNIA, que hayas disfrutado de todas las sorpresas del viaje y que pronto vuelvas a visitar esta historia o cualquiera de la serie de los hermanos Martí.

Si esta es la primera vez que lees HOTEL CALIFORNIA, o la primera vez que lees una novela romántica, o la primera vez que me lees, solo puedo darte las gracias por haber dado una oportunidad a esta historia. Ojalá quieras seguir viviendo esta clase de emociones y te animes a conocer al resto de hermanos Martí.

Recuperar esta serie ha sido difícil y maravilloso, he podido escribir esas frases que se me habían quedado en la cabeza y que han pasado años esperando a que llegase este momento. También ha sido la excusa perfecta para recordar anécdotas bonitas y recuerdos que creía tener olvidados. Como, por ejemplo, que el Hotel California existe de verdad. No se llama así, por supuesto, pero es un pequeño hotel que está en Tossa de Mar y que vi cuando fuimos a pasar un día en esa playa.

Otra anécdota, esta más importante, es que la protagonista no iba a llamarse Olivia, pero le cambié el nombre porque creía que esta novela iba a ser la última que iba a publicar y no quería que mi hija pequeña, Olívia, no tuviera su «novela» cuando su hermana mayor, Àgata, sí la tenía (la protagonista de *Nadie como tú* se llama Ágata). Es una cursilada, pero la verdad es que volvería a hacerlo.

Además, desde el día que le conté a Olívia esta historia está molesta porque Àgata tiene más libros dedicados que ella, así que para hacer justicia: Olívia, este libro te lo dedico a ti, el regalo que creía que no iba a recibir nunca y que siempre consigue hacerme sonreír.

Y también a Àgata y a Marc, aunque esto supongo que vuelve a desequilibrar la balanza, por demostrarme que el corazón es realmente un órgano de capacidad ilimitada.

Al final, HOTEL CALIFORNIA no fue mi última novela y por eso tengo que darte las gracias a ti, lectora o lector. Gracias por haber hecho posible que siga contando historias llenas de protagonistas con defectos que se enamoran, meten la pata e intentan encontrar la manera de ser felices en un mundo que a menudo se empeña en lo contrario.

Y gracias a todo el equipo de Titania, en especial a Esther Sanz, su editora, por decirme que merecía la pena contar la historia de Martina (puedes leerla en *No hay manera*) y recuperar a toda la familia Martí porque en el fondo todos queremos leer novelas que nos hagan sonreír y que nos recuerden que el amor es quizá el motivo más importante por el que seguimos aquí.

¿TE GUSTÓ ESTE LIBRO?

escríbenos y
cuéntanos tu opinión en

 /Sellotitania  /@Titania_ed

/titania.ed

#SíSoyRomántica